Adrian Plass
Streß-Familie Robinson

W0378006

Dieses Buch ist meinem Sohn David gewidmet, der 1993, als alle sechs Plasses in Queensland, Australien, unterwegs waren, zum ersten Mal den Ausdruck »Streß-Familie Robinson« gebrauchte. Die langen Fahrten durch die Hitze in der Enge eines relativ kleinen Fahrzeugs mögen durchaus zu Davids kleinem, aber produktivem Ausbruch von Kreativität beigetragen haben.

Erstes Kapitel

Ich möchte Ihnen gern die Familie Robinson vorstellen. Sie gehen in dieselbe Kirche wie ich, und dort habe ich sie auch kennengelernt. Sie sind zu fünft oder zu siebent, wenn man die beiden Stabschrecken mitzählt, was Felicity Robinson immer tut. Sie werden später noch eine Menge über diese Stabschrekken hören. Übrigens bin ich selbst keine von den Robinsons, aber ich glaube, wenn man sie fragen würde, würde die ganze Familie sagen, daß ich praktisch dazugehöre – auch davon werden Sie einiges hören, bevor wir fertig sind. Würden Sie sich mit Felicity unterhalten, so würde sie vermutlich sagen, ich sei absolut und ganz gewiß eine weitere Robinson; so daß es, nur um Ihre Verwirrung komplett zu machen, entweder fünf, sechs, sieben oder acht Robinsons gibt, je nachdem, wen Sie mitzählen und mit wem Sie gerade reden.

Was mich betrifft, so entscheide ich im Zweifel für die Angeklagte und fange mit mir selbst an, da ich es bin, die diese Geschichte erzählt.

Mein Name ist Elizabeth Reynolds, wenn mich auch niemand mehr Elizabeth genannt hat, seit mir meine Familie den Spitznamen »Dip« gab. Damals war ich noch ein kleines Mädchen, und der Spitzname hatte Gründe, von denen – ja, erraten – Sie später noch hören werden. Ich bin fünfzig Jahre alt, wenn auch nicht innerlich, und geboren und aufgewachsen bin ich in der Stadt Adelaide in Australien. Heute wohne ich allein in einem kleinen Haus mit Terrasse in Standham, derselben Kleinstadt in Südengland, in der auch die Robinsons leben. Ich habe eine Ausbildung als Krankenschwester und glaube auch, daß ich sehr gut in meinem Beruf bin. Aber seit einigen Jahren arbeite ich nur noch halbtags in unserem örtlichen Krankenhaus, und so werde ich es auch weiterhin machen, solange ich es mir leisten kann. Die Arbeit macht mir Spaß, aber es gibt noch eine Menge anderer Dinge, die mir auch Spaß machen. Von meinen Angehörigen lebt keiner mehr, und die Personen, die ich am meisten in der Welt liebe, sind Gott und die Robinsons (ich hoffe in dieser Reihenfolge). Ich fahre einen gelben Mini namens Daffodil, weil ich so einen schon immer haben wollte, und die Dinge, die mir am meisten Spaß machen, sind Lesen, Wandern, Träumen und Zeit mit den Leuten verbringen, die ich am liebsten mag. Obwohl ich eine Menge lache, wenn ich mit meinen Freunden zusammen bin, fühle ich mich manchmal sehr einsam und unglücklich. Aber ich bin so eine Art Expertin darin geworden, das zu überspielen – das ist einer meiner größten Fehler. Ich war nie verheiratet und habe darum auch nie Kinder gehabt. Ich wünschte, es wäre anders.

Wenn ich in den Spiegel schaue (was ich zu vermeiden versuche), sehe ich eine ziemlich große, übergewichtige Person, die früher einmal eine recht hübsche Figur hatte, aber es mittlerweile einfach langweilig findet, von Hüttenkäse, Knäckebrot und irgendwelchem gräßlichen, nach Fischmehl schmekkenden Zeug zu leben. Oben auf diesem Körper steckt ein einigermaßen nettes, lächelndes, ziemlich breites Gesicht mit hellblauen Augen, einem vollen Mund und hellem Haar, das ich kurzgeschnitten trage, weil ich einfach die Versuche leid bin, irgend etwas damit anzustellen. Recht gut gefällt mir meine Nase. Meine Nase hat Stil.

Noch etwas – ich liebe es, umarmt zu werden, aber nur von Leuten, die ich mag ... und es passiert nicht oft, weil ich nicht so aussehe, als ob ich es nötig hätte.

Der Mann im Robinson-Clan heißt Mike. Er ist Mitte Vierzig, ein ziemlich großer, gut gebauter Bursche mit einem freundlichen, nachsichtigen Ausdruck im Gesicht (bei den seltenen Gelegenheiten, wenn er wütend wird, nimmt es eine pflaumenähnliche Farbe an) und rötlichgoldenem Haar, das oben schon etwas durchsichtig wird. Seit zwei Jahren ist Mike stellvertretender Leiter einer kleinen Dorfgrundschule zwei oder drei Meilen westlich von Standham. Ich bin eigentlich noch nie in Mikes Schule gewesen, aber so, wie er darüber redet, scheint es dort ausgesprochen ruhig und gut organisiert zuzugehen. Ich bin sicher, daß alle Leute dort, Lehrer wie Kinder, in jedem Moment des Tages genau wissen, wo sie gerade sein und was sie gerade machen sollten. Mikes Frau Kathy hat mir erzählt, daß die Schule ihres Manne ein Ort ist, wo Ungezogenheiten kaum vorkommen. Mikes disziplinarische Methoden, sagt sie, bestehen entweder aus einem strengen Blick, der in dieser Umgebung den jugendlichen Übeltäter zu einem zitternden Häuflein Elend werden läßt, oder einer ganz leichten Hebung der Stimme, die ihm oder ihr vermutlich den Rest gibt. Eine der großen Frustrationen in Mikes Leben ist es, daß die disziplinierte Atmosphäre seines Arbeitsplatzes sich bei ihm zu Hause nicht reproduzieren läßt. Hin und wieder erklärt er dem gestaltlosen Wesen, das der Robinsonsche Haushalt ist, den Krieg: Er stellt Listen und komplizierte Pläne auf, um so etwas wie Effizienz, glatten Ablauf und Zivilisiertheit in das tägliche Leben zu bringen. Ungefähr einmal im Monat erregt er Kathys Zorn, indem er vorschlägt, daß gewisse große Organisationsprobleme (damit meint er die Hausarbeit) sich lösen ließen, wenn sie eine Art System in ihr Vorgehen brächte. Diese gelegentlichen hektischen Versuche, mit Schaufel und Besen gegen die Unordnung des Lebens vorzugehen, werden vom Rest der Familie weitgehend ignoriert. Jeder weiß genau, daß Mikes Listen und Pläne innerhalb von achtundvierzig Stunden zu Makulatur werden, wenn man ihn nicht ermutigt.

Mit Mikes Christentum steht es eigentlich ganz ähnlich. Am liebsten hätte er alles hübsch ordentlich und leicht zu handhaben, aber er akzeptiert – er *muß* als Kathys Mann und Vater von drei sehr unterschiedlichen Kindern akzeptieren –, daß das Leben einfach nicht so ist. Ich möchte keine falschen Vorstellungen erwecken. Jesus geht Mike über alles. Er möchte seine Sache richtig machen, und er möchte gut sein, aber hin und wieder gewinnt nun einmal seine pedantische Seite die Oberhand. Vor allem ist er ein ungemein netter

Mensch, der seine Familie innig liebt und dem andere Menschen wirklich wichtig sind. Ich liebe ihn für die Freundlichkeit und Wärme, die er mir erwiesen hat.

Er gehört ganz gewiß zu den Leuten, von denen ich mich gerne umarmen lasse.

Kathy Robinson arbeitete als Journalistin, bevor ihr jüngstes Kind vor sechs Jahren geboren wurde. Abgesehen davon, daß sie beide gern reisen (und das Glück haben, es sich recht häufig leisten zu können, weil sie von Kathys Eltern Geld geerbt haben), ist sie in so ziemlich jeder erdenklichen Hinsicht ganz anders als ihr Mann. Damit meine ich nicht, daß die Bindung zwischen ihnen nicht stark wäre. Sie ist stark, aber das hat sie auch dringend nötig, um zwei solche Gegensätze aneinanderzuketten. Er ist hell, und sie ist dunkel; er ist im allgemeinen von sehr ausgeglichenem Temperament, während sie wild zwischen Optimismus oder Albernheit und Elend und Verzweiflung hin- und herpendelt; er hat es gerne, wenn alles gut organisiert und richtig geplant ist, sie handelt aus Instinkt und Inspiration, was natürlich zu großen Erfolgen und spektakulären Mißerfolgen führt; Mike ist im wesentlichen eine unkomplizierte Person, während Kathys Persönlichkeit voller Haken und Ösen und Probleme ist, was vermutlich an ihrer unterschiedlichen Herkunft liegt. Kathys Seelenfrieden wird, wie Sie entdecken werden, ständig von dem Trauma ihrer Kindheit sabotiert, ganz im Gegensatz zu Mike, der den Leuten immer erzählt, er sei in einer Atmosphäre »stiller Zustimmung« aufgewachsen. Nach Kathys Ansicht war die Zustimmung freilich nicht ganz so still. Sie erzählte mir einmal, wie sie im Anfangsstadium ihrer Beziehung über Weihnachten in Mikes Elternhaus zu Besuch war. Mike erbot sich, ein paar Luftballons aufzublasen, und war mit dem ersten zur Hälfte fertig, als seine Mutter, die ihren Sohn mit liebevoller Bewunderung beobachtet hatte, flüsterte: »Meine Güte, hat der Junge *Luft*!«

Meine Freundin ist oft sehr lustig und sehr angenehm, wenn alles in Ordnung ist, und eine unerschütterliche Verbündete, wenn Probleme kommen; aber sie ist auch ein wildes

Kind, dem das Mißgeschick unterlaufen ist, eine Erwachsene zu sein. Sie liebt ihre Familie und wird von ihr oft in maßlose Raserei getrieben, insbesondere von Mark. Der steckte zu der von mir beschriebenen Zeit so unverrückbar im Zentrum seines eigenen Universums, daß er wiederholt die schlimmsten Gefühle der Unzulänglichkeit wachrief, die Kathy seit ihrer ersten Mutterschaft geplagt haben.

Kathy muß Gott im Lauf der Jahre ganz schön zu schaffen gemacht haben, aber ich bin sicher, daß er ganz verrückt nach ihr ist.

Schließlich *liebt* sie Bristol Cream Sherry – genau wie ich.

Jack – ja, sein Name ist wirklich *Jack* Robinson! – ist Mikes und Kathys ältester Sohn, und ich habe schon immer meine helle Freude an ihm gehabt. Sie lernen ihn mit neunzehn Jahren kennen, gegen Ende eines freien Jahres zwischen Schule und Universität, in dem er gerade genug bezahlte Arbeit angenommen hat, um übermäßigen Nervereien seiner Eltern aus dem Weg zu gehen. Jack ist groß, langhaarig und hager, in der äußeren Erscheinung seinem Vater sehr ähnlich. Seine sorglose Zufriedenheit (und seine Verschwendung von Milch – lesen Sie weiter!) bringen Kathy manchmal zur Weißglut, aber er ist auch warmherzig und liebevoll, so daß sie nie lange wütend auf ihn bleibt. Jack befindet sich in jener Lebensphase, in der Weisheit und Naivität sich ständig gegenseitig zu verdrängen suchen. Verblüffende Einsichten und Intelligenz paaren sich mit schierer Dummheit, besonders wenn es um Mark geht, mit dem er sich in einem buchstäblich unaufhörlichen Konflikt befindet. Jacks etwas unzugängliche Musik ist vermutlich das Wichtigste in seinem Leben, jedoch dicht gefolgt von seiner kleinen Schwester Felicity, und ich bin sicher, die Musik würde augenblicklich verstummen, wenn er sich aus irgendeinem bizarren Grund zwischen beiden entscheiden müßte. Das ist alles, was ich fürs erste über Jack sagen werde.

Mark Robinson ist vierzehn. Jene Ratgeberbücher für Eltern, die dieses Alter als eines bezeichnen, in dem mit Schwierigkeiten zu rechnen ist, hätten Mark in Schmollstimmung fotografieren sollen. So hätten sie das Bild benutzen können, um ihre Aussage zu illustrieren. Er hat dunkle Haare, ist nicht besonders groß für sein Alter, ziemlich breit gebaut und seiner Mutter so ähnlich wie Jack seinem Vater. Eigentlich ist er ein sehr nett aussehender Junge, aber seine Aura finsterer Anspannung, besonders in Gesellschaft Erwachsener, verdeckt diese Tatsache häufig. Auch sein bester Freund könnte nicht leugnen, daß Mark manchmal geradezu atemberaubend grob und dickfellig ist. Ich vermute, das liegt hauptsächlich daran, daß er wie viele Leute in seinem Alter in der vagen Vorstellung lebt, der Rest der Welt (sofern er ihn überhaupt bemerkt) sei nur als Statistentruppe da, um die Szenen mit M. Robinson als Star im Mittelpunkt auszustaffieren. Kathy findet ihn »wirklich sehr schwierig«, und das ist noch milde ausgedrückt.

Den größten Teil seiner Freizeit verbringt Mark mit seinen Freunden, einer schattenhaften Gruppe Gleichaltriger, die wie eine Art jugendlicher Verschwörertrupp spätabends von einem schaufensterbeleuchteten Treffpunkt zum anderen durch unsere Stadt zu streifen scheinen. Ich glaube nicht, daß sie je etwas ausgesprochen Böses anstellen, aber es sieht immer so aus, als führten sie etwas im Schilde. Mark schaut sich manche Sportarten gern im Fernsehen an, aber für eine eigene Teilnahme interessiert er sich nicht sonderlich, so daß seine Energie und sein Interesse (abgesehen vom Drachensteigenlassen) größtenteils von seinen Freunden in Beschlag genommen werden, obwohl auch er sehr an Felicity hängt und eine eigentümlich ruhige Beziehung zu seinem Vater hat.

Ich bin ganz sicher, daß Mark später in der Lage sein wird, viel mehr von der Empfindsamkeit zu zeigen, die jetzt schon hinter all den finsteren Blicken und der schlechten Laune vorhanden ist. Er und ich sind gute Freunde – solange ich mich an die »Spielregeln« halte –, und ich hoffe, ich werde ihn noch kennen, wenn er älter ist. Er wird einmal ein großartiger Bursche.

Zum Schluß (sofern wir die Stabschrecken nicht mitrechnen, was ich in diesem Abschnitt nicht tun werde) kommt Felicity. Felicity Robinson ist sechs Jahre alt und hat hellblonde Haare und glänzende Augen; sie steckt voller Energie und hat zweifellos von der gesunden Vernachlässigung profitiert, die ihren Brüdern vorenthalten blieb. Als einer der fröhlichsten Menschen, denen ich je begegnet bin, verbreitet sie ihrerseits große Fröhlichkeit unter denen, mit denen sie zusammenlebt, so auch bei mir. Irgendwie scheint das Beste von Mike und Kathy in dieses kleine Mädchen geflossen zu sein, und wenn Sie jetzt denken, ich übertreibe – nun, dann ist mir das egal. Manchmal ist sie ein bißchen frech, und ich rechne damit, daß es im Lauf der Jahre auch Probleme geben wird, aber in der Zwischenzeit – ist Felicity wunderbar. Daß ich diese kleinste Robinson kenne, gibt mir mehr das Gefühl, ein eigenes Kind zu haben, als ich je für möglich gehalten hätte. Und ich danke Gott für sie.

Da haben Sie's also – das sind die Robinsons, und die folgenden Seiten handeln von ihnen und von der turbulenten Art, wie sie ihr Leben führen. Auch von mir steht eine ganze Menge darin, denn schließlich bin ich berechtigt, R.H.C.I.A. hinter meinen Namen zu setzen. Was R.H.C.I.A. bedeutet? Das werde ich Ihnen nicht verraten – lesen Sie weiter, und Sie werden es herausfinden.

Zweites Kapitel

Das Verheiratetsein hat manches an sich, das mir wirklich reizvoll erscheint, aber es gibt auch manche Dinge, die mich vermutlich völlig auf die Palme bringen würden. Nehmen Sie zum Beispiel diese immer gleichen Streitereien, in die Ehemänner und Ehefrauen immer wieder aufs neue geraten, ohne je zu merken, daß ihre Wortgefechte mit der Zeit mehr oder weniger bis ins I-Tüpfelchen vorgeschrieben sind. Die Robinsons sind in dieser Hinsicht außergewöhnlich. Ich komme nicht aus dem Staunen heraus, wie sie in jede Meinungsverschiedenheit einsteigen, als sei sie eine völlig neue Erfahrung. Vermutlich ist das ein sehr liebenswerter Zug an ihnen, aber im allgemeinen ist es eine schreckliche Zeitverschwendung.

Ein gutes Beispiel ist die große Packdebatte. Seit ich sie kenne, haben sie diesen regelmäßig stattfindenden Streit nie um mehr als ein oder zwei Worte variiert, und er endet stets auf genau dieselbe Weise. Ich habe beide sehr lieb, aber beim Streiten zeigen Mike und Kathy ein erschreckend leicht voraussagbares Verhalten.

Zum ersten Mal erlebte ich dieses besondere Stück unbewußt eingeübten Rollenspiels an einem Samstag, als die Familie vorhatte, in einen langen Urlaub über die Osterzeit zu verschwinden. Da ich wußte, daß das Packen für Amerika immer wieder hinausgeschoben worden war und nun unvorstellbarerweise noch irgendwie vor dem Mittagessen eingeschoben werden mußte, erbot ich mich, nach dem Frühstück vorbeizukommen und zu sehen, ob ich helfen könnte. Als ich gegen neun an der hohen, schmalen, viktorianischen Doppelhaushälfte der Robinsons eintraf, sah ich die sechsjährige Felicity, die, hübsch von der Frühlingssonne beschienen, auf einer

Ziegelsteinsäule am Gartentor saß und zu einem unsichtbaren Kreis von Bewunderern sprach.

»Ihr seid alle meine besten Freunde«, sagte sie lächelnd, als ich aus Daffodil stieg und die Tür hinter mir verschloß, »und ich liebe jeden von euch genau gleich viel. Ihr seid alle zu meiner nächsten Geburtstagsfeier eingeladen, wo wir reiten, schwimmen, sackhüpfen, kegeln und Pizza essen werden.«

»Darf ich auch kommen?« fragte ich.

»Nein, Dip«, sagte Felicity, »du darfst zu meiner echten Feier kommen, wo Daddy Tricks vorführt, die nicht funktionieren, und Mami sauer wird, weil die Leute nicht richtig bei den Spielen mitmachen – und einen guten Tee gibt es auch«, fügte sie in dem Bestreben, absolut fair zu sein, hinzu.

»Sind Mami und Daddy schon auf?«

»Sie sitzen in der Küche und trinken Kaffee und seufzen und machen Listen. Jack hat sich den Kopfhörer aufgesetzt und ist wieder nach oben gegangen, weil Mami gesagt hat, daß sein Zimmer aussieht, als ob da etwas Trauriges und Schreckliches passiert sei.«

»Ach du meine Güte! Und Mark?«

»Mark ist stinkig geworden, weil er meint, ihm hätte niemand gesagt, daß wir heute nach Amerika fahren, und er sei mit seinen Freunden verabredet. Mami sagte, nur ein stocktauber Schwachsinniger hätte nicht wissen können, daß wir verreisen, und wenn Mark sich für seine Familie ebenso interessieren würde wie für seine dämlichen Freunde, dann hätte er vielleicht mehr Ahnung, was dort vor sich geht. Dann sagte Mark, das nächste Mal, wenn langweilige Gäste zu Besuch kommen, würde er sich nicht die Mühe machen, höflich zu ihnen zu sein, und stampfte mit nach außen gestellten Füßen davon wie eine beleidigte Ente. Und Mami sagte, sie hätte nie für möglich gehalten, daß der Hinterkopf von jemandem einen so zur Weißglut bringen könnte« – Felicity seufzte –, »ehrlich gesagt, der Morgen lief nicht besonders gut.«

»Klingt auch nicht sehr gut«, stimmte ich zu, »aber ich bin

sicher, es wird besser werden. Es ist immer schwierig, wenn man verreist. Ich bin gekommen, um ein bißchen zu helfen.«

»Da wirst du warten müssen, bis sie mit ihrem Packstreit fertig sind«, sagte Felicity ernst, »vorher wird hier nichts passieren. Später haben wir eine geheime Überraschung für dich«, fügte sie geheimnisvoll hinzu.

»Ooooh, na ja, darauf freue ich mich, ich liebe Überraschungen!«

Ich traf Mike und Kathy, über Kaffeebechern und Zetteln am Küchentisch kauernd, an. Sie sahen abgehärmt und niedergeschlagen aus, gar nicht wie Leute, die in ein paar Stunden mit der Familie in Urlaub nach Amerika fliegen wollten. Die Küche sah aus, als hätte sie am Vorabend zuviel getrunken und wäre voller Reue darüber aufgewacht.

»Hallo, Dip«, sagte Mike und stand auf. »Ich fürchte, mit uns ist heute morgen nicht allzuviel los – wir sind noch nicht richtig in Gang gekommen. Setz dich, ich mache dir einen Kaffee. Ein Stück Zucker zur Zeit, nicht wahr? Wir waren gerade dabei, eine Liste aufzustellen, was wir noch erledigen müssen, und dann –«

»Und dann«, unterbrach Kathy, die sich die dunklen Haare raufte, »packen wir unsere Sachen für drei Wochen, die wir schon vor einer Woche hätten packen sollen, kratzen das Fett von diesem Höllenloch –«

»Wir haben über dieser Küche gebetet, als wir einzogen, Kath«, unterbrach Mike sanft, während er mir einen Kaffee von typisch Robinsonscher Finsternis vorsetzte. »Ich finde es nicht richtig, sie ein Höllenloch zu nennen. Was meinst du, Dip?«

»Ich glaube nicht, daß –«

»Und dann«, fuhr Kathy fort, »werden wir eine lange theologische Diskussion darüber führen, wie wir vermeiden können, die Gefühle dieser geheiligten Küche zu verletzen, gefolgt von einem schwächlichen Versuch, unsere zerrüttete häusliche Situation zu verbessern. Danach werden wir das Haus saubermachen – das dürfte nur ungefähr vier Stunden dauern; dann werden wir alles erledigen, was wir zweifellos vergessen haben, und dann, vorausgesetzt, unsere lieben Söhne sind so großzügig, uns zu begleiten, werden wir mit der Absicht aufbrechen, zum Flughafen zu fahren. Doch innerlich werden wir genau wissen, daß wir in Wirklichkeit einem vorausbestimmten Ort mitten in der Pampa zusteuern, meilenweit von der nächsten Werkstatt entfernt, wo unser armseliges Vehikel liegenbleiben und den Geist aufgeben wird. Und damit ist«, schloß Kathy, ließ ihre Haare los und ließ die Fäuste mit einem dumpfen Schlag auf die Tischplatte niederfallen, »abgesehen von meiner Absicht, der tauben, schwachsinnigen Ente, falls und wenn sie zurückkommt, ernsthafte Verletzungen zuzufügen, unsere Reiseroute für heute beendet.«

»Kathy fällt es immer ein bißchen schwer, abzureisen«, sagte Mike ziemlich überflüssigerweise. »Du hast ja noch gar nichts von deinem Kaffee getrunken, Dip. Ist er in Ordnung?«

Ich zuckte nichtssagend die Achseln. »Er ist, äh . . . er ist immer noch ein winziges bißchen zu stark für mich, Mike. Gut, aber etwas stark. Schaut mal, darf ich euch vielleicht helfen?« Ich legte meine Hand auf Kathys Arm. »Ich würde wirklich gern hierbleiben, wenn ihr weg seid, und mich um die Küche und den Rest des Hauses kümmern. Ich bin gern in Häusern anderer Leute – ehrlich.«

Kathy gab ein erschöpftes, leises Wimmern von sich, während in ihr Hoffnung und Höflichkeit miteinander rangen. »Oh Dip, du brauchst nicht . . .«

»Abgesehen von allem anderen«, fuhr ich überzeugend fort, »gibt mir das die Chance, all eure privaten Papiere zu durchsuchen und meine Nase in Dinge zu stecken, die mich nichts angehen. Bitte bringt mich nicht um diese Gelegenheit. Die Leute in der Gemeinde würden zu gern mal ein paar blamable Geschichten über euch hören – ganz im Vertrauen und nur fürs Gebet, versteht sich.«

Kathys Stimmungswechsel haben mich schon immer an das Wetter in Melbourne erinnert, wo ich während meiner Ausbildung lebte. Plötzlich kam die Sonne zum Vorschein, als sie den Kopf zurückwarf und lauthals lachte. »Abgemacht! Aber sieh zu, daß du Mikes Pornoheftchen wieder dahin zurücklegst, wo du sie gefunden hast, ja?«

»Kath!« Mike war fast beleidigt. »Ich nehme solche Zeitschriften *niemals* in die Hand – ich würde nicht im Traum daran denken, so etwas im Haus zu haben. Ich kann mich nicht erinnern, jemals auch nur einen Blick – na ja, ich glaube, wenn ich ganz ehrlich sein soll, als ich jung war ...« Mikes frische Gesichtshaut nahm eine kräftige, tiefrote Farbe an. »Vielleicht habe ich mir gelegentlich – nun ja ... ein Bild angeschaut, das ein Freund bei sich hatte oder so, aber ganz bestimmt nicht mehr ... jetzt. Ganz bestimmt nicht.«

»Du brauchst hier nicht das Riesenradieschen zu spielen, Mike. Dip weiß, daß ich nur Spaß gemacht habe, stimmt's, Dip?«

»Schon«, antwortete ich, »aber mir kam gerade der Gedanke, daß ich selber jede Menge Pornographie habe.«

Sie starrten mich überrascht an. »Wirklich?« fragte Mike.

»Klar – hier oben.« Ich tippte mir an den Kopf. »Da drin ist ein ganzer Haufen davon. Es werden nicht alle Schalter auf ›Aus‹ gestellt, nur weil man die Fünfzig überschritten hat, wißt ihr. Manchmal ist es richtig lästig. Ach was, wie auch immer – der Punkt ist, ich darf hierbleiben und für euch aufräumen, ja? Dadurch habt ihr genügend Zeit, zu packen und alles andere zu erledigen, was notwendig ist.«

Mike hatte offensichtlich immer noch Schwierigkeiten mit dem Gedanken, daß alleinstehende Damen mittleren Alters mit pornographischen Phantasien zu kämpfen haben könnten, aber sein Gesicht hatte schon fast wieder seine normale Farbe angenommen. »Also, wenn du dir sicher bist, Dip ...«

»Ganz sicher.«

»Sie ist sich sicher«, sagte Kathy und stand entschlossen auf. »Fangen wir an zu packen.«

Auch Mike kam auf die Beine, doch als sie sich am Tisch gegenüberstanden, spürte ich, daß eine neue Spannung aufgetaucht war. Konnte es sein, daß der eigentliche Packstreit, von dem Kathy gesprochen hatte, nun bevorstand?

Genauso war es. Mike führte den Eröffnungsschlag.

»Liebling, laß uns diesmal wirklich systematisch vorgehen. Wir haben insgesamt fünf große Koffer, das ist doch richtig, nicht wahr?«

Kathys Unterkiefer bewegte sich einen Moment lang lautlos. Ihre Finger trommelten leise auf der Tischkante herum. »Was stimmte denn nicht damit, wie wir es das letzte Mal gemacht haben?«

Mike zog sich in Richtung Fenster zurück, eine Hand erhoben, als wollte er schon die volle Aufmerksamkeit auf sich ziehen, während er sich noch seine Argumente zurechtlegte. Ich weiß nicht, ob Ihnen schon einmal Leute wie Mike begegnet sind. Wenn ja, dann wissen Sie, daß sie zwar im allgemeinen sanftmütig und nicht auf Konfrontationen aus sind, aber bei ganz banalen Dingen plötzlich wie besessen reagieren können. Schon jetzt, ganz zu Anfang der ausbrechenden Debatte, zitterte Mike vor mühsam beherrschter Leidenschaft. Seltsam, aber wahr.

»Nun komm schon«, sagte Kathy gereizt, »sag mir, was falsch daran war, wie wir gepackt haben, als wir nach Frankreich gefahren sind.«

Mike drehte sich zu seiner Frau um und klammerte sich mit beiden Händen hinter dem Rücken an die Kante des Spülbekkens, als hätte er Angst, wenn er losließe, könnte er, von seiner Leidenschaft aufgeblasen, langsam zur Decke aufsteigen und dort hängenbleiben wie ein Heliumballon.

»Nicht viel – nur, daß ich nicht mitmachen kann, wenn du es organisierst. Am Ende sitzen wir in einem Meer von Kleidern und Schuhen und Büchern und diesem und jenem, das die Koffer irgendwo unter sich begräbt, und ich wate mit einer kleinen Tischdecke in der Hand hindurch und frage mich, wie sie wohl in deinen Generalstabsplan paßt.«

Mike geriet jetzt richtig in Bewegung, wippte in rasantem Rhythmus auf den Füßen auf und ab und klang wie jemand, der vor einer gefürchteten, unausweichlichen emotionalen Krise steht.

»Ich weiß nicht, wo irgend etwas ist!« fuhr er wild fort. »Ich weiß nicht, wo irgend etwas hinkommt – ich weiß nicht, was vor sich geht, und ich –«

Kathy beendete den Satz ihres Mannes mit beißendem Spott. »Und du fängst an, den Kopf zu schütteln und durch die Zähne zu zischen und davon zu reden, daß es dir wegen deiner übermäßig geordneten Kindheit sehr schwer fällt, mit Chaos fertig zu werden.«

Während der kurzen Stille, die darauf folgte, sackte Kathy zurück auf ihren Stuhl, stützte die Ellbogen auf den Tisch und legte das Kinn erschöpft auf die Hände.

»Das tue ich *nicht*«, sagte Mike mit empört aufgerissenen Augen.

Kathy sah ihn nicht einmal an. »Du tust es ja beinahe jetzt schon, dabei haben wir noch nicht einmal angefangen.«

Mike drehte sich mit vermeintlich heldenhafter Selbstbeherrschung steif um und starrte zum Fenster hinaus. »Sieh mal, ich sage ja nur, daß wir es mal auf meine Art versuchen und sehen könnten, wie wir damit klarkommen – wir könnten es doch nur einmal versuchen, meine Güte. Mehr sage ich ja gar nicht.«

»Und worin genau besteht deine Art?«

Erfreut über die Gelegenheit, es ihr zu erklären, fuhr Mike herum und begann, in der Küche auf und ab zu marschieren und zu Kathy zu sprechen, als wäre sie eine Schulklasse voller ABC-Schützen.

»Also, wir bringen alle fünf Koffer hinaus in den Garten, ja? Und –«

»Und wir legen sie hübsch ordentlich in einer Reihe hin...« Kath schien schon zu wissen, was jetzt kommen würde.

»Wir legen sie mit offenen Deckeln in einer Reihe hin, numerieren sie von eins bis fünf und einigen uns darauf, welche Art von Gepäck in jeden davon kommt; dann holen wir die Sachen Stück für Stück aus dem Haus und füllen damit die Koffer, bis nichts mehr im Haus ist, das in die Koffer gehört.

Abgesehen von allem anderen würde es so viel mehr Spaß machen. Du sagst zu mir: ›Hier ist ein Hemd, Mike, das kommt in Nummer drei‹, und ich gehe hinaus und lege es in Nummer drei. Dann sagst du vielleicht: ›Hier ist ein Paar Schuhe, Mike, die kommen in Nummer fünf‹, also lege ich sie in Nummer fünf und komme zurück, um das nächste zu holen, und so weiter. Dann könnten wir uns abwechseln, und ich würde sagen: ›Hier ist eine Bluse, Kath, die kommt in Nummer vier‹, und du gehst hinaus und legst sie in Nummer vier; dann kommst du zurück und holst die nächste Sache und so weiter.«

Kathy stöhnte, als hätte sie Schmerzen.

»Dann, wenn alles drinnen ist, machen wir die Koffer zu, und das war's. Die Packerei ist erledigt, alles ist fertig, und wir mußten uns nicht durch Wälder von Mänteln und Unterwäsche kämpfen, um auch nur den Fußboden zu finden.«

Ermutigt durch die, wie er offensichtlich meinte, überwältigende Durchschlagskraft seiner eigenen logischen Beweisführung, stellte Mike sein Auf- und Abmarschieren ein, setzte sich wieder Kathy gegenüber und appellierte an sie, sich nicht der Vernunft zu verschließen.

»Findest du das nicht auch vernünftig, Kath? Wie könnte es *nicht* vernünftig sein? Wie in aller Welt? Komm schon – sag mir, was daran unvernünftig sein könnte. Es liegt doch so nahe. Das siehst du doch bestimmt ein, nicht wahr?«

Kathy verschränkte ihre Arme, lehnte sich auf dem Stuhl zurück, sah in die beschwörenden Augen ihres Mannes und sprach mit unerbittlicher Gelassenheit.

»Michael, ich möchte dazu folgende Bemerkungen machen. Zuerst laß uns den Unterschied zwischen deiner und meiner Methode betrachten. Dein System ist vielleicht ordentlich und logisch, aber es würde ungefähr ein Jahr dauern, um auf diese Weise alles gepackt zu kriegen. Es wäre eher so etwas wie ein ständiges Hobby als eine Aufgabe, die wir hinter uns bringen müssen. Meine Methode dagegen mag dir chaotisch und undurchschaubar erscheinen und unsägliche Qualen bereiten, aber sie würde dazu führen, daß wir mit dem Packen fertig werden, *bevor* wir nach Amerika aufbrechen – was ein durchaus wünschenswerter Detailaspekt an meinem Ansatz ist, meinst du nicht? Zudem finde ich zwar die Vorstellung ausgesprochen rührend, daß du und ich bis ans Ende der Zeit fröhlich mit Hemden und Blusen und Schuhpaaren hin und her traben, aber ich habe nicht die Absicht, draußen im Garten ›Hänsel und Gretel fahren in die Ferien‹ zu spielen, nur um deine Perfektionsneurose zu befriedigen. Du durchschaust zwar vielleicht nicht, was vor sich geht, wenn ich packe, aber ich habe den Überblick. Und da es am Ende sowieso an mir hängenbleibt, kommt es eigentlich nur darauf an, oder? Warum hilfst du nicht Dip hier in der Küche und überläßt das Packen mir, dann mußt du dir überhaupt keine Gedanken darüber machen, nicht wahr? Wie findest du das?«

»Dann soll ich dir also nicht helfen?«

Etwas verriet mir, daß wir nun endlich zum eigentlichen Gegenstand der Diskussion gekommen waren.

»Natürlich möchte ich, daß du mir hilfst – wenn du es wirklich ernst meinst. Was ich nicht ausstehen kann, ist, wenn du schnaufend und schnaubend herumläufst und dich aufregst, daß du nichts tun kannst, während ich damit beschäftigt bin, es zu *tun*.«

»Soso ...«, sagte Mike und versuchte verletzt zu klingen, jedoch ohne rechte Überzeugung. »Dann kann ich ja hierbleiben und Dip helfen, wenn du es so siehst. Übrigens, Dip, was hältst du denn von meiner Packmethode?«

Ich wollte den Robinsons eine echte Freundin sein.

»Lächerlich«, sagte ich lächelnd, »rührend, aber lächerlich. Überlaß es Kathy.«

Ich fand es herrlich, wie die beiden lachten.

Später, als Mike und ich Seite an Seite die Spülgegend des »Höllenlochs« in Angriff nahmen, unterhielt ich mich mit ihm über die Packdebatte.

»Es war fast so«, sagte ich, »als hättet ihr das Ganze durchspielen müssen, nur um an einem Punkt anzukommen, von dem ihr sowieso wußtet, daß ihr dort enden würdet. Ich glaube nicht, daß es je wirklich in Frage kam, daß du beim Pakken hilfst – natürlich nicht, daß du nicht ernst gemeint hättest, was du gesagt hast, Mike, das nicht. Du hast offensichtlich sehr feste Ansichten über das Füllen von Koffern. Ich bin auf diesem Gebiet ganz unbeleckt – ich habe überhaupt keine Ansichten darüber.«

Mike schmunzelte. Er hatte seine fröhliche, unerschütterliche Gelassenheit wiedergefunden.

»Wir benehmen uns wohl manchmal ein bißchen albern. Kath macht sich Sorgen, daß wir keine von diesen perfekten christlichen Ehen führen, von denen man in Büchern liest, aber, nun ja, ... wir lieben uns trotzdem. Das ist doch ziemlich wichtig, oder?« Plötzlich hüstelte er verlegen und legte den Teller hin, den er gerade polierte. »Es muß manchmal sehr schwer für dich sein, Dip – ich meine, dir muß es bis zum Hals stehen, wenn Leute sich über ihre Frauen und Männer auslassen und dergleichen, wo du doch ...«

»Wo ich doch nie verheiratet war? Ja, das fällt mir wirklich hin und wieder ein bißchen schwer, aber ich bin gern mit Familien zusammen, und mir gefällt es eigentlich inzwischen gar nicht mehr so schlecht, alleinstehend zu sein. Es ist keine Krankheit, nicht verheiratet zu sein, weißt du. Um ehrlich zu sein, Mike, ich weiß nicht, ob ich es nach all diesen Jahren überhaupt ertragen könnte, mein – du weißt schon – mein Innerstes mit jemand anderem zu teilen.«

Durchs Fenster konnte ich sehen, wie Felicity sich auf der gelben Plastikschaukel, die an einem der Apfelbäume hing, rasend schnell um sich selbst drehte. Plötzlich stiegen alte Kleinmädchenträume wieder in mir auf.

»Aber ich will dir etwas sagen, es kommt schon vor, daß ich mich danach sehne, daß jemand auf mich wartet, wenn ich nach Hause komme, jemand, der mich fragt, wie es auf der Arbeit war, der mir eine Tasse Tee macht – dergleichen Dinge. Und manchmal, wenn ich irgendwo bin, wo viele Menschen sind, dann wünsche ich mir ... du wirst das jetzt total albern finden.«

»Nein«, sagte Mike, »erzähl weiter, es interessiert mich.«

Ich warf einen raschen Blick in sein Gesicht und fuhr fort.

»Na ja, dann wünsche ich mir, ich könnte quer durch den Raum den Blick von jemandem auffangen, über die Köpfe der anderen hinweg – nur für einen Moment –, einen jener kleinen, lächelnden Blicke, die einem sagen, daß da jemand genau versteht, was man gerade denkt. Und dann unterhält man sich weiter oder was immer man gerade getan hat, aber man weiß, daß man nicht allein ist. Etwas Besonderes für jemanden zu sein, die Nummer eins in seinem Leben – ich weiß, es ist albern, aber hin und wieder sehne ich mich immer noch schrecklich danach.«

Ein paar Augenblicke lang war in der Küche der Robinsons nichts zu hören außer dem Tropfen des Wasserhahns und dem Geklapper des Geschirrs, aber es war keine peinliche Stille.

»Immerhin«, sagte Mike endlich, »wenigstens mußt du keine wirren Debatten durchexerzieren, bevor du zu etwas kommst, so wie wir es gerade getan haben.«

»Das nicht, aber ...« Ich hielt inne, weil ich mich plötzlich ein wenig fürchtete. Das war sehr harte Währung, die ich hier über den Tresen unserer immer noch im Entstehen begriffenen Freundschaft reichte. Nicht die Sorte, die man je wieder würde zurücknehmen können. »Nein, aber wir Singles spielen unsere eigenen albernen Spielchen, weißt du. Zumindest tue ich das.«

»Zum Beispiel?«

Ich schälte mir die Gummihandschuhe von den Händen und warf sie in das Spülbecken.

»Trockene Geschirrtücher?«

»In der Schublade unter den Stabschrecken. Hektarweise Geschirrtücher. Wir sind sehr reichlich ausgestattet mit trokkenen Geschirrtüchern. Erzähl mir mehr von deinen Spielchen.«

»Manchmal«, sagte ich, während ich nach einer Handvoll nasser Besteckteile griff, »verliere ich das Zutrauen zu den Leuten.« Ich berichtigte mich. »Das heißt, das ist nicht ganz fair. Ich schätze, was ich wirklich meine, ist, daß ich das Zutrauen zu mir selbst verliere. Da ist vielleicht eine Familie – wie eure –, und ich bin schon oft zu Besuch gekommen, und alles scheint in bester Ordnung zu sein. Doch dann kriege ich ganz plötzlich so ein kaltes Gefühl im Bauch, und ich denke – was ist, wenn die mich die ganze Zeit nur mühsam erduldet haben? Was ist, wenn sie nur *nett* zu mir waren? Dann gerate ich in Panik. Und dann fangen die Spielchen an.«

Draußen hatte Felicity ihre Schaukel verlassen und hockte nun neben dem kleinen Blumenbeet, das ihr ganz allein gehörte, und stocherte mit einem Stöckchen in der Erde herum. Da sie zufällig in diesem Moment aufsah, fing sie meinen Blick auf und grinste. Warum rief Felicitys Lächeln in mir manchmal diese kleinen Krämpfe aufsteigender Tränen hervor?

»Dann tauche ich wieder wie ein verängstigtes Kaninchen in meinem kleinen Haus unter, mache die Tür hinter mir zu – verschließe sie, verriegele sie, verbarrikadiere sie mit einem Stuhl –, tue alles, um mir die Welt vom Leib zu halten, damit sie nicht sieht, wie peinlich es mir ist, eine lästige alte Langweilerin zu sein, die sich aufdrängt, wo sie nicht erwünscht ist. Und dann laufe ich vielleicht ein bißchen mit geballten Fäusten im Haus umher und überschütte mich selbst mit Flüchen und so.«

Der arme Mike mußte natürlich etwas sagen. »Aber Dip, du glaubst doch nicht wirklich –«

»Ich rede nicht davon, was ich glaube, Mike. Ich rede davon, was ich *fühle*. An solchen Tagen *fühle* ich mich wie ein formloses Stück Abfall und bin sicher, daß niemand mich wirklich mag. Sie tun alle nur so, und ich will keinen von ihnen je wiedersehen.«

»Und das Spielchen . . .?«

»Das Spielchen – oh, ich komme mir vor wie ein Idiot, Mike! Das Spielchen – eines der Spielchen – besteht darin, daß ich tagelang oder sogar wochenlang mit niemandem Kontakt aufnehme, nur um zu sehen, wie lange es dauern wird, bevor ihnen endlich einfällt, daß ich existiere und sie mir schreiben oder mich anrufen oder irgend etwas. Ich weiß, es ist kindisch und albern, aber – ich schätze, manchmal bin ich eben ganz unten und verwandle mich in einen Jammerlappen.«

»Du hast dieses letzte Messer fünfmal abgetrocknet, Dip. Funktioniert das?«

»Funktioniert was? Die Kontaktsperre, meinst du? Nein, eigentlich nicht. Eine Weile lang drücke ich eine Ladung brennenden Groll an mich, aber dann fange ich an, die Leute zu vermissen; also gehe ich sie besuchen, und sie freuen sich meistens so sehr, mich zu sehen, und ich freue mich so sehr, sie zu sehen, daß ich ganz vergesse, tief verletzt zu sein, und alles wird wieder normal.« Ich lachte. »Einmal ging der Schuß voll nach hinten los. Da war so ein Pärchen in meiner früheren Gemeinde, die meinten, sie hätten einen ›Dienst unter Alleinstehenden‹ zu verrichten, und sie wurden ziemlich fuchtig, als ich eine Weile nicht zu ihnen kam. Eines Abends standen sie bei mir auf der Matte, mit Mündern, die aussahen wie ausgefranste Schnurstücke, und sagten mir, weil ich nicht an ihren Versammlungen teilgenommen hätte – ach Mike, lebendig begraben zu werden hätte mir mehr Spaß gemacht –, fühlten sie sich geführt, sich für eine Zeit von mir zurückzuziehen. Dann marschierten sie ab, und ich fühlte mich sehr erleichtert und ein bißchen schuldig – aber nur ein bißchen.«

Mike warf den Flaschenöffner an seinen Platz und schloß die Besteckschublade mit einem triumphierenden Knall.

»Der Abwasch ist erledigt. Jetzt nehmen wir uns den Fußboden vor. Gehen wir syst- . . . ich meine, du fegst, Dip, und ich stelle die Stühle hoch, weil ich weiß, wie man sie am besten anordnet, und dann kannst du mir vom Flur aus weiter erzählen, während ich feucht wische. Okay?«

Als ich ein paar Minuten später mit verschränkten Armen im Türrahmen lehnte und Mike beobachtete, wie er sich langsam und methodisch mit dem Schrubber rückwärts auf mich zuarbeitete, empfand ich ein leises Unbehagen. Eine Frage formte sich in dem konzentrierten Rhythmus seiner Bewegungen. Hätte ich nicht gewußt, daß durch den bevorstehenden

Urlaub sowieso eine Lücke entstehen würde, so hätte ich vielleicht an Ort und Stelle meine Kaninchennummer abgezogen. Welchen Preis würde ich dafür bezahlen müssen, daß ich mich so entblößt hatte?

»Darf ich dich etwas fragen, Dip?«

»Nein.«

»Komm schon – darf ich?«

Ich seufzte. »Ja.«

»Also – warum hast du mir das alles erzählt? Ich meine, du hast deine ganze Tarnung platzen lassen, nicht wahr? Wie kannst du dich jetzt noch dünnemachen und dein Spielchen mit der Kontaktsperre spielen, wenn wir doch genau wissen, was mit dir los ist, und mit riesigen Blumensträußen und Schwüren ewiger Freundschaft bei dir auf der Matte stehen werden, sobald wir dich einmal länger als einen oder zwei Tage nicht sehen? Verstehst du, was ich meine?«

Ich war entschlossen, nicht zu weinen. Ich holte tief Luft.

»Die Sache ist die, Mike, ich habe keine Lust, mit dir und Kathy und den anderen Spielchen zu spielen. Ich bin fast einundfünfzig Jahre alt, und ich glaube nicht, daß noch die Chance besteht, daß mir jemand Besonderes über den Weg läuft – nicht, wenn ich realistisch denke. Ich habe es ernst gemeint, als ich gerade sagte, daß ich mir heute nicht mehr vorstellen kann, jemandem auf diese Weise so nahezukommen. Aber in letzter Zeit habe ich angefangen . . .«

Mike, der spürte, daß ich ein Zeichen seiner Aufmerksamkeit brauchte, drehte sich um, stützte sich auf seinen Schrubber und nickte mir zu. »Weiter, ich höre zu.«

»In letzter Zeit habe ich angefangen, mich auf eine neue Art und Weise einsam zu fühlen – es steckt eine Art Panik mit darin, eine Furcht, daß ich alt werden könnte, ohne etwas« – ich rang einen Augenblick lang nach Worten –, »ohne *mich* an jemanden zu verschenken, ohne die Spielchen und die unnötige Zurückhaltung und die ruhige und zuverlässige Fassade und all das. Ich möchte niemandem ein Klotz am Bein sein, aber ich würde gern irgendwo hingehören.« Ich starrte den

Wäschetrockner an. »Du und Kathy und die Kinder, ihr habt – wie soll ich es beschreiben? –, ihr habt mich in alles mit hineingenommen, was bei euch los ist, ohne eure christliche Fassade in Ordnung zu bringen, bevor ich sie zu sehen bekomme. Ihr habt mich dahin gelassen, wo ihr wirklich seid, und, nun ja, ich habe bisher nie gewußt, was für ein Gefühl das ist. Ich möchte, daß das so bleibt. Das wünsche ich mir sehr. Habe ich dich in Verlegenheit gebracht?«

Mike verlagerte sein Gewicht auf dem Schrubberstiel. »Gestern abend, als alle weg waren«, sagte er langsam und ernst, »lagen Kath und ich im Bett und führten ein ziemlich altbekanntes Abendgespräch. Es läuft fast immer gleich ab. Sie verzweifelt an ihrer miserablen Mutterschaft und ihrem Aussehen und dem Verfall ihrer schriftstellerischen Begabung und ihrer Undankbarkeit gegen Gott für das, was er ihr in all diesen Bereichen geschenkt hat, und ich sage Sachen wie: ›Nun komm schon, Kath, du weißt doch, daß es in Wirklichkeit gar nicht so schlimm ist.‹ Dann sagt sie mir, was mit *mir* nicht stimmt, und ich höre zu, sage aber nichts – früher ja, aber jetzt nicht mehr –, bis sie gesagt hat, was immer sie auf dem Herzen hat; dann weint sie meistens, und wir kuscheln uns aneinander, und alles ist mehr oder weniger wieder in Ordnung. Na ja, wir haben das alles durchexerziert, und dann, als wir gerade schlafen wollten, sagte Kath plötzlich: ›Mike, ich wünschte, Dip würde zu uns ziehen und mit uns zusammenleben. Ich fühle mich sicher und geborgen, wenn sie hier ist.‹ Das waren ihre Worte – ›sicher und geborgen‹.«

Er zögerte einen Moment; er wollte mir zu verstehen geben, wie ernst es ihm war.

»Dip, wir sind eine chaotische Familie – das brauche ich dir nicht zu sagen. Wir verbringen offenbar schrecklich viel Zeit damit, so zu tun, als wären wir besser organisiert oder heiliger oder enger miteinander verbunden, als wir es wirklich sind. Zeitverschwendung, sicher, aber ich fürchte, so sind wir nun einmal. Du bist die erste Person, bei der es uns nicht stört, daß sie uns einfach so sieht, wie wir sind.« Er lächelte. »Ob es dir gefällt oder nicht, Elizabeth Reynolds, du hast eine Wärme und Herzlichkeit an dir, die Kath und ich einfach – nun – einfach lieben. Neulich haben wir beide genau dasselbe gesagt. Wenn du zur Haustür hereinkommst, wird alles ein bißchen heller.«

Er drehte sich abrupt um und begann, den Fußboden noch heftiger als zuvor zu attackieren.

»Dies ist ein großes, altes Haus, Dip«, sagte er über die Schulter hinweg. »Reichlich Platz für ein Wohn- und Schlafzimmer im Obergeschoß. Denk darüber nach, während wir in Amerika sind, ja?«

»Aber Kathy –«

»Gerade eben hast du gesagt, du möchtest gern für jemanden die Nummer eins in seinem Leben sein, stimmt's? Also, das kann ich dir zwar nicht garantieren, aber ich *kann* dir sagen, daß du bei Kath leicht auf den sechsten Platz kommst – ich würde sogar sagen, wie die Dinge mit Mark im Moment stehen, bist du auf den fünften Platz aufgestiegen. Denk darüber nach, während wir weg sind, ja? Versprochen?«

»Ich verspreche es.«

Die Küchenuhr zeigte genau zwei Uhr fünfundzwanzig, als Kathy, Mike, Jack, Felicity und ich uns an den Tisch setzten, um ein spätes Mittagessen mit Fisch und Chips zu uns zu nehmen, das Jack aus der High Street besorgt hatte. Sein Zimmer sah jetzt (nach den Worten seiner Mutter) aus, als wäre etwas Trauriges und Schreckliches notdürftig verborgen worden. Von Mark war immer noch nichts zu sehen.

Kathys Methode mußte ziemlich gut funktioniert haben, denn es war alles gepackt, aber sie sah sehr müde und verdrießlich aus.

»Wir halten uns nicht lange mit Tellern und dergleichen auf«, sagte Mike leicht nervös, während er das Essen auspackte. »Hat ja keinen Sinn, alles abzuspülen und dann wieder zu benutzen. Wir können genausogut mit den Fingern vom Packpapier essen; dann brauchen wir nur noch das Papier wegzuwerfen und uns die Hände zu waschen, stimmt's?«

»Ich weiß gar nicht, wieso wir überhaupt *jemals* Teller benutzen«, bemerkte Jack, »die machen doch nur das Leben komplizierter, oder nicht? Meiner Meinung nach ist Essen nur Brennstoff. Man steckt es hinein, und es bringt den Motor zum Laufen.«

Er steckte ein großes Stück gebratenen Brennstoff in seinen Mund und kaute es mit sichtlichem Genuß.

»Ich esse gern mit den Fingern«, sagte Felicity fröhlich. »Warum sprechen wir eigentlich kein Tischgebet, wenn wir unter uns sind? Wir sprechen nie ein Tischgebet, wenn nicht jemand hier ist – ein *Gast*.« Das letzte Wort sprach sie aus, als verberge sich dahinter eine gefährliche Krankheit.

»Aber Dip ist doch hier, Felicity«, sagte Mike, »zählt sie denn nicht?«

»Natürlich nicht«, erwiderte Felicity verächtlich, »Dip *gehört* doch zu uns. Mami, warum beten wir nicht, wenn wir unter uns sind? Glaubst du, Gott möchte, daß wir ihm nur dann für unser Essen danken, wenn jemand Wichtiges zum Essen kommt? Bei Emily zu Hause beten sie vor dem Frühstück und vor dem Tee und vor *allem*, selbst wenn nur Emily und ihre Mami und ich da sind. Bei Emily zu Hause –«

»Felicity, hör schon *auf* mit Emilys Zuhause«, unterbrach Kathy gereizt. »Mir ist völlig egal, wie es dort zugeht. Offenbar sind bei Emily zu Hause viel tollere Menschen als bei Felicity zu Hause, aber ich fürchte, dir bleibt nichts übrig, als hier mit deiner eigenen nichtsnutzigen Mutter zu wohnen, also iß deinen Fisch, und sei still!«

In der darauf folgenden Stille traten zwei riesige Tränen in Felicitys Augen und rannen langsam an ihrem Gesicht herab. Mike hatte aufgehört zu essen und starrte Kathy an. Vielleicht wartete er darauf, daß sie den angerichteten Schaden wiedergutmachen würde, bevor jemand anderes es tun mußte. Schließlich brach Jack das Schweigen. Er würde niemals den Prozeß der Brennstoffaufnahme für irgend etwas unterbrechen, aber immerhin fand er zwischen zwei Bissen Zeit, seine Ansicht zu äußern.

»Das ist ein bißchen unfair, Mum. Flitty hat nur darauf hingewiesen, wie heuchlerisch es ist, vor manchen Leuten eine Show abzuziehen, während man sich bei anderen die Mühe spart.«

Eine riesige Fuhre Fisch und Chips unterbrach Jacks im Entstehen begriffene Verteidigungsrede für seine kleine Schwester, aber er hätte sowieso keine Gelegenheit gehabt, noch mehr zu sagen. Was immer sich gerade in Kathy aufheizte, kam in diesem Moment zum Kochen. Sie beugte sich über den Tisch, hob einen steifen Zeigefinger und stach damit in die Richtung ihres ältesten Sohnes.

»Von *dir* lasse ich mir keine Vorträge über das Thema Heuchelei halten. Ich bin eine Expertin auf diesem Gebiet, nachdem ich das letzte Jahr mit dir erlebt habe. Du sitzt da, stopfst dir Chips ins Gesicht und erzählst mir, daß Teller das Leben komplizierter machen – also, dann darf ich deinem unergründlichen Wissensschatz vielleicht hinzufügen, daß Milchflaschen das Leben ebenfalls komplizierter machen; besonders wenn ich fünf davon in diesem Loch da oben finde, das du dein Zimmer nennst, von denen jede noch einen Achtelliter vergammelte Milch enthält, deren Gestank das ganze Haus verpestet. Wenn du irgendwann einmal anfängst, dein eigenes Chaos in Ordnung zu bringen, und aufhörst, unser Geld zu verschleudern, dann bin ich vielleicht bereit, mir deine Meinung darüber anzuhören, wie wir unser geistliches Leben gestalten und unsere anderen Kinder erziehen!«

Es entstand ein bedrücktes Schweigen. Jack legte seinen Arm, der gerade nicht mit der Brennstoffzuführung beschäftigt war, um Felicity, die immer noch schniefte, und Mike machte den Mund auf, um etwas zu sagen. Der Sturm drehte sich in seine Richtung.

»Falls du mir jetzt erzählen willst, daß ich ein Stück Fisch oder sonstwas auf deinen schönen, sauberen, verfluchten Küchenfußboden habe fallen lassen, Mike, dann werde ich aus diesem Haus flüchten – ich glaube wirklich, das werde ich. Offenbar bin ich umgeben von Neurotikern und Idioten, die nicht genug Verstand haben, sich um irgend etwas selbst zu kümmern, und ich habe genug davon!«

Kathy legte die Hände flach vors Gesicht und begann mit vor Erregung zitterndem Oberkörper lautlos zu schluchzen. Felicity starrte ihre Mutter aus geröteten Augen verwirrt an.

»Daddy«, sagte sie mit leiser, heiserer Stimme, »warum weint denn Mami? Ist sie wütend oder traurig?«

Mike breitete verwirrt und unglücklich die Arme aus. »Ich weiß es nicht genau, Liebling. Aber mach dir keine Gedanken. Mami wollte nicht so ... sie hat es nicht so gemeint. Sie hat sich nur ein bißchen aufgeregt.«

»Es waren nur vier Milchflaschen«, warf Jack unsicher und vielleicht etwas gedankenlos ein, als meinte er, das würde die Situation in ein völlig anderes Licht stellen.

Sie taten mir alle schrecklich leid, doch gleichzeitig sang in meinem Kopf die Erinnerung an etwas, das Felicity gesagt hatte, wie ein Vögelchen – immer die gleiche Melodie: »Dip *gehört* doch zu uns, Dip *gehört* doch zu uns, Dip *gehört* doch zu uns ...« Ich war in diesem Augenblick bestimmt die glücklichste Person in der Küche der Robinsons. Ich sehnte mich danach zu helfen.

Etwas an Kathys Verhalten erinnerte mich an all die Gelegenheiten in der Vergangenheit, meistens an den Abenden, wenn eine Welle panischer Einsamkeit auf mich einstürzte und das bißchen inneren Frieden, das ich hatte, überspülte, so daß ich nach Luft ringend zurückblieb und aus demselben Grund weinte wie ein Baby, aus schierer Bedürftigkeit. Über so etwas sprach man niemals. Nein, man wartete, bis die Tränen versiegt waren, dann ging man nach oben, wusch sich das Gesicht und bürstete sich die Haare, und wenn man wieder einigermaßen passabel aussah, ging man wieder hinunter, setzte sich neben das Telefon und ging in Gedanken eine Liste der Leute durch, die man kannte. Wenn man es endlich geschafft hatte, jemanden zu erreichen, klang man heiter und ungezwungen. Man sagte, man werde vielleicht später kurz vorbeischauen (weil man sowieso in der Gegend sein werde), um etwas zu besprechen oder irgendein Arrangement zu treffen oder etwas abzuholen, was man dort hatte liegenlassen. Nichts Wichtiges, nein, nein. Es konnte warten – nur so ein Gedanke . . .

Wenn sie dann sagten, das sei eine gute Idee, dann spitzte man die Ohren, um herauszuhören, ob sie einen wirklich haben wollten. Wollten sie es – oder taten sie überzeugend genug so, als ob sie es wollten –, dann ging man hin. Wenn man hinkam, wurde man gefragt, wie es gehe, und man sagte prima und lachte ein wenig, doch innerlich schrie man stumm danach, daß sie einen in die Arme nahmen und liebhatten und sich um einen kümmerten.

Ich bin sicher, andere Leute kommen viel besser mit dem Alleinleben zurecht als ich früher. Aber solche Erfahrungen, wie ich sie gemacht habe, machen einen sehr hellhörig für die Möglichkeit, daß Leute etwas *meinen* könnten, das sie nicht aussprechen. Ich wußte, daß Kathys Problem nichts mit irgend jemandem zu tun hatte, der jetzt in der Küche saß. Ich beugte mich hinüber und zog sanft eine Hand von ihrem Gesicht.

»Es ist Mark, nicht wahr?«

In diesem Moment hörten wir alle, wie jemand die Haustür öffnete. Die Tatsache, daß darauf nicht das entsprechende Geräusch der sich schließenden Haustür folgte, deutete darauf hin, daß Mark endlich nach Hause gekommen war. Zwei Sekunden später trat er in die Küche und starrte das Essen auf dem Tisch an.

»Ihr konntet wohl nicht auf mich warten, was?« sagte er empört.

Drittes Kapitel

»Es ist noch reichlich für dich da, Mark, setz dich, und ich suche dir deine Portion heraus.«

Mikes wackerer Versuch, weiterzumachen, als wäre eigentlich alles in Ordnung, scheiterte beinahe sofort. Kathy hatte zu weinen aufgehört. Nun war sie weiß und steif vor Wut. Sie schob ihren Stuhl zurück, stand auf und ging um den Tisch herum, bis sie direkt hinter dem Stuhl stand, auf den sich Mark lässig hatte fallen lassen. Er hatte bereits angefangen, vernehmlich zu kauen. Kathys Stimme war wie zugeschnürt vor Zorn.

»Dein Vater mag ja der Ansicht sein, daß es kein Problem gibt, junger Mann, aber meiner Meinung nach gibt es eins.« Sie hielt inne. »Hörst du mir zu?«

Mark aß weiter, als ob seine Mutter überhaupt nicht existierte.

»Ich *rede* mit dir – hörst du mir zu?« Eine weitere Pause. »Wenn du nichts zu mir sagst, werde ich dich von diesem Stuhl zerren und dich dazu *bringen*, daß du Antwort gibst.«

»Ich höre deine Stimme, wenn du das meinst.«

Die unselige Vorahnung einer Ohrfeige über den Hinterkopf hatte den Jungen zu einer Reaktion gezwungen, aber seine Worte waren so ziemlich die unverschämtesten und provokativsten, die er wählen konnte.

»Nun, wenn du meine Stimme hörst, dann hörst du auch, was ich dir sage, oder? Meiner Meinung nach – nicht, daß du auch nur einen Pfifferling auf meine Meinung gibst, das weiß ich wohl – hat dein Verhalten einen ohnehin sehr schwierigen Tag fast unerträglich gemacht. Gehen wir ihn einfach einmal durch, ja? Du hast heute morgen um acht Uhr mit dieser unfaßlichen Behauptung angefangen, du wüßtest nicht, daß wir heute nach Amerika fliegen. Tut mir leid, Mark, aber das bedeutet, daß du entweder unheilbar dämlich bist oder einfach nicht genug Interesse an deiner Familie hast, um irgendeine Information aufzunehmen, die sich nicht unmittelbar auf das Herumhängen mit deinen verwahrlosten Freunden bezieht. Du *mußt* gewußt haben, daß wir heute fliegen – ich glaube, du hast *beschlossen*, es nicht zu wissen. Und dann, nachdem du all diesen Unfug von dir gegeben hast, verschwindest du – der Himmel weiß wohin – für Stunden und Stunden, überläßt uns alle Arbeit, um dann wieder hereingeschlendert zu kommen und die Haustür offenstehen zu lassen –«

»*Ich* habe die Haustür heute morgen auch offenstehen lassen, Mami«, sagte Felicity mit ängstlicher Stimme, als wolle sie versuchen, die Situation zu retten.

»Mag sein«, knirschte Kathy, immer noch zu Marks Hinterkopf gewandt, »aber siehst du, Felicity, wenn dein lieber Bruder das tut, ist das nur ein weiteres Symptom für die Tatsache, daß ihm alles, was für irgend jemanden anderes nützlich sein könnte, nicht einmal erwägenswert erscheint – als vollkommen irrelevant für dich, ist es nicht so, Mark?«

Mike beugte sich vor. »Kath, meinst du nicht, du gehst ein bißchen zu –«

»Zu weit? Ist es das, was du sagen wolltest?« Kathy war jetzt beinahe atemlos vor Zorn. »Ja, ich gehe zu weit. Ich gehe aus guten und hinreichenden Gründen zu weit. Ich gehe ganz vernünftig zu weit, vielen Dank, und wenn du es wissen willst, ich bin es leid, daß du jeden Versuch, den ich unternehme, um diesem – diesem *Kind* ein wenig Disziplin beizubringen, als eine Art neurotischen Ausbruch hinstellst.«

Sie beugte sich herab, stützte ihre Unterarme auf den Tisch und sprach direkt von der Seite in Marks Gesicht. Er zuckte mit dem Kopf leicht von ihr weg und aß weiter. »Ich finde es völlig unbegreiflich, daß du zurück in dieses Haus marschierst und dich auch noch darüber empörst, daß der Rest der Familie beschlossen hat, zu essen, statt darauf zu warten, daß du uns mit deiner Gegenwart beehrst, wann immer es dir beliebt, nach Hause zu kommen.« Sie atmete ein- oder zweimal tief durch.

»Und jetzt werde ich dir sagen, was ich möchte. Ich möchte wissen, was du über all das denkst, was ich gerade gesagt habe – freilich nur, falls du nicht auch findest, daß ich unvernünftig bin. Findest du das?«

In meinen Ohren schienen sich die waschmaschinenartigen Geräusche, die Mark beim Essen machte, in dem nun folgenden Schweigen noch zu verstärken, bis sie die Küche, das Haus und die ganze Welt erfüllten. Als sie sah, daß er dabei war, den Bissen, den er gerade herunterzuschlucken im Begriff war, durch einen weiteren zu ersetzen, packte Kathy sein Handgelenk und wiederholte ihre Frage.

»Findest du, daß ich unvernünftig bin?«

Ich vermute, wenn man in diesem Stadium der Verhandlungen einen Ausschuß zu dem ausdrücklichen Zweck eingesetzt hätte, die schlimmstmögliche Antwort zu formulieren, die Mark seiner Mutter geben konnte, so wäre diesem Ausschuß vielleicht nach wochen- oder gar monatelangen Überlegungen etwas noch weniger Diplomatisches eingefallen als das, was er tatsächlich sagte.

»Warum kann ich nicht hierbleiben und mich selbst versorgen, während ihr alle nach Amerika fliegt?«

Das war es, was er tatsächlich sagte, und es war der Strohhalm, der wirklich und wahrhaftig dem Kamel den Rücken brach. Kathy riß die beladene Gabel aus Marks Hand und schleuderte sie quer über den Tisch, wo sie vor ihrem ältesten Sohn landete, der gerade mit seiner eigenen Portion fertig geworden war. Jack streckte geistesabwesend seine Hand aus und zog sie dann wieder zurück, weil ihm vermutlich plötzlich einfiel, daß solch unverhohlener Opportunismus unpassend war, um es milde auszudrücken.

»Du dummes kleines . . .!« Kathy fehlten jetzt beinahe die Worte. Sie zog Mark auf die Beine, hielt ihn fest und schüttelte ihn an beiden Handgelenken und schrie ihm aus nächster Nähe ins Gesicht: »Wie kannst du nur so einen dämlichen Unsinn reden? Du blöder, dummer . . .! Weißt du eigentlich, was dieser Urlaub uns kostet? Weißt du, wie lange es gedauert hat, ihn zu planen? Was zur Hölle denkst du dir dabei, zu fragen, ob du zu Hause bleiben kannst? Ich fasse einfach nicht, daß du uns das antun könntest – bei all dem Geld, das wir in letzter Zeit für dich ausgegeben haben – das ist dir völlig egal, nicht wahr? Als du gestern jemanden brauchtest, der dich in die Stadt fährt, damit du dir deine kostbaren Trainingsschuhe kaufen konntest, kam der ganze Haushalt zum Stillstand, nur damit du deinen Willen bekamst. Aber das bedeutet dir gar nichts, was? Im Grunde ist dir einfach alles egal. Dir ist alles völlig egal!«

Ihr kamen wieder die Tränen vor Zorn. Kathy schrie von einem Platz in ihrem Herzen aus, der nichts mit dem gegenwärtigen Konflikt zu tun hatte. Irgendeine Wunde aus der Vergangenheit war aufgebrochen, und sie schmerzte sie. Das Schlimme war, daß es auch Mark schmerzte, auf eine Weise, die ihn verwirrte und ihm Angst einjagte. Mit versteinertem Gesicht gegen den Strom der Emotionen ankämpfend, wand er sich aus dem Griff seiner Mutter und spie ihr mit seltsam verzerrter, pseudoerwachsener Stimme seine Antwort entgegen.

»Warum redest du dann so schlecht über meine Freunde? Und warum redest du immer davon, was ihr alles für mich getan habt und wieviel Geld ihr für mich ausgegeben habt, wenn du meinst, daß ich etwas falsch gemacht habe? Du bist diejenige, der alles egal ist!«

Er drehte sich abrupt um und stampfte durch den Flur davon. Wir hörten seine Schritte über unseren Köpfen die Treppe hinaufdonnern, bis er in seinem Zimmer verschwunden war. Eine Tür wurde gewaltsam zugeschlagen, und dann war Stille.

Felicity sagte: »Warum ist bloß alles so schrecklich an unserem ersten Ferientag?« und brach in Tränen aus. Jack hob sie vorsichtig auf seinen Schoß und nahm sie in die Arme.

Kathy schien nichts wahrzunehmen außer ihrer eigenen Reaktion auf Marks letzten Dolchstoß. »Ich bin diejenige, der alles egal ist – ich bin diejenige, der alles egal ist – ich bin diejenige ...« Wut durchströmte sie in Wellen, als ob sie sie ein- und ausatmete. »Dieser kleinen Ratte werde ich beibringen, die Türen zuzuschlagen!«

Als sie sich beinahe im Sprint in Richtung Treppe in Bewegung setzte, stand Mike auf und rief ihr nervös hinterher: »Kath, meinst du nicht, du solltest warten, bis ...?« Er verstummte. Kathy war nicht in der Verfassung, Vorschläge von irgend jemandem anzunehmen, schon gar keine schwächlich vorgebrachten Ratschläge ihres Mannes.

Wir warteten und lauschten. Kathys Schritte dröhnten ebenso schwer auf der Treppe über uns wie zuvor Marks, doch dann trat unerklärlicherweise völlige Stille ein – kein Krachen von Möbeln, keine Rufe, keine Schreie, keine Explosionen irgendwelcher Art. Um auch nicht das leiseste Geräusch zu überhören, spitzten wir unsere Ohren und saßen, wie uns schien, sehr lange Zeit schweigend da, obwohl es in Wirklichkeit wohl nur ein paar Minuten waren.

»Sie hat ihn umgebracht«, sagte Jack.

Ich fand diese Bemerkung unter den gegenwärtigen Umständen keineswegs amüsant; doch Felicity reagierte, obwohl immer noch Tränen in ihren Augen standen, offensichtlich maßlos erleichtert auf diese aus ihrer Sicht völlig absurde Bemerkung. Sie kicherte, als hätte man sie gekitzelt. Mike ließ die Luft heraus, die er bis dahin angehalten hatte, und ließ sein Kinn auf die Brust sacken wie ein Gewicht, das plötzlich losgelassen worden war. »Ich glaube«, sagte er, den Blick auf seine verschränkten Finger auf dem Tisch gerichtet, »es wird wahrscheinlich alles wieder in Ordnung kommen – zumindest für eine Weile.« Er stand auf. »Ich werde mal das Essen wieder aufwärmen, bis Kath und Mark wieder herunterkommen. Ich schätze, wir fühlen uns alle im Moment ein wenig – verbeult, aber später wird schon alles in Ordnung kommen.«

»Wann müßt ihr in Heathrow sein, Mike?« fragte ich.

Er schloß die Ofenklappe und sah sich über die Schulter nach der Uhr um. »Wir müssen bis sechs Uhr einchecken; also müßte es reichen, wenn wir uns spätestens um halb fünf auf den Weg machen. Damit haben wir noch reichlich Zeit, falls du es wirklich ernst gemeint hast, daß du hinter uns aufräumen willst, Dip.«

»Oh, ich habe ernst gemeint, was ich gesagt habe, Mike. Und du? Hast du auch ernst gemeint, was du gesagt hast?«

»Habe ich ...? Ach so, tja, unter gleichbleibenden Voraussetzungen – worauf man sich in dieser Familie keineswegs verlassen kann, wie du schon vor diesem kleinen häuslichen Zwischenfall durchaus erkannt haben dürftest – wirst du kurz vor unserer Abreise noch etwas mehr darüber hören. Und ich glaube, du wirst überrascht sein, wie sehr –«

Mike brach ab, als Kathy in der Tür erschien. Tränen, Zorn und Spannung waren wie fortgeblasen. Sie sah sogar recht fröhlich aus, wenn auch etwas verlegen.

»Hallo, alle miteinander«, sagte sie. »Ich bin gekommen, um voller Reue vor euch im Staub zu kriechen. Felicity, Liebling, komm zu Mami kuscheln. Ich wollte nicht so böse zu dir sein.«

Die prompte, eifrige Eile, mit der das kleine Mädchen sich von Jacks Schoß herunterstrampelte, war eine wunderbare Demonstration jener bedingungslosen, freudigen Vergebung, mit der manche Kinder die Welt erfrischen. Sie rannte quer durch die Küche, warf sich in die Arme ihrer Mutter, ließ sich von ihr ausgiebig eng umschlungen herumschwingen und stellte dann (wie ich schon halb vermutet hatte) die Frage, deren Wiederholung bewies, daß Felicity wirklich an die Entschuldigung ihrer Mutter glaubte.

»Mami, warum beten wir denn nun nicht, wenn wir unter uns sind, wie bei Emily zu Hause?«

Wir mußten alle lachen, einschließlich Kathy, die sagte: »Ich fürchte, die Antwort ist genau dieselbe, auch wenn ich nicht böse bin, mein Schatz. Du steckst nun einmal bei deiner dummen alten Mami fest –«

»Und deinem dummen alten Daddy«, schaltete sich Mike ein.

»Während Emily, dieser Glückspilz, nun einmal eine Mami

und einen Daddy hat, die nett und gelassen und gut organisiert sind und alles richtig und zur richtigen Zeit machen, selbst wenn niemand zuschaut! Und ich sage, das ist prima für sie. Ich wünschte, ich wäre genauso, aber ich bin es nicht.«

Felicity kniff mit Daumen und Zeigefinger jeder Hand in Kathys Wangen, zog dann ihren Kopf zurück und prustete vor Lachen über das verzerrte Gesicht ihrer Mutter. »Ich möchte aber bei dir und Daddy feststecken«, sagte sie mit aufgesetzter Babystimme. »Ich will gar nicht bei Emilys Mami feststecken.«

»Ich auch nicht!« sagte Mike mit überraschender Leidenschaft, und alle außer Felicity lachten wieder.

»Hast du Mark umgebracht?« fragte Jack gemütlich.

»Nein, ich habe ihn nicht umgebracht, Jack – diesmal noch nicht. Bitte verzeih, daß ich dich eben so angeschnauzt habe. Es lag nicht an dir, obwohl diese Milchflaschen mich schon ziemlich ärgern. Ich hätte mich nicht so ereifern dürfen. Es tut mir wirklich leid.« Sie ließ Felicity zu Boden und wandte sich wieder an Jack. »Würde es dir etwas ausmachen, die Koffer hinaus zum Wagen zu bringen, Jack? Und wir haben auch noch eine Menge kleiner Taschen, bei denen Felicity dir helfen kann. Das machst du doch gerne für Mami, was, Felicity?«

Felicity sah ihre Mutter mit den zusammengekniffenen Augen eines Dechiffrierexperten an. »Ich will hierbleiben und auch hören, was mit Mark passiert ist«, sagte sie.

»Komm schon, Flitty.« Jack entrollte sich von seinem Stuhl und streckte eine Hand aus. »Du weißt doch genau, daß sie nicht darüber reden werden, solange du dabei bist; also können wir genausogut gehen und das Gepäck verstauen. Ich sag' dir was – du kriegst für jede Tasche, die du hinausbringst, eine Schokoladenkugel. Wie findest du das?«

»Du hast ja gar keine Schokoladenkugeln«, sagte Felicity und sah mit hoffnungsvollen Augen zu ihrem Bruder auf.

»Ach, habe ich nicht? Woher weißt du denn, daß ich nicht noch eine Packung in meinem Zimmer versteckt habe?«

»Weil ich die schon längst gefunden hätte, wenn da eine wäre.«

»So, hättest du, ja? Warte – jetzt krieg' ich dich!«

Mit gespielter Strenge im Gesicht hievte Jack seine kichernde Schwester auf seine Schulter, marschierte mit ihr davon und verschloß die Tür zwischen der Küche und dem Rest des Hauses mit dem Fuß. Quietschende Angstschreie und ekstatisches Gelächter drangen vom Flur her zurück, während die beiden sich in Richtung Wohnzimmer entfernten.

»Kommt Mark herunter, um seinen Fisch aufzuessen?« fragte Mike leise.

Kathy nickte, während sie sich einen Stuhl an den Tisch zog. »Ja, er wird gleich hiersein. Ich werde nichts mehr essen – nicht nachdem ich alle diese Worte heruntergeschluckt habe. Ich wollte euch nur erzählen, was da oben passiert ist.«

Ich war plötzlich verlegen. »Möchtet ihr, daß ich gehe und Jack ein bißchen helfe? Macht mir gar nichts aus ...« Mir wurde heiß und schwer, als ich mich zum Gehen anschickte, aber Kathy beugte sich herüber und legte mir die Hand auf die Schulter, um mich zurückzuhalten.

»Das ist ja wohl ein Witz, oder, Dip? Wenn es mich nicht stört, daß du meine schlimmste schmutzige Wäsche zu Gesicht bekommst, dann wird es mich bestimmt auch nicht stören, wenn du eine der seltenen Gelegenheiten beobachtest, wenn ein Stück Unterwäsche tatsächlich einmal gewaschen wird, oder? Ich bestehe sogar darauf. Übrigens, da fällt mir ein: Wir wollten dir vorschlagen, über etwas nachzudenken, während wir in –«

»Ich habe Dip schon davon erzählt«, unterbrach Mike. »Wir werden noch etwas darüber sagen, kurz bevor wir aufbrechen. Erzähl uns, was mit Mark los war.«

»Ja, richtig ... du hast es erwähnt, richtig.« Einen Augenblick lang suchte Kathy in meinem Gesicht nach einer Reaktion, aber sie fand keine. Die Robinsons mögen ja sehr gut darin sein, saubere Geschirrtücher zu horten, aber ich bin sehr gut darin, mein Gesicht zu verschließen. Kathy runzelte eine Sekunde lang nachdenklich die Stirn, dann sprach sie. »Das mit Mark – okay, also, ich bin die Treppe hinaufgestürmt mit der bewußten Absicht, ihm irgendeinen schweren körperlichen Schaden zuzufügen. Das habt ihr vermutlich erraten, was?«

»Wir hatten so eine Ahnung«, erwiderte Mike ernst.

»Ich bin hinaufgedüst wie ein Schnellzug, und ich habe dabei überhaupt nicht nachgedacht. Ich spürte nur noch, wie in mir die Gefühle aufeinanderkrachten.« Sie wedelte mit der Hand in Richtung ihres Mannes. »Mike hat das alles natürlich schon oft erlebt – er hat es schon mehr als einmal selbst abgekriegt, fürchte ich. Mich packt einfach manchmal diese wilde, stürmische Angst.«

»Angst vor was, Kathy?«

»Ich weiß es nicht genau. Vor der Nacht, vor dem Ende, davor, daß alles auseinanderbricht, davor, nicht geliebt zu werden, vor irgendeiner endgültigen Katastrophe – ich weiß es eigentlich nicht. Es ist mir nie gelungen, es festzunageln. Diese Angst hat bei mir schon immer unter der Oberfläche geschwelt und wartet nur darauf, daß durch so etwas wie die Geschichte mit Mark die Kellertür aufgestoßen und sie herausgelassen wird. Versteht mich nicht falsch – Mark hat sich wirklich danebenbenommen, und ihm muß mal der Kopf zurechtgesetzt werden. Er kann ein richtiger kleiner Teufel sein. Das Problem ist nur, daß diese fürchterlichen Gefühle, wenn sie erst einmal eine Weile in mir umgegangen sind, überhaupt nichts mehr mit der Sache oder der Person zu tun haben, durch die sie ausgelöst wurden. Aber dann ist es schon zu spät – der Schnellzug rast mit Höchstgeschwindigkeit dahin, und meistens kommt jemand dabei zu Schaden. Weißt du, Dip, das Problem ist, daß ich keine Bremsen an meinem Zug habe.«

»Aber diesmal hat dich etwas aufgehalten.«

Kathy legte die Handflächen zusammen wie ein betendes Kind und stützte ihr Gesicht auf die Fingerspitzen, während sie nachdachte. Dann blickte sie auf. »Ja, so war es. Es war etwas, das ich heute morgen in dem trostlosen Schützenloch gelesen habe, das wir lächerlicherweise unsere Stille Zeit nennen. Es war die Stelle, wo es heißt, daß wir unsere Feinde lieben sollen. Mike und ich kamen zu dem Schluß, daß wir jeder eine

Person haben, die wir als ›Feind‹ bezeichnen würden, stimmt's, Mike?«

Mike runzelte schuldbewußt die Stirn. »Ja, wir wollten gerade für sie beten, aber leider haben wir uns ein bißchen … äh … ablenken lassen, indem wir uns alle möglichen Folgen ausdachten, mit denen wir sie gerne quälen würden –«

»Ich tat das, meinst du. Nonstop-Dudelsackmusik in einem engen Raum bei gleichzeitigem Monopolyspiel mit unseren drei Kindern – solche Sachen.« Kathy grinste genüßlich bei der Erinnerung. »Jedenfalls, als ich gerade eben oben ankam und die Tür einrennen wollte wie ein amerikanischer Detektiv, um Mark den Kopf abzureißen, fielen mir diese drei Worte ein – Liebet eure Feinde. Und plötzlich wurde mir klar, daß – oh, Mike, es war furchtbar – mir wurde klar, daß ich in diesem Moment meinen eigenen Sohn als meinen Feind betrachtete. Ich wollte ihn immer noch umbringen, versteht ihr, aber ich wurde davon abgehalten durch …« Sie strich sich das Haar aus der Stirn. »Ich wurde davon abgehalten durch das Wissen, daß ich entweder gehorsam sein und ihn lieben konnte, was immer das mit sich bringen würde, oder ungehorsam sein und meinen eigenen Gefühlen nachgeben konnte. Als ich da oben vor seiner Tür stand, immer noch kochend vor Wut, erschien mir die Sache auf einmal so einfach.«

»Der Herr hat zu dir gesprochen«, sagte Mike mit leuchtenden Augen. »Das hast du dir doch immer gewünscht, Kath. Das passiert immer nur anderen Leuten, niemals dir – das hast du oft gesagt.«

Ein gereizter Schatten flog über Kathys Gesicht. »Ich wünschte, du würdest der Versuchung widerstehen, das ganze Leben als ein Klassenzimmer voller Kinder zu betrachten, Mike. Wenn du willst, kannst du gern herumlaufen und all deine Erlebnisse mit hilfreichen kleinen Etiketten bekleben, aber ich würde meine gerne so belassen, wie sie sind, vielen Dank. Vielleicht hat Gott zu mir gesprochen. Ich weiß es nicht. Was ich genau weiß, ist, daß ich bestimmte Dinge gedacht und gefühlt habe und daß ich infolgedessen anders gehandelt habe – das ist alles.«

»Tut mir leid, Kath«, sagte Mike. Sein Tonfall war bußfertig, aber seine Augen leuchteten immer noch.

»Was hast du schließlich gemacht, Kathy?«

»Am Ende, Dip, habe ich die Türklinke ganz, ganz langsam heruntergedrückt, mit dieser intensiven Muskelbeherrschung, die man anwendet, wenn man wütend ist, aber es nicht zeigen will, und bin hineingegangen. Mark war doch tatsächlich angezogen ins Bett gegangen – er weiß, wie ich es hasse, wenn er das tagsüber macht –, und er saß dort und las einen Comic. Offensichtlich wartete er auf die Explosion, wie ihr hier unten sicherlich auch. Ich setzte mich auf sein Bett, ohne etwas zu sagen, und er sah mich ein wenig verwirrt an, bis er schließlich so tat, als wolle er seinen Comic weiterlesen. Dann streckte ich die Arme aus und sagte: ›Ich liebe dich Mark – was immer in den nächsten fünf Minuten passiert, ich werde dich immer lieben – was immer passiert.‹ Er ließ den Comic sinken und sah mich eine Sekunde lang an, dann streckte er auch die Arme aus, und wir drückten uns. Er sagte etwas in der Art wie ›Tut mir leid, daß ich mich ein bißchen danebenbenommen habe, Mum‹, und ich sagte: ›Mir tut es auch leid, daß ich mich ein bißchen danebenbenommen habe‹, und das war es eigentlich. Er wird gleich herunterkommen und weiteressen, also . . .« Sie brach ab und lachte dann kurz auf.

»Woran hast du gerade gedacht, Kath?« fragte Mike.

»Nur – wie erbärmlich ich doch bin«, erwiderte Kathy. »Nur ein bißchen Zuneigung – mehr brauche ich nicht, um die Kälte zu verscheuchen. Eine Runde Kuscheln, und schon kommt die Sonne wieder heraus. Ich bin so ein Kindskopf. All meine Sorgen scheinen sich in einer großen Frage zu erschöpfen: Liebst du mich noch? Aber ich sage euch was«, fügte sie mit einem Lächeln hinzu, »nur gut, daß er darauf reagiert hat, denn wenn nicht – dann hätte ich ihn zum Fenster hinausgeschmissen.«

Danach herrschte für einige Zeit Frieden. Mark erschien

wie angekündigt, offenbar unberührt von dem kürzlichen Trauma, aß seinen Anteil und den seiner Mutter von dem noch vorhandenen Mittagessen und erzählte mir mit unverkennbar echter Vorfreude von dem Familienabenteuer, das nun beginnen würde. Als ich ihn fragte, ob er wirklich nicht gewußt habe, daß sie heute in Urlaub fahren wollten, behauptete er steif und fest, er hätte gedacht, es wäre erst nächsten Samstag. Sodann erklärte er mir ausführlich, er hätte sich nur geärgert, weil er und seine Freunde vorgehabt hatten, am Montag zum Angeln zu gehen; er hätte sich »ziemlich darauf gefreut«, weil sie Sandwiches, Getränke und (für mich unerklärlicherweise) einen Fußball hatten mitnehmen wollen. Abends hatten sie dann vorgehabt, zu Mark nach Hause zu gehen und die tagsüber gefangenen Fische zu braten, und das konnte nur bei Mark stattfinden, weil die Mütter der anderen keine Unordnung in ihrer Küche ausstehen konnten. Ich merkte mir dieses letzte, etwas zweifelhafte Kompliment, um es zu einem geeigneten Zeitpunkt in der Zukunft an Kathy weiterzugeben.

Um Viertel nach vier waren die Robinsons abmarschbereit. Felicity hüpfte voller Begeisterung und Schokoladenkugeln den Flur auf und ab und sang immer wieder: »Wir fliegen nach Amerika!«, bis sie zusammen mit ihren beiden Brüdern von ihrem Vater zu einer Familienkonferenz in letzter Minute rund um den Küchentisch gerufen wurde. Mike setzte sich an das Ende, das dem Fenster am nächsten war, und sah ein wenig nervös aus, während er darauf wartete, daß sich der Aufruhr legte. Ich war auch nervös. Ich bereute plötzlich meinen vorherigen Schritt in die Selbstoffenbarung und wünschte mir, alles könnte für immer genauso bleiben, wie es immer gewesen war.

»Ist es nicht komisch«, sagte Kathy, als das allgemeine Geplapper sich gelegt hatte, »wie man sich fühlt, unmittelbar bevor man zu einer solchen Reise aufbricht? Man hat sich schon seit Ewigkeiten darauf gefreut, man war deswegen ganz aufgeregt, man will es wirklich, und doch – ich kann es nicht genau beschreiben –, gerade in diesem Moment würde ich mich am liebsten hier inmitten dieser schönen, vertrauten, beruhigenden Umgebung niederlassen und einfach zu Hause sein. Klingt das sehr albern?«

»Ja«, sagte Felicity schlicht, »das klingt total albern, Mami.« Ob solcher Torheit gab sie ein kurzes, perlendes Lachen von sich. »Natürlich wollen wir nicht hierbleiben. Wir wollen nach Amerika.« Sie wandte sich an ihren Vater. »Liegt Amerika in England, Daddy?«

»Nein, mein Schatz«, erwiderte Mike, leicht schockiert über diese unermeßliche Lücke im geographischen Verständnis seiner Tochter, »du weißt doch, daß es nicht in England liegt. Ich habe dir doch erklärt, daß wir in einem großen Flugzeug über ein riesiges Meer hinwegfliegen müssen, das Atlantischer Ozean heißt, weil eben Amerika ein ganz anderes Land ist. Ich habe es dir auf der Landkarte gezeigt, weißt du noch?«

»Das ist da, wo die Cowboys und Indianer herkommen, Flitty«, fügte Jack hinzu. »Wie im Fernsehen.«

»Ich dachte, es wäre da, wo Disneyland ist.« Eine Spur von Besorgnis klang in Felicitys Stimme mit, während sie versuchte, sich in ihrem sechsjährigen Informationsvorrat zurechtzufinden. »Da gehen wir doch hin, nicht wahr, Mami?«

»Natürlich gehen wir dahin«, sagte Kathy beruhigend, »das wird ein Riesenspaß.«

»Aber es gibt keine Cowboys und Indianer mehr, Flit«, erklärte Mark. »In Amerika laufen jetzt alle so angezogen herum wie wir, und sie tragen auch keine Waffen mehr.«

»Das ist ja wohl ein Witz!« Jack balancierte auf den zwei Hinterbeinen seines Stuhls und prustete laut los.

Marks Gesicht verhärtete sich vor Wut. »Warum ist das, was ich sage, ein Witz? Warum war das, was du gesagt hast, kein Witz?«

»Es gibt vielleicht keine Cowboys und Indianer mehr, aber zu sagen, daß die Amerikaner keine Waffen mehr haben, ist schlichtweg lächerlich. Es gibt mehr Waffen pro Kopf in den Vereinigten Staaten von Amerika als in jedem anderen –«

»Ich habe nie behauptet, daß sie keine Waffen mehr haben.

Ich habe nur gesagt, sie tragen sie nicht mehr wie früher. Du hörst nie zu, was ein anderer sagt, das ist dein Problem. Du bist viel zu sehr damit beschäftigt, so zu tun, als wärst du erwachsen, und dir Musik anzuhören, die kein anderer Mensch begreift, weil sie so schlecht ist, daß sich kein anderer damit abgeben mag.«

»Ach, verzieh dich!« Jack wandte sein Gesicht von Mark ab. »Ich hoffe, der benimmt sich nicht die nächsten drei Wochen lang so. Ich weiß nicht, ob ich das aushalte.«

Jacks gelangweilt abweisendes Gehabe brachte etwas in Mark zum Explodieren. »Halt endlich dein Maul, Jack! Du machst mich krank! Du machst mich –«

»Mami, es gibt aber doch noch Cowboys und Indianer in Amerika.« Irgend etwas war an die Oberfläche von Felicitys Erinnerung gedrungen. »Ich habe sie in einer Fernsehsendung über Disneyland gesehen. Sie haben welche in Disneyland. Jack und Mark haben gesagt, es gibt keine mehr, aber es gibt doch welche, nicht wahr?«

Mark hatte seine Arme verschränkt, wie um die Wut festzuhalten, die in ihm tobte. Er sprach in gepreßten, abgehackten Worten. »Dad, kann ich im Flugzeug woanders als neben Jack sitzen, bitte?«

»Ist mir nur recht«, sagte Jack gedehnt. »Ich habe keine Lust, stundenlang neben einem albernen kleinen Jungen zu sitzen.«

Kathy hielt sich beide Ohren zu. »Wenn ihr beide nicht –«

»Mami, sag Mark und Jack, daß es immer noch Cowboys und Indianer in Amerika gibt. Sie haben beide gesagt –«

»Stopp.« Mike erhob nicht im geringsten seine Stimme, aber da war etwas an der festen Entschlossenheit hinter diesem einen Wort, das ihm allgemeine Aufmerksamkeit verschaffte. »Ich fürchte, wir benehmen uns alle ziemlich rücksichtslos. Dieses letzte kurze Zusammensein war eigentlich für Dip gedacht. Es sollte keine Gelegenheit für Jack und Mark sein, um herauszufinden, wie widerlich sie zueinander sein können. Ich möchte, daß ihr beide euch bei Dip entschuldigt, bitte.«

Es gibt wenige Dinge, die peinlicher sind, als Entschuldigungen von Leuten entgegenzunehmen, denen befohlen wurde, sich zu entschuldigen; aber ich mußte trotzdem lächeln, als die beiden Jungs ihr bedauerndes Murmeln von sich gaben.

Es war so schwierig für Jack, der zwischen Kindheit und Erwachsensein steckte, Stabilität zu finden, um sowohl mit den Älteren als auch mit den Jüngeren zurechtzukommen. Felicity war noch zu klein, um ein Problem darzustellen – durch sie, spürte ich, fühlte er sich sogar noch erwachsener; aber Mark mußte wohl zu sehr das jugendliche Abbild seiner selbst repräsentieren, mit dem Jack nichts mehr zu tun haben wollte. Hohn und Abfälligkeit schienen für ihn die einzigen Waffen zu sein, um seinen kleinen Bruder daran zu hindern, ihn zurück in eine Welt zu ziehen, die er unbedingt hinter sich lassen wollte.

Vielleicht war es für Mark sogar noch schwieriger zu begreifen, warum der große Bruder, der ihm während der letzten Jahre vermutlich näher war als irgend jemand anderes, sich jetzt in seinem Verhalten und seinem Lebensstil so verräterisch fern von ihm hielt. Ich konnte mit beiden mitfühlen.

»Habe ich auch etwas falsch gemacht, Daddy?« fragte Felicity interessiert.

»Eigentlich nicht«, sagte Mike, der wider Willen lächeln mußte, »aber du darfst dich auch bei Dip entschuldigen, wenn du möchtest. Das zählt dann für das nächste Mal, wenn du etwas Ungezogenes tust.«

Dieser Gedanke gefiel Felicity ungemein. Sie kniete sich auf ihren Stuhl, schlang ihre Arme um meinen Hals und legte ihren Kopf auf meine Schulter. »Oh Dip«, rief sie theatralisch, »bitte verzeih mir meine nächste Ungezogenheit. Ich kann dir gar nicht sagen, wie leid es mir tun wird!«

Ich klopfte Felicity auf den Rücken. »Vielen Dank, Felicity, ich freue mich schon darauf. Übrigens – ich glaube, Mike ist das einzige Mitglied dieser Familie, das sich heute noch nicht bei mir entschuldigt hat. Allmählich wünsche ich mir, ich hätte selbst etwas Schlechtes getan, damit ich mich bei einem von euch entschuldigen könnte.«

Mike klatschte dreimal kräftig in die Hände. »Schön! Und nun Schluß mit dem Durcheinander. Keine Streitereien mehr. Zeigen wir Dip, was wir gemacht haben. Könntest du bitte das gewisse Etwas herausholen, das wir gestern gemacht haben, Mark?«

»Oh ja!« Marks Augen leuchteten in Vorfreude auf, als er aufstand und in das untere Regal des Küchenschrankes griff, der hinter der Tür zum Garten stand. Felicity ließ meinen Hals los, hüpfte mit ihrem Po auf den Fersen auf und ab und wedelte vor Aufregung mit den Händen.

»Jetzt kommt die Überraschung, Dip!« quietschte sie. »Ich habe auch mitgebastelt. Schau nur!«

»Nimm das andere Ende, Jack«, sagte Kathy, »er schafft es nicht allein. Ihr beide mögt euch ja über die meisten Dinge nicht einig sein, aber ich weiß, daß ihr in dieser Sache völlig einer Meinung seid.«

»Okay, Mum. Mach die Augen zu, bis wir dir Bescheid sagen, Dip.« Jack stand hilfsbereit auf und nahm ein Ende des langen, wie eine Ziehharmonika zusammengefalteten Papierstreifens, den Mark sorgfältig auseinandergefaltet hatte.

Ich schloß meine Augen.

Als alle »Jetzt darfst du gucken!« riefen, öffnete ich meine Augen und erblickte ein zweieinhalb Meter breites Papiertransparent, geschmückt mit Sternen und Bäumen und allen möglichen nicht ganz so leicht erkennbaren Figuren in allen Farben des Filzstiftregenbogens. Es war eine wunderschöne Arbeit, aber das Schönste von allem war die Botschaft in großen Buchstaben, die aus farbigem Papier ausgeschnitten und einzeln aufgeklebt waren:

WIR LIEBEN DICH, DIP –
KOMM UND WOHNE BEI UNS

Als kleines Schulmädchen in Adelaide schrieb ich einmal eine

Geschichte, die die unsterblichen Worte enthielt: »Zwei Augenpaare starrten ihn mit offenen Mündern an ...« Ich glaube mich zu erinnern, daß meine Englischlehrerin nicht gerade beeindruckt von diesem unbeabsichtigten Höhenflug der anatomischen Phantasie war. Sie erläuterte mir eingehend, daß Augen keine Münder haben und sie diese folglich auch nicht aufmachen können, aber vielleicht gerade weil wir uns so lange damit beschäftigten, ist mir diese falsche Formulierung seither stets im Gedächtnis geblieben. Jedesmal, wenn mich jemand auf eine bestimmte Weise ansieht, denke ich mir: »Dieses Augenpaar starrt mich mit offenem Mund an.« So war es auch jetzt in der Küche. Fünf Robinsonsche Augenpaare starrten mich mit offenen Mündern an, und ich wußte, daß fünf Robinsonsche Ohrenpaare darauf warteten, daß ich ihnen die naheliegendste Antwort gab, in dem ich einfach sagte: »Ja, natürlich werde ich kommen und bei euch wohnen.«

Es wäre so leicht gewesen, genau das zu sagen – wenn auch nicht sofort, denn meine Augen füllten sich mit Tränen, und ich mußte in meinen Ärmeln auf die Suche nach einem Papiertaschentuch gehen –, aber sobald ich mich wieder gefangen hätte, hätte ich die Worte aussprechen können, und damit hätte es sich gehabt. Ich bin Gott sehr dankbar für diese kleine Verzögerung, denn ich glaube, sie bewahrte mich davor, einen schweren Fehler zu begehen.

Ich spürte, wie Felicitys Arm sich um meine Schultern schlang. »Dip«, sagte sie, »wenn du zu uns ziehst, kannst du mir dauernd Geschichten über Krokodile und Quallen und so erzählen, und du könntest dich mit Mami und Daddy abwechseln, mich abends ins Bett zu bringen.«

Diese unschuldige Darstellung der wichtigsten Vorteile, die ich wahrscheinlich daraus ziehen würde, wenn ich zu den Robinsons zog, brachte mich zum Lachen, aber aus irgendeinem Grund auch meine Tränen wieder zum Fließen.

»Wir meinen es alle ernst«, sagte Mark mit rauher Stimme. »Flit und ich haben gemalt, und Jack hat die Buchstaben aufgeklebt. Hat eine Ewigkeit gedauert.«

»Bitte seid mir nicht böse«, sagte ich mit erstickter Stimme, während ich mir die Augen tupfte, »es war so eine wunderbare Überraschung, daß ich einfach weinen mußte. Tut mir leid, daß ich mich so albern anstelle – es ist wirklich das Schönste, was ich je gesehen habe, und ihr habt euch sicherlich viel Mühe damit gemacht.« Ich drückte Felicity kurz an mich. »Danke, mein Schatz – und Mark und Jack. Wenn ihr weg seid, werde ich mir all diese Bilder in aller Ruhe ansehen. Ich kann euch gar nicht sagen, was es für mich bedeutet, daß ihr euch all diese Mühe gemacht habt, und daß ihr – daß ihr mich so gern habt, daß ihr mich sogar in eurem Haus haben möchtet. Das ist eine große Ehre für mich.«

Kathy wischte mit den Handflächen auf der Tischplatte hin und her, als wollte sie irgendwelche unsichtbaren Hindernisse beiseite fegen. »Und wie ist deine Antwort, Dip? Ja oder nein?«

»Nein, Kath, dränge sie nicht – wir haben ausgemacht, daß wir Dip Zeit lassen, darüber nachzudenken, solange wir in Amerika sind. Und genau das werden wir auch tun.« Mike wandte sich an mich. »Kath und ich haben nicht an dem Transparent mitgearbeitet, Dip, aber wir meinen es genauso ernst wie die anderen. Wir würden uns sehr freuen, wenn du bei uns wohnen würdest, aber es liegt an dir. Sag uns, wie du dich entschieden hast, wenn wir zurückkommen. So etwas kann man nicht ohne weiteres spontan entscheiden. So!« Er spähte zur Uhr hinüber. »Wenn wir nicht in den nächsten paar Minuten aufbrechen, kommen wir in Schwierigkeiten. Ihr Jungs faltet das Transparent zusammen und legt es auf den Tisch. Du weißt mit den Schlüsseln und so weiter Bescheid, nicht wahr, Dip? Du kannst hier schalten und walten, bis wir zurückkommen.« Er blickte von einem zum anderen. »Noch etwas?«

Felicity stach mir einen anklagenden Finger in die Brust. »Du hast mir seit Ewigkeiten versprochen, mir zu sagen, warum du ›Dip‹ genannt wirst, bevor wir nach Amerika fliegen. Jetzt mußt du. Warum?«

Ich habe nie so richtig verstanden, warum ich mich so verzweifelt an Geheimnisse klammere, die jedem anderen töricht und belanglos erscheinen müssen. Vielleicht hat es damit zu tun, daß ich so lange allein in meiner eigenen kleinen Welt gelebt habe. Ich hatte Felicity immer wieder vertröstet, ohne recht zu wissen, warum, aber nun hatte mich der Termin ereilt, den ich so voreilig genannt hatte, und es gab keinen Ausweg mehr.

»Ich werde es dir ganz schnell erzählen«, erwiderte ich, »weil ihr losmüßt, also hör gut zu.«

Felicity nickte und sah mich mit erwartungsvoll aufgerissenen Augen an. Ich holte tief Luft.

»Als ich ein kleines Mädchen war, spielte ich immer mit meinem Cousin James, der ein bißchen älter war als ich, aber sehr nett.«

»Ich habe drei Cousins und Cousinen«, sagte Felicity stolz, »und sie heißen Paul, Rachel und Amy. Sie sind ganz und gar vollkommen, und sie wohnen in West Wickham.«

»Nun, ich hatte nur diesen einen, der James hieß und auch nicht vollkommen war, und er wohnte in einem Ort namens Glenelg, nahe am Meer.«

»In Australien?«

»In Australien, ja. Meine Mami und ich fuhren immer mit so einem komischen alten Ding, das ein bißchen wie ein Zug und ein bißchen wie eine Straßenbahn war – ich fuhr sehr gern damit –, von Adelaide, der großen Stadt, in der ich als Kind wohnte, nach Glenelg, wo James mit seiner Mami und seinem Daddy und einem viel älteren Bruder lebte. Als wir sie eines Morgens besuchten, hatte es die ganze Nacht hindurch geregnet, und wir gingen alle zusammen einkaufen. Die Sonne war herausgekommen, und es war sehr heiß, aber überall waren Pfützen, und weil meine Mami mir meine Gummistiefel angezogen hatte, durfte ich in ihnen herumhüpfen, soviel ich wollte. James durfte nicht, weil er seine besten Schuhe anhatte – ich glaube nicht, daß ihm das sonderlich gefiel. Jedenfalls, als wir irgendwo eine Pause machten, auf einen Tee für die Erwachsenen und ein Eis für mich, erzählte mir James, er hätte ein Buch über Indianer gelesen –«

»Wie ich sie in Disneyland sehen werde?«

»Ja, richtig, und in diesem Buch stand, daß kleine Indianerkinder ihre Namen erst bekommen, wenn sie schon älter sind als die Kinder in Australien oder England, weil ihre Mamis und Daddys erst einmal sehen wollen, wie sie so sind, und sie dann so nennen wollen, wie es wirklich zu ihnen paßt. Wenn du also, sagen wir, gern mit Pfeil und Bogen übst, dann wirst du vielleicht ›Der mit dem Pfeil jagt‹ genannt, oder wenn dein Lieblingsspiel ist, so zu tun, als wärst du ein galoppierendes Pony, dann wirst du vielleicht ›Laufendes Pferd‹ genannt. James meinte, wenn ich ein kleines Indianermädchen wäre, das noch keinen Namen hätte, dann müßte meine Mami mich ›Die in den Pfützen tanzt‹ nennen. Ich war sehr böse auf James, weil er das gesagt hatte, aber meine Mami und James' Mami und Daddy und sein großer Bruder lachten und lachten und lachten, und als wir zurück in Adelaide waren, erzählte meine Mami die Geschichte allen Leuten, die wir kannten. Dann fiel jemandem auf, daß man ›Die in den Pfützen tanzt‹ mit DIP abkürzen kann, und da waren sich alle einig, daß ich so genannt werden sollte. Und so ist ›Dip‹ seither immer mein Name gewesen.«

Bisher hat niemand außer Felicity sonderliche Begeisterung für mein Erzähltalent gezeigt, so daß ich ein wenig verblüfft war, als ich mich in der Tischrunde umsah und bemerkte, daß jedes Mitglied des Robinson-Clans völlig gefesselt von der wahren Geschichte zu sein schien, die ich gerade erzählt hatte.

»Na los«, sagte ich, um den Bann zu brechen. »Geht! Ihr verpaßt noch euer Flugzeug. Ab nach Amerika!«

Zwei Minuten später waren sie alle im Kombi verstaut und abfahrbereit, und ich lehnte an Felicitys Pfosten und wartete darauf, ihnen zum Abschied nachzuwinken. Durch ein offenes Seitenfenster hörte ich deutlich, wie Mark die provokative Bemerkung machte, wenn Jack ein Indianer wäre, hätte man ihm den Namen »Der sich Schrottmusik anhört« gegeben. Ich fragte mich, wie harmonisch die Reise wohl verlaufen würde. Schließlich setzten sich die Robinsons unter wildem Gewinke und lauten Abschiedsrufen in Bewegung.

Ich sah dem Kombi nach, wie er über die Kuppe des Maiden Hill verschwand, und blieb dann noch einen Moment stehen, um die Nachmittagssonne zu genießen und ganz leise mit Gott über die Robinsons zu reden.

»Vater«, sagte ich, »du hast mir heute ein wunderbares Geschenk gemacht, und ich bin wirklich dankbar dafür. Seit wir uns kennen, habe ich dich um jemanden gebeten, der mich besonders liebt. Du hast mir eine ganze Familie gegeben, und ich bin wirklich froh. Bitte storniere nicht die Bestellung des Paul-Newman-Doppelgängers; an dem bin ich nach wie vor interessiert, was immer ich über persönliche Bewegungsfreiheit gesagt haben mag – aber ich freue mich so, daß sie mich haben wollen.« Plötzlich traten wieder Tränen in meine Augen. »Kümmere dich um diese Robinsons, Herr, und hilf ihnen, nicht zu enttäuscht zu sein, wenn ich ihnen sage, daß ich nicht zu ihnen ziehen kann, weil ich glaube, daß ich es nicht schaffe – noch nicht.«

Viertes Kapitel

Ich genoß es, mich um das Haus der Robinsons zu kümmern, nicht so sehr wegen der Chance, ihre privaten Papiere und Mikes angebliche Pornoheftchen zu durchwühlen, sondern weil es einfach irgendwie Spaß macht, durch das Haus anderer Leute zu streifen, wenn nicht die geringste Möglichkeit besteht, daß sie plötzlich wieder auftauchen.

Als ich mein Gebet am Torpfosten beendet hatte und wieder hineinging, fühlte ich mich seltsam schwindlig, als hätte ich gerade die richtige Menge Alkohol getrunken. Die Haustür schloß sich hinter mir mit einem äußerst angenehmen Geräusch, das »von innen verriegelt« zu signalisieren schien. Ich blieb einen Moment lang in der Diele stehen und genoß die besondere Stille, die sich über ein Haus senkt, aus dem die dazugehörige Familie gerade eben entfleucht ist.

In der Küche machte ich mir einen Kaffee, zur Abwechslung einmal genau so, wie ich ihn mochte – schwach, mit nur einer Idee Zucker –, und setzte mich an das offene Fenster zum Garten.

Ich wußte, daß ich mich mit meinen Gefühlen bezüglich der Einladung, die ich gerade erhalten hatte, auseinandersetzen mußte. Ich wollte mir auch ganz klar darüber werden, wie ich der Familie am besten mitteilen konnte, daß ich mich noch nicht in der Lage sah, zu ihnen zu ziehen, aber im Augenblick konnte ich mich all dem noch nicht stellen. Vielleicht würde es einfacher sein, meine Vorbehalte einfach zu vergessen und zu tun, was sie wollten. Der feige Ausweg erschien mir im Moment sehr verlockend. Ich seufzte. Derlei schwerwiegende Überlegungen würden warten müssen, während ich eine kleine Ausschußsitzung mit mir selbst bezüglich meiner unmittelbaren Aufgaben als Hüterin von Schloß Robinson abhielt.

Diese Sitzungen mit mir selbst verlaufen häufig recht lebhaft, weil ich, wenn ich allein bin, vor mich hin plappere – eine Gewohnheit, die sich, wenn ich nicht aufpasse, manchmal auch an Orten bemerkbar macht, wo eine gewisse Wahrscheinlichkeit besteht, andere Leute anzutreffen. Mehr als einmal ist es mir passiert, daß ich laut und streng mit mir selbst über irgendein Thema debattierend um eine Straßenecke bog und unversehens einem aus der anderen Richtung kommenden erschrockenen Zeitgenossen gegenüberstand, der völlig verständlicherweise erwartet hatte, mindestens zwei Personen zu begegnen – wenn nicht gar einer größeren öffentlichen Versammlung. Bisher ist mir in solchen Situationen nur ein einziger schwächlicher Ausweg eingefallen – ich singe und versuche den Eindruck zu erwecken, das hätte ich schon die ganze Zeit getan. Erbärmlich, nicht?

In der Robinsonschen Küche jedoch fühlte ich mich völlig sicher.

»Schön«, sagte ich laut zu mir selbst, »zuerst die lebenden Geschöpfe. Es müssen nur die beiden Stabschrecken gefüttert und gekitzelt werden. Zum Glück ist Stan nicht mehr da.«

Bis vor kurzem hatte Felicity einen unerträglich übellaunigen Hamster besessen, den Kathy »Stan« getauft hatte, weil der Ausdruck in seinem kleinen Knopfaugengesicht, wenn er mit ungläubiger Verachtung an seinem Futter, den Leuten, der Luft und allem anderen schnüffelte, eine unheimliche Ähnlichkeit mit dem Gesichtsausdruck hatte, den eines unserer älteren Gemeindeglieder zu tragen pflegte. Jeder Versuch, mit ihm umzugehen und freundschaftliche Beziehungen zu ihm aufzubauen – zu dem Hamster, nicht zu dem Gemeindeglied –, war von ihm mit heftigem und erbarmungslosem Beißen und Pinkeln beantwortet worden. So ließ selbst Felicitys Begeisterung nach einiger Zeit nach, und Stan wurde, vermutlich aus Empörung darüber, daß er der Möglichkeit beraubt worden war, jemandem Schmerz und Feuchtigkeit zuzufügen, zu einer Art Houdini der Hamsterwelt. Obwohl er in einer aufwendigen Konstruktion aus zweckmäßigen bunten Plastikröhren und

Wohnquartieren eingesperrt war, auf dem Lieferkarton ganz nach amerikanischer Art als »Kleintiermodul« bezeichnet, entdeckte er bald, daß er mit genügend Zeit immer einen Weg finden konnte, sich in die Freiheit zu knabbern. Dann zeigte er sich plötzlich triumphierend auf der Arbeitsplatte in der Küche oder auf dem Fenstersims, schnüffelte selbstgefällig herum und forderte seine menschlichen Bewacher heraus, ihn wieder einzusperren. Die Schlange der Freiwilligen für diese Aufgabe war niemals sehr lang, und im Laufe der Wochen schwand sie zum Nichts. Wann immer der Ruf »Stan ist abgehauen!« ertönte, entdeckten alle Robinsons (und eine Reynolds, falls ich gerade zu Besuch war) plötzlich dringende anderweitige Aufgaben, und Stan blieb mit dem durchaus nicht unberechtigten Gefühl zurück, das Land erobert zu haben – na ja, jedenfalls die Küche.

Normalerweise war es Kathy, die schließlich ihre Haut und ihre Trockenheit opferte, um das Tier wieder in seinen Käfig zu bringen, und die Wahrheitsliebe zwingt mich zuzugeben, daß sie sich dieser Aufgabe im allgemeinen mit einem auffallenden Mangel an christlicher Sanftmut und Güte entledigte – nicht, daß ihr irgend jemand das zum Vorwurf gemacht hätte. Wir waren zu erleichtert darüber, daß sie es überhaupt tat, als daß wir uns viel Gedanken um die Einstellung gemacht hätten, mit der es geschah. Mike versuchte nur einmal, sich einzuschalten. Ich erinnere mich noch gut an den Vorfall.

Aus der Küche, in der Kathy sich mit Stan auseinandersetzte, war ein solches Getöse und eine solche Flut von fluchendem, heiserem Geschimpfe gedrungen, daß es Felicity und mir erschien (wir kauerten in einem Versteck), als ob sie sich, in tödlichem Ringen umschlungen, mit der Kreatur über den Fußboden rollen müsse. Mike, der es manchmal einfach nicht fertigbringt, sich aus Dingen herauszuhalten, riß sich von der Fernsehsendung los, die er gerade im Wohnzimmer ansah, und bezog an der Küchentür Stellung, um seine Frau wegen der Ausdrücke, die sie benutzte, milde, aber fest zurechtzuweisen.

Ich weiß nicht, ob Kathy tatsächlich mit Stan nach Mike geworfen hat oder was sonst am Ende dieses Streits passierte, denn an dieser Wegscheide brachen Felicity und ich unsere Zelte ab und stahlen uns zum Spielplatz davon, um zu schaukeln. Aber ich weiß, daß Mike (soweit ich es beobachten konnte) nie wieder auch nur die geringste Kritik an Kathys Umgang mit Stan übte. Wenige Wochen nach diesem Vorfall zeigte Gott Erbarmen mit den Gepeinigten. Er veranlaßte Stan, mitten in der Nacht aus der Gefangenschaft zu entfliehen, und das kleine, aber energische Geschöpf wurde von keinem von uns je wieder gesichtet. Felicity wurde in dem Glauben bestärkt, er sei jetzt wohlauf und glücklich in einem Verheißenen Land hinter der Holztäfelung, doch ich denke, wir anderen waren alle ziemlich sicher, daß der beißende, pinkelnde Stan in jenes große Kleintiermodul im Himmel eingegangen war. Um ehrlich zu sein, wir waren froh darüber – wenn uns auch der Engel sehr leid tat, der sich um ihn würde kümmern müssen.

Stans Verschwinden bedeutete, daß meine einzigen lebenden Schützlinge für die nächsten Wochen die Stabschrecken waren, die Mark gehörten, offiziell zumindest, und sie hatten bestimmt noch nie jemandem direkten Schaden zugefügt. Da sie zu einer Art gehörten, die in Australien beheimatet ist, waren sie ursprünglich (wenig originell) Bruce und Sheila genannt worden. Auf meine Anregung hin hatte man sie in Rowan und Kimberley umgetauft, so daß ihre Namen immer noch genauso australisch klangen, aber nicht mehr ganz so platt vorhersagbar waren. Als ich nun an meinem Kaffee nippte und mich herabbeugte, um Kimberley mit dem Daumennagel am Bauch zu kitzeln, konnte ich mir ein Lächeln nicht verkneifen; ich erinnerte mich an die Ereignisse, die ihre Ankunft im Haushalt der Robinsons begleitet hatten.

—

Mark hatte sie eines Freitagabends nach einem Schulausflug mit nach Hause gebracht, zu dem auch ein Besuch in einem

Naturkundezentrum in den südlichen Sussex Downs gehörte. Er zeigte einen gewissen mürrischen Stolz, als er die Informationen der Person wiedergab, von der er die Insekten gekauft hatte. Mike und Kathy waren natürlich und verständlicherweise nur zu gern bereit, auf ihre vorschriftsmäßig entrüstete Reaktion zu verzichten, daß Mark einen Teil seines Ausflugsnotgroschens ohne Erlaubnis ausgegeben hatte. Bei Mark waren Begeisterung und freiwillige Mitteilsamkeit zu selten, als daß man sie durch Tadel vergeuden durfte.

»Sie hat gesagt, es ist eine australische Art«, erklärte er, »und es sind ein Männchen und ein Weibchen, und sie werden richtig groß, und eine wird Flügel bekommen, aber ich weiß nicht mehr, ob es das Männchen oder das Weibchen ist, und sie fressen nur Brombeerblätter, und man muß sie mit Wasser besprühen, anstatt es ihnen in einer Schüssel zu geben oder so, und wenn wir noch irgendwas wissen wollen, können wir sie ruhig dort anrufen, weil die immer gern davon hören, was aus ihren Stabschrecken wird.«

Am nächsten Tag beschloß Mike, angeregt durch das Interesse, das Mark an seinen neuen Haustieren gezeigt hatte, aus einer alten Nachttischschublade eine eigens für Rowan und Kimberley entworfene Behausung zu konstruieren, während der Junge unterwegs war. Ich muß schon sagen, daß ich als jemand, der völlig unfähig ist, irgend etwas herzustellen, sehr beeindruckt war.

Als erstes schnitt er ein Stück aus dem Boden der Schublade heraus und machte daraus eine abnehmbare Luke, die durch eine Rille am einen und ein um einen Nagel drehbares Stück Holz am anderen Ende gehalten wurde. Dann formte er sorgfältig ein weiteres, größeres Stück Holz, so daß man damit eine kleine Glasflasche befestigen konnte, die sich mit Wasser füllen und benutzen ließ, um die Brombeerblätter frisch zu halten. Dieses Stück wurde so an der Seite verleimt und festgenagelt, daß die Flasche senkrecht hing, wenn man die Schublade auf die Rückseite stellte. Schließlich spannte er ein Stück feine Gaze über die Oberseite der Schublade und stellte das ganze

Ding aufrecht, so daß der Griff der ehemaligen Schublade oben war und sich verwenden ließ, um Rowans und Kimberleys neue Welt von einem Ort zum anderen zu transportieren. Es war brillant!

Leuten, die zu solchen Dingen fähig sind, fällt es oft schwer, diejenigen zu verstehen, die es nicht können. Während Mike an einem Tisch draußen auf der sonnigen, mit Ziegeln gepflasterten kleinen Terrasse hinter dem Haus methodisch vor sich hin arbeitete, saß ich auf der Türschwelle und sah ihm dabei zu, und ich war völlig fasziniert. Wieder einmal wünschte ich mir, ich wäre in der Lage, mit solcher Sicherheit praktische Dinge zu tun.

»Woher weißt du immer, was du als nächstes tun mußt?« fragte ich Mike, als das Ding fertig war. »Ich meine – vor einer Stunde hattest du noch keinen Stabinsektenkäfig, und jetzt hast du einen. Du hast ihn einfach gemacht, als ob du ein Diplom mit Auszeichnung als Stabinsektenkäfigbauer hättest. Wer hat dir gesagt, wie du das anstellen mußt? Was brachte dich überhaupt auf die Idee, die Schublade zu benutzen? Und dann dieses kleine Ding hier, das du gemacht hast, um die Flasche hineinzustecken – ich meine, das ist genial. Warum bin ich zu so etwas nicht fähig? Ich hätte ein paar Löcher in einen Karton gebohrt, ein paar Blätter hineingelegt, und damit hätte es sich gehabt. Aber das hier – also, das ist eine Villa!«

Mike lachte über die sich steigernde Manie, die ich absichtlich in meine Rede legte, aber wie fast alle praktisch begabten Leute, denen ich begegnet bin, verstand er im Grunde nicht, wovon ich redete. Er zuckte die Achseln und gestikulierte mit seinen geschickten Händen.

»Ich denke einfach darüber nach, was ich brauche, und dann – na ja, dann mache ich es wohl einfach. Stück für Stück, Stufe für Stufe, so arbeitet mein Hirn nun einmal. Du hättest das auch gekonnt, Dip. Du mußt doch alle möglichen Sachen auf den Stationen machen. Das hier sind nur ein paar Holzstückchen und ein Fetzen Gaze. Jeder hätte das gekonnt – ehrlich.«

Mmmm ...

Der Käfig wurde Mark präsentiert, als er später nach Hause kam, und er war genauso beeindruckt wie ich.

»Danke, Dad, das ist super!« begeisterte er sich. »Soll ich sie gleich hineinsetzen?«

Der Rest der Familie versammelte sich auf der Terrasse und sah zu, wie Mark Rowan und Kimberley aus der kleinen, mit perforierter Haftfolie bedeckten Plastikschüssel hob, die seit gestern ihr Zuhause gewesen war, und sie in ihre elegante neue Residenz verlegte, frisch ausgestattet mit den besten Brombeerblättern, die meine nunmehr leicht zerkratzten Hände kurz zuvor zu pflücken imstande gewesen waren. Ich konnte zwar beim besten Willen nicht feststellen, daß meine beiden Mitantipoden erkennbar Freude oder Erstaunen über diesen unverhofften Umzug vom möblierten Zimmer in den Buckingham-Palast zeigten, aber ich habe keinerlei Zweifel, daß sie auf irgendeiner tiefen entomologischen Ebene wußten, daß nun die guten Zeiten für sie gekommen waren. Felicity legte ihr Gesicht dicht an die Gaze und beobachtete mit aufgeregter Aufmerksamkeit die reglosen Bewohner des Käfigs.

»Ich werde sie beobachten, bis sie sich bewegen«, sagte sie mehr zu sich selbst als zu den anderen.

»Haben wir schon den Zerstäuber für das Wasser?«

Die Frage kam von Mark, und sie verwandelte diese angenehme kleine Zusammenkunft in einen typisch Robinsonschen Familienstreit. Es war einer der ersten, bei denen ich Zeuge war, und er verlief absolut klassisch und demonstrierte, wie ein ausgewachsener Konflikt aus einem so banalen Anstoß erwachsen konnte, daß sich später niemand mehr an den auslösenden Faktor erinnern konnte.

»Ach, ich glaube nicht, daß wir extra einen Zerstäuber kaufen müssen«, erwiderte Mike milde. »Du brauchst nur deine Hand unter den kalten Wasserhahn zu halten und sie dann einfach in ihre Richtung zu schütteln, das reicht völlig.«

Wie so viele Leute, die in einem Bereich negativ auf Autorität reagieren, konnte Mark außerordentlich buchstabengetreu sein, wenn es darum ging, die Anweisungen und Empfehlungen von jemandem auszuführen, dessen Autorität er sich zu akzeptieren entschlossen hatte.

»Nein, die Dame in dem Naturkundezentrum sagte, es müsse ein Zerstäuber sein, damit das Wasser sie fein bedeckt und nicht mit dicken Tropfen bespritzt.«

Mike kratzte sich am Kopf. »Ich verstehe, Mark, aber es macht doch eigentlich keinen Unterschied, oder? Du mußt sie ja nicht ersäufen, wenn du es mit der Hand machst. Achte nur darauf, daß du es aus ausreichendem Abstand machst, dann ist es genauso wie mit einem Zerstäuber. Schließlich werden die Stabschrecken nicht merken, ob es ein Zerstäuber ist oder nicht, oder?«

»Das ist mir egal – sie sagte, ich soll einen Zerstäuber benutzen«, sagte Mark eingeschnappt und preßte entschlossen die Lippen zusammen. »Es sind meine Stabschrecken, und ich werde mit ihnen tun, was ich will.«

»Vielleicht bemerken die Stabschrecken doch den Unterschied, weißt du, Dad«, schaltete sich Jack in seiner besten provozierenden Art ein. »Kimberley wird sagen: ›Rowan, alter Junge, bist du eigentlich völlig zufrieden damit, wie unser Wasser derzeit serviert wird? Ich meine – denkt dieser Mark Dingsbums tatsächlich, wir seien bereit, uns mit Wasserkügelchen in allen Größen und Formen abspeisen zu lassen, die er zufällig in unsere Richtung wedelt? Also, gestern hat mich etwas getroffen, das ich nur als einen ausgesprochen großen Tropfen bezeichnen kann. Ich weiß nicht, wie es mit dir ist, aber ich weigere mich strikt, in Zukunft Wasser zu trinken, wenn es nicht aus einem Zerstäuber kommt. Schließlich muß dieser Mark doch gehört haben, was die Dame gesagt hat.‹«

Mark wandte sich gegen Jack. »Warum kümmerst du dich nicht um deine Angelegenheiten, Bohnenstange? Ich habe dich sowieso nicht gebeten, herzukommen und zuzuschauen. Warum gehst du nicht und tust so, als ob du was Schlaues liest oder so? Hier legt keiner Wert auf deine Gegenwart!«

Kathy, leicht zu erzürnen wie eh und je, wandte sich gegen

Mark. »Entschuldige, Mark, aber ich lege Wert auf Jacks Gegenwart, wenn es dir nichts ausmacht, und ich möchte außerdem darauf hinweisen, daß du vollkommen im Irrtum bist, wenn du sagst, daß diese Tiere dir gehören.« Sie stützte sich mit einem Fingerknöchel auf die Ecke des Tisches und stemmte die andere Hand in die Hüfte. »Sie wurden, wenn du dich bitte erinnern würdest, mit Geld gekauft, daß deinem Vater und mir gehörte, mit Geld, das du wieder mit nach Hause bringen solltest, falls sich nicht ein Notfall ergab. Wir haben nichts gesagt, weil wir dich nicht unglücklich machen wollten ...«

Kathy!

»Na gut, dann gehören sie eben euch«, brummte Mark und entfernte sich rückwärts, bis er gegen die Hauswand stieß. »Ich will sie nicht mehr. Behaltet sie, wenn euch so an dem blöden Geld gelegen ist!«

Jack legte sich beide Hände flach auf den Kopf und schwenkte ungläubig seinen Oberkörper hin und her. »Warum stellst du dich nur so kindisch an, Mark? Ist dir eigentlich klar, daß Dad den größten Teil des Vormittags damit verbracht hat, dieses Ding hier für dich zu bauen? Weißt du das überhaupt nicht zu –«

»Ach, nun kommt schon, allesamt«, sagte Mike beschwörend, »laßt uns doch nicht wegen dieser Sache jedes Maß verlieren. Das Geld ist eigentlich völlig unwichtig, und es hat in Wirklichkeit nur eine Stunde gedauert, den Käfig zu bauen. Es wäre eine Schande, wenn –«

Kathy rotierte drohend um ihren Fingerknöchel in Mikes Richtung. »Vielen Dank! Untertänigsten Dank, daß du mich so hervorragend unterstützt. Ich weise ihn darauf hin, daß er das Geld eigentlich überhaupt nicht hätte ausgeben sollen, und du sagst ihm, das Geld sei unwichtig.« Sie schwenkte beide Arme, als ob sie ein Musikstück dirigierte, das sie haßte. »Ich wünschte, du würdest es nicht für nötig halten, das, was ich sage, abzutun, als wäre es völlig bedeutungslos. Wenn du meinst, du könntest ihn richtig erziehen, indem du dich jedesmal, wenn er etwas falsch macht, bei ihm entschuldigst, dann – viel Glück, das ist alles, was ich dazu sagen kann.«

Jack schmollte unter seinen immer noch auf dem Kopf liegenden Händen vor sich hin. »Ich wollte nur helfen, Dad. Ich habe nur gemeint, daß du viel Zeit damit verbracht hast, ein Haus für seine Stabschrecken zu bauen, und daß ich es nicht fair finde –«

»Ja, sehr hilfsbereit von dir, mir in den Rücken zu fallen. Vielen herzlichen Dank, Jack!«

Mike nickte. »Also, ich glaube, daß Mark diesmal tatsächlich im Recht ist, Jack. Ich bin dankbar für deine Unterstützung, aber –«

Kathy stürzte sich sofort auf diese Bemerkung. »Und ich wäre dankbar für deine, wenn du mir jemals welche geben würdest –«

»Dürfte ich einen Vorschlag machen?«

Eine wohltuende Stille trat ein, als aller Augen sich zu mir wandten – das heißt, aller Augen außer Felicitys. Anscheinend völlig unberührt von diesem heißen Gefecht, lehnte sie immer noch am Tisch und konzentrierte sich ganz und gar auf Rowan und Kimberley, offenbar entschlossen, es nicht zu versäumen, wenn die beiden ihre erste Bewegung machten.

»Bitte verzeih uns, Dip«, sagte Kathy schließlich, »es sind schrecklich schlechte Manieren von uns, uns in Gegenwart eines Gastes gegenseitig zu zerfleischen.«

Ein allgemeines, vage entschuldigendes Gemurmel folgte.

»Nein, nein, bitte entschuldigt euch nicht, und bitte, was immer ihr tut, verurteilt mich nicht dazu, für den Rest meines Lebens euren guten Manieren ausgesetzt zu sein. Das könnte ich wirklich nicht ertragen. Nein, was ich sagen wollte, war – ich meine, es geht mich ja eigentlich nichts an –«

Jack unterbrach mich in ernst ermahnendem Ton. »Also Dip, es sind sehr schlechte Manieren, Leuten zu sagen, daß man keinen Wert auf ihre guten Manieren legt, nachdem sie gerade ihre schlechten Manieren unter Beweis gestellt haben, und dann selbst gute Manieren an den Tag zu legen, wenn es ihnen lieber wäre, du würdest ihnen mit schlechten Manieren begegnen. Stimmst du mir nicht zu?«

Ich lachte. »Entschuldigung, verzeiht mir meine Höflichkeit und meine schlechten Manieren – ich wollte nur fragen, ob ich einen Vorschlag machen darf, der vielleicht weiterhilft.«

Es entstand eine Pause.

»Nun – natürlich.« Mike sah sich ein wenig unsicher unter den anderen Familienmitgliedern um. »Ich bin sicher, wir alle würden gerne alles versuchen, um wieder friedlicher zu werden, das stimmt doch, oder?«

Jack und Kathy nickten, Felicity hörte nicht zu, und Mark grunzte etwas Einsilbiges, das möglicherweise bedeuten konnte, er würde gerne alles versuchen, um wieder friedlicher zu werden, das aber durchaus auch das genaue Gegenteil bedeuten konnte.

Ich ließ mich nicht beirren. »Nun, ihr wißt sicher alle noch, womit der Streit begonnen hat, oder?«

Sie sahen sich verständnislos an. Ich sah sie an und sagte einen Augenblick lang nichts mehr. Es war schwer zu glauben, daß der Ursprung eines so scharfen Wortwechsels so leicht zu vergessen war. Überraschenderweise war es Mark, der die erste Vermutung äußerte.

»War es damit, daß ich das Geld für die Stabschrecken ausgegeben habe, obwohl ich keine Erlaubnis dazu hatte?«

»Nnnnein«, antwortete ich im Tonfall einer Grundschullehrerin, die gerade ihrer Klasse eine jener sehr konkreten Fragen gestellt hat. »Nein, das kam auch vor, aber das war es eigentlich nicht, womit der Streit angefangen hat, oder?«

»Warte mal«, sagte Mike ein wenig fassungslos über sich selbst, »gehen wir einfach Schritt für Schritt zurück. Mark sagte etwas davon, daß Jack ihm in den Rücken gefallen sei, weil Jack gerade gesagt hatte, ich hätte den ganzen Morgen an dem Käfig gearbeitet, und das sei nicht fair, weil« – Mike hielt seinen Kopf mit beiden Händen fest und kniff die Augen fest zu –, »was war es noch, was nicht fair war? Es war nicht fair, weil ...?« Er öffnete die Augen und streckte beide Arme mit offenen Handflächen aus, wie um alle einzuladen, die fehlende Information beizusteuern.

»Weil Mark sagte, er wolle die Stabschrecken nicht mehr haben?« meinte Jack.

Mike schnippte mit den Fingern. »Genau! Weil er die Stabschrecken nicht mehr haben wollte.« Sein Gesicht hellte sich auf. »Das war es!« Dann legte sich seine Stirn wieder in Falten. »Aber warum wollte er die Stabschrecken nicht mehr haben?«

Alle sahen Mark an, der mehrere Sekunden lang mit vor Konzentration offenem Mund vor sich hin starrte, bevor er sagte: »Weiß ich nicht mehr.«

Mike blickte verwirrter drein als je zuvor und wandte sich an Kathy. »Und irgendwann zwischendurch hast du gesagt, ich würde alles, was du sagst, abtun, weil es bedeutungslos sei. Worum ging es denn da überhaupt?«

Kathys Lippen zuckten lautlos, während sie nachdachte. »Ich glaube«, sagte sie unsicher, »es hatte mit dem Geld zu tun, das Mark ausgegeben hat –«

»Aha!« rief Mike. »Dann hatte Mark also recht. Es fing tatsächlich mit dem Geld an.«

Kathy schüttelte langsam den Kopf. »Nein, denn ich wollte eigentlich gar nichts über das Geld sagen. Es muß einen Grund gegeben haben, warum ich plötzlich darauf kam.«

»Weil ich zu Jack gesagt habe, daß hier niemand Wert auf seine Gegenwart legt?« meldete sich Mark zu Wort.

Die Sache wurde einem Partyspielchen immer ähnlicher.

»Das war es!« rief Kathy aufgeregt. »Und der Grund, warum du das gesagt hast, war der, daß es dir nicht paßte, daß Jack dir in den Rücken fiel wegen, äh ... wegen irgend etwas.«

Wieder starrten sich alle verständnislos an. Niemand schien in der Lage zu sein, das mysteriöse Etwas zu identifizieren.

»Wie man das Wasser hineintut«, sagte Felicity gelassen und unerwartet, ohne ihren Blick vom Inneren des Käfigs abzuwenden.

Einen Moment lang blieben alle starr und stumm, dann brach das Getöse los.

»Natürlich!«

»Ach, richtig!«

»Wegen des Zerstäubers ...«

»Das war es!«

Endlich verebbte der Aufruhr, und in der folgenden Stille meldete sich eine einzelne Stimme zu Wort. Es war Marks Stimme, und sie sagte: »Wann besorgen wir einen Zerstäuber für das Wasser?«

Ich schaltete mich eilends ein. »Bevor ihr jetzt den ganzen Streit noch einmal von vorne durchexerziert, möchte ich meinen Vorschlag machen. Mark, hast du die Telefonnummer der Leute, von denen du Rowan und Kimberley gekauft hast?«

»Was, meinst du dieses Naturkundezentrum?«

»Ja. Die Dame sagte doch, du könntest anrufen, wann immer du eine Frage hättest, nicht wahr?«

»Woher weißt du das?« Mark sah mich an, als hätte ich irgendwie seine Gedanken gelesen.

Ich lachte. »Du hast es uns erzählt, als du mit ihnen nach Hause kamst, Quatschkopf. Erinnert sich denn in dieser Familie nie jemand an etwas, das er selbst gesagt hat? Hör zu, warum rufst du sie nicht einfach an und fragst sie, ob ein Zerstäuber notwendig ist oder nicht? Dann weißt du es ganz genau.«

Mark fischte in seiner Tasche herum und zog einen zerknitterten Zettel hervor. Er studierte ihn einen Augenblick lang.

»Hier ist sie«, sagte er, »sie steht ganz unten auf der Rückseite.« Er sah zu mir auf. »Du meinst, ich soll jetzt anrufen?«

»Ja, los.«

»Na gut – kommst du mit, Jack?«

»Na komm, ich rufe an, und du hörst am Zweithörer mit.«

Die heiligsten Momente sind oft winzig klein und leicht zu übersehen, nicht wahr? Marks Bitte um die Hilfe seines großen Bruders in dieser scheinbar banalen kleinen Angelegenheit und Jacks spontane positive Reaktion waren ein Beispiel dafür. Die beiden Brüder befanden sich gegenwärtig in einem Dauerkonflikt, aber etwas an Marks Verwundbarkeit hatte Jacks

Fürsorgeinstinkt herausgefordert. An diesem kleinen Vorfall war zu erkennen, daß die Beziehung, die sie einmal gehabt hatten, lebendig und wohlauf war – wenn auch auf Eis gelegt – und wahrscheinlich irgendwann in der Zukunft wieder voll erblühen würden, wenn die beiden Jungen herausgefunden hatten, wer und was sie waren.

Niemand war überrascht, als Mark und Jack ein paar Minuten später mit der Neuigkeit zurückkehrten, daß es nicht notwendig war, einen Zerstäuber zu benutzen, solange nur dem Lebensbereich der Tiere von Zeit zu Zeit etwas Feuchtigkeit zugeführt wurde.

»Sie hat gesagt, ich könne auch einen nassen Lappen benutzen«, sagte Mark, »und ihn irgendwie über ihnen schütteln.«

»Na also, das habe ich doch von Anfang an gesagt«, erwiderte Mike und schlug sich mit der flachen Hand gegen die Stirn. »Mach einfach deine Hand unter dem Wasserhahn naß.«

»Nein, es muß ein Lappen sein. Sie hat gesagt –«

»Sie bewegen sich, Mark!« quietschte Felicity plötzlich. »Rowan und Kimberley bewegen sich! Ich habe es zuerst gesehen, stimmt's?«

Es stimmte. Sechs menschliche Köpfe drängten sich um den Käfig, um zu beobachten, wie Rowan und Kimberley, zwei beweglichen Grashalmen gleich, begannen, ihre Brombeerblätter zu untersuchen – zweifellos in der Hoffnung, daß letzten Endes, wenn die Diskussion abgeschlossen war, ihrem Lebensbereich etwas Feuchtigkeit zugeführt werden würde. Ob dies durch einen eigens angeschafften Zerstäuber, eine unter dem Wasserhahn befeuchtete Hand oder durch das Schütteln eines heiligen nassen Lappens bewerkstelligt werden würde, war, wie ich vermutete, keine Frage, der sie viel Zeit oder Aufmerksamkeit widmeten.

—

Ich trank meinen Kaffee aus und stellte den Becher ins Becken, um ihn später abzuspülen. Ich kletterte von dem Hocker, kniete mich hin und ging mit dem Gesicht ganz nah an die senkrecht aufgestellte Schublade heran, wie es Felicity damals getan hatte, und ich staunte dabei über die Veränderung, die Rowan und Kimberley durchgemacht hatten, seit sie hier angekommen waren.

Marks Information, wonach die Stabschrecken richtig groß werden würden, hatte sich als äußerst zutreffend erwiesen. Die schmächtigen kleinen Dinger aus der Plastikschüssel waren mittlerweile acht bis zehn Zentimeter lang und an der dicksten Stelle ihres Leibes über einen Zentimeter dick. Man konnte inzwischen regelrecht sehen, wie sich ihre Kiefer bewegten, wenn sie ihre geliebten Brombeerblätter kauten. Besonders die größere von beiden schien es sehr zu genießen, wenn man sie sanft kitzelte, während sie sich an die Gaze an der Vorderseite ihres Käfigs klammerte. Manche Besucher fanden sie abstoßend und meinten, insbesondere das Weibchen sehe aus wie eine Kreuzung zwischen einem Skorpion und einer Gottesanbeterin, aber ich mochte sie sehr gern und war besonders fasziniert von der Tatsache, daß sie geradezu aus Blättern bestanden.

»Keine Sorge«, sagte ich zu ihnen, »ich sorge schon dafür, daß euch das Futter nicht ausgeht – schließlich müssen wir Aussies zusammenhalten, stimmt's?«

Nachdem ich eine Schere aus der Kommodenschublade ausgegraben hatte, wanderte ich hinaus in den Garten, um in der kleinen Wildnis unten hinter dem Gartenhäuschen auf die Jagd nach Brombeerblättern zu gehen. Als ich verträumt mitten auf dem Rasen stehenblieb und die ungewöhnlich warme Aprilsonne auf meinem Gesicht genoß, mußte ich daran denken, daß einer meiner weniger pornographischen, dafür aber um so beständigeren Tagträume in einem Garten spielt, freilich in einem Garten, der sich ein wenig stilvoller präsentiert als der recht unmanikürte Drittel Morgen der Robinsons.

Mein Traumgarten, der sich vor einem prächtigen Landhaus erstreckt, ist riesig und kunstvoll angelegt, mit sorgfältig getrimmten Rasenflächen, hier und da einem Pfau (allerdings keiner von der Sorte, die Brötchen klauen), Fontänen und Teichen, verwitterten Statuen von schüchternen Maiden und molligen kleinen Jungen und, besonders wichtig, einem jener sehr gepflegten Irrgärten mit dicken, eckig geschnittenen Hecken, mit einer von Sitzgelegenheiten umringten Sonnenuhr genau in der Mitte.

In meinem Tagtraum wandere ich an einem taubedeckten Morgen langsam (aber anmutig) durch diesen Chatsworth-ähnlichen Garten. Eine tiefe und dramatische Traurigkeit hat mich überfallen, eine von jener Art, von der die Augen größer und schöner werden, weil sie vor unvergossenen Tränen funkeln, und ganz bestimmt nicht von der Art, von der die Augen rot und verquollen und schrecklich aussehen, weil man geheult hat wie ein Baby. Ich glaube, ich trage normalerweise eines jener langen, altmodischen Kleider, die wenigstens den Anflug einer Chance haben, die stattliche Figur zu verbergen, gegen die ich nun schon seit vielen Jahren erfolglos ankämpfe. Mein Haar ist auf geheimnisvolle Weise länger und voller geworden und lädt unwiderstehlich dazu ein, mit den Händen darin herumzuwühlen.

Schließlich, nachdem ich eine angemessene Zeit damit verbracht habe, anmutig einherzuschreiten, wird mir bewußt, daß mich von der Terrasse des Landhauses aus ein Mann beobachtet, der seltsamerweise alle Züge in sich vereinigt, die mir jemals am anderen Geschlecht anziehend erschienen. Er ist Mitte dreißig, groß und schlank – aber nicht dünn –, mit geraden Schultern und einer allgemeinen Ausstrahlung körperlicher Wachheit und Stärke. Sein Haar ist dunkel (oder blond, wenn er wie Paul Newman aussieht) und ganz glatt, bis auf eine kleine Locke, wo es den Kragen berührt. Sein Gesicht ist lebhaft und einfühlsam; die großen, aufrichtigen Augen schimmern sanft wie tiefe Seen im Mondlicht (stelle ich mir vor), und nur eine kleine Andeutung läßt das Wilde, Unbezähmbare unter der Oberfläche erahnen. Den unübersehbar teuren, maßgeschneiderten Anzug im Stil der dreißiger Jahre trägt er mit lässiger Eleganz, und offensichtlich ist es nur einer von vielen, die er morgens anzieht.

Schließlich löst sich dieser wunderbare Mann von der Terrassenwand, an der er bisher lehnte, steigt die Stufen zum Rasen hinab und kommt (mit der obligatorischen geschmeidigen Anmut eines Panthers) langsam über das Gras auf mich zu. Wenn wir einander gegenüberstehen, fällt kein Wort. Ich sehe in seine Augen und spüre, daß auch er unter dem Schmerz eines schrecklichen Verlustes oder einer furchtbaren Tragödie leidet (was mein hervorragendes Gespür beweist, wenn man bedenkt, daß ich immer noch nicht die leiseste Ahnung habe, was mit mir los ist, geschweige denn mit ihm). Wir drehen uns um und gehen in stillschweigender Verbundenheit nebeneinander durch den nahegelegenen Eingang des Irrgartens (vorausgesetzt, er ist breit genug), denn wir sind uns einig – ohne daß rohe Worte notwendig wären –, daß wir beide auf eine sehr reale Weise glücklicher sein werden, wenn wir inmitten des Rätsels, das das Leben ist, zusammensein können. (Gelegentlich denke ich darüber nach, ob ich diesen Burschen blind sein lassen sollte. Schließlich könnte ein Mann, der so aussieht, sich jede beliebige Person aussuchen, um mit ihr loszuziehen und symbolische Dinge zu tun; das Problem ist nur, daß er mich dann nicht von der Terrasse aus beobachten könnte, nicht wahr?) Jedenfalls ergreift er meine Hand, während wir zwischen den hohen Hecken einherschreiten, und ein elektrischer Schlag scheint durch meinen Körper zu fahren. Plötzlich verlieren die Regeln, nach denen ich zu leben versucht habe, alle Bedeutung; denn an diesem Tag, zu dieser Zeit, an diesem Ort weiß ich, daß es kein anderes Gesetz geben kann als das Gesetz der Leidenschaft.

Wir erreichen die Mitte des Irrgartens, und er wendet sich mir zu; seine schwelenden Augen lodern vor Leidenschaft (das heißt, ich nehme an, wenn sie schwelen, können sie nicht gleichzeitig lodern, richtig? Aber macht nichts – Sie wissen, was ich meine), und mein ganzes Wesen erfüllt sich mit dem drängenden Bewußtsein, daß der Moment gekommen ist.

An dieser Stelle bricht der Tagtraum bisweilen ein wenig zusammen. Eine Möglichkeit ist, daß wir uns dort in der Mitte des Irrgartens wild und leidenschaftlich lieben, aber die praktischen Aspekte machen dies ein wenig knifflig. Wie lange würde ich zum Beispiel brauchen, um meine stattliche Figur aus dem langen, altmodischen Kleid zu schälen, in das ich sie zuvor gezwängt habe (es ist mir nie gelungen, mir überzeugend eine bessere Figur für mich selbst auszumalen), und selbst wenn es mir dann gelungen ist, was dann? Angenommen, meine stattliche Figur oder die lange Zeit, die ich brauche, um sie zu enthüllen, stößt ihn nicht ab, wo würde dann die Leidenschaft stattfinden? Sitzgelegenheiten in der Mitte von Irrgärten sind bekanntermaßen kurz und hart – sie sind normalerweise aus Gußeisen gemacht, glaube ich mich zu erinnern. Das würde mir bestimmt keinen Spaß machen. Im Gras wäre es weicher, nehme ich an, aber man kann nicht an einer Stelle seines Tagtraums vor Tau glitzernde Rasenflächen haben und dann erwarten, daß sie praktischerweise ein paar Minuten später plötzlich trocken sind, nur weil es gerade paßt. Ich mag keine logischen Brüche bei solchen Dingen. Ebenso unwahrscheinlich ist, daß Schwelauge etwas mitgebracht hat, worauf man liegen kann – in stilvollen Tagträumen wie dem meinen läuft man einfach nicht mit einer Zeltplane unter dem Arm herum.

Die andere Möglichkeit ist die – um ehrlich zu sein, ist dies die einzige, der ich eine gewisse Befriedigung abgewinnen kann –, daß er und ich uns still auf eine der Bänke setzen und uns über das Leben unterhalten, in das wir jeder bald zurückkehren müssen. Er spürt in mir eine Zuneigung und eine innere Schönheit, die in ihm die Sehnsucht weckt, für immer bei mir zu bleiben (der stattlichen Figur zum Trotz), und ich sehne mich danach, mich nach dem hilflosen Kind auszustrecken, das bisher vergebens aus dem Inneren seines männlichen Äußeren gerufen hat; doch wir beide wissen, daß es niemals so sein kann. Endlich steht er auf, um zu gehen. Wir trennen uns tapfer. Es kommt zu einem einzigen süßen, unvergeßlichen Kuß, und dann ist er fort – er hat sein Gesicht rasch abgewendet, damit ich die Tränen nicht sehe, die schon jetzt seinen Blick verschleiern.

Ich bleibe ein paar Minuten reglos sitzen und trauere darum, daß etwas so Zerbrechliches und Flüchtiges für immer aus meinem Leben verschwunden ist. Er ist fort, und ich bleibe allein in der Mitte zurück und frage mich plötzlich, wie in aller Welt ich wieder aus diesem blöden Irrgarten herausfinden soll.

An diesem Punkt meiner Überlegungen mußte ich laut lachen, was die Nachbarin der Robinsons, Mrs. Van-Geeting, veranlaßte, von dem Blumenbeet aufzublicken, das sie gerade mit einer zierlichen kleinen Gartenharke bearbeitete. Mrs. Van-Geeting war eine seit langem verwitwete, weißhaarige, aber sehr scharfsinnige alte Dame von Ende Siebzig, die trotz ihrer angeblichen Abhängigkeit von einer großen täglichen Dosis weißen Rums erstaunlich fit für ihr Alter war. Ich war ihr schon einige Male begegnet, seit sie vor zwei Jahren hierhergezogen war, um nur ein paar Straßen von ihrem Sohn und seiner Familie entfernt zu wohnen, und wir kamen gut miteinander aus, besonders da es mir gelungen war, ein kleines Mißverständnis zwischen ihr und Mike auszuräumen, als sie einzog. Sie kam auch mit den Robinsons gut zurecht und schien den achterbahnartigen Stil ihres Familienlebens unterhaltsam zu finden. Die Andeutung eines Lächelns erschien auf ihrem Gesicht, als sie mich jetzt ansah.

»Wissen Sie, Miss Reynolds«, sagte sie, »wenn Leute mit einer Schere in der Hand im Garten stehen und ohne den geringsten Grund zu lachen anfangen, dauert es meistens nicht mehr lange, bis sie abgeholt werden.«

Ich sah auf meine Hände herab und mußte wieder lachen. »Wissen Sie, ich hatte völlig vergessen, wozu ich hier herausgekommen war. Ich war gerade unterwegs, um ein paar Brombeerblätter für die Stabschrecken zu holen, aber die Sonne schien so schön, daß ich an – alles mögliche andere gedacht habe. Ich war ganz woanders, meilenweit weg.«

Ihre Augen funkelten. »Nun, so, wie Sie gerade gelacht haben, hätte ich nichts dagegen, dort Urlaub zu machen, wo immer es gewesen sein mag. Sie kümmern sich um das Haus, was?«

Ich wedelte vage mit der Schere. »Ja, gewissermaßen. Ich sehe hier nach dem Rechten, wissen Sie.«

»Ich hatte schon immer den Eindruck, daß Sie am Ende vielleicht hier einziehen«, sagte die alte Dame in ihrer unverblümten Art. »Sie würden den Robinsons guttun. Die halten eine Menge von Ihnen.«

Verlegen gab ich ein schwächlich protestierendes Geräusch von mir und wollte gerade ein anderes Thema anschneiden, als durch die offene Küchentür deutlich das Klingeln des Telefons nach außen drang.

»Sie sollten lieber drangehen«, sagte Mrs. Van-Geeting. »Vielleicht haben sie die falsche Fluglinie erwischt oder den falschen Tag oder den falschen Planeten oder so.«

Die schlanke Gestalt im Trainingsanzug beugte sich wieder zu ihrer Gartenarbeit hinab, während ich mich umdrehte und hineineilte, um den Anruf entgegenzunehmen. Ich schloß die Küchentür hinter mir und nahm den Hörer von der Wandhalterung.

»Hallo – hier Dip Reynolds, kann ich Ihnen helfen?«

»Oh ja, äh, hallo Dip, hier ist Daniel Wigley. Ich wollte nur noch einmal wegen heute abend bei dir und der Familie nachfragen. Mögt ihr Steak, und ist Mike zu Hause?«

Fünftes Kapitel

Wegen der letzten Worte von Mrs. Van-Geeting hatte ich fest damit gerechnet, daß die Robinsons am Apparat sein würden, so daß ich eine Weile brauchte, um die Tatsache zu registrieren, daß die Männerstimme am anderen Ende der Leitung nicht Mikes Stimme war. Es handelte sich um einen etwas merkwürdigen Mann namens Daniel Wigley, der zu unserer Schwestergemeinde St. Paul's gehörte. Es war ein Mann, von dem Jack sagte, daß man ihn schon vor langem hätte erschießen müssen, weil er nicht schon längst seinen Namen geändert habe, für den Fall, daß er jemals heiratete und Kinder zeugte, die dann das Grauen eines Schullebens als kleine Wigleys würden erdulden müssen. Er war ohne Freunde, einer jener kantigen Männer, die sich zweimal am Tag rasieren müssen, es aber nicht tun. Kürzlich hatte er Mike, Kathy und mir anvertraut, daß er sich von gewissen Gliedern seiner Gemeinde ungerecht behandelt fühle und insgeheim der Überzeugung sei, daß niemand sich wirklich um ihn schere. Für Daniel schien es praktisch ein Hobby zu sein, Dinge persönlich zu nehmen, und dies, Gott helfe mir, war der Mann, der nun bei Mike und mir nachfragen wollte wegen irgend etwas, woran wir alle beteiligt waren und das heute abend stattfinden sollte, während Mike und die anderen in einem Flugzeug über dem Atlantik saßen. Warum hatte er mich gefragt, ob ich Steak mag?

»Mike ist im Augenblick nicht da, Daniel. Die ganze Familie ist momentan unterwegs. Kann ich irgendwie helfen?«

Daniels tiefe, etwas umständliche Stimme erklang wieder.

»Nun ja, ich wollte mich nur vergewissern, daß ich nicht stillschweigend von etwas Falschem ausgegangen bin.«

»Ja, und zwar -?«

»Ich dachte mir, da dies ein so besonders wichtiger Anlaß

ist, sollte ich ein wenig großzügiger sein als gewöhnlich, und da habe ich beschlossen, daß es als Hauptgericht Rumpsteak gibt. Ich habe alle Steaks seit vierundzwanzig Stunden eingelegt, aber eben fiel mir ein, daß vielleicht jemand in Mikes Familie, du selbst natürlich eingeschlossen, vielleicht kein Steak mag, und in diesem Fall –«

»Rumpsteak!« Meine Stimme war erfüllt von Entzücken, doch mein Verstand war erfüllt von unaussprechlichem Entsetzen. Ich hatte ihn unterbrochen, um einen verzweifelten Versuch zu unternehmen, das tatsächliche Ausmaß der bevorstehenden Katastrophe zu ermitteln. »Meine Güte, da hast du dich aber ins Zeug gelegt. Sag mal – ich kriege es nicht ganz zusammen –, wie viele Steaks sind das insgesamt?«

»Nun ja, laß mich mal rechnen, da bin ich, fünf Mitglieder der Robinson-Familie, und natürlich du, macht zusammen sieben. Ich habe auch drei verschiedene Desserts ausgesucht, wovon einer«, er lachte heiser, »mein Lieblingsnachtisch ist – Marmeladentorte; und eine Kiste Rotwein gibt es auch«, wieder ein heiseres Lachen, »also, ich glaube, wir müssen nicht befürchten, in diesem Bereich zu kurz zu kommen.« Er hielt inne. »Meinst du, daß Steak allen recht ist?«

»Oh ja«, antwortete ich begeistert, während sich meine Gedanken überschlugen, »besonders zu einem solchen Anlaß. Wie, äh, wie würdest du eigentlich den Anlaß beschreiben, Daniel?«

»Nun, ich glaube«, erwiderte er ein wenig überrascht, »ich würde ihn einfach als eine Feier zum fünfzigsten Geburtstag beschreiben, meinst du nicht?«

Danke, Gott!

Ich kicherte hysterisch, als hätte er etwas schrecklich Witziges gesagt. »Das weiß ich doch, ich meinte ...«

Ja, was meintest du?

»Ich meinte – wie würdest du beschreiben, was dieser besondere Tag dir persönlich bedeutet?«

»Ach so, Entschuldigung, jetzt verstehe ich, was du meinst – nun, natürlich ist dies ein bedeutender Meilenstein in meinem Leben, das im allgemeinen bisher ein glückliches Leben war, obwohl ich mich, wie du wohl weißt, hin und wieder von Leuten im Stich gelassen fühlte, denen man wohl eigentlich sollte vertrauen können. Die Frau unseres Vikars hat ihr Bestes getan, um mich zu beruhigen, aber ... Wie auch immer, das hat heute alles keine Bedeutung, denn heute ist ein Tag, um mit guten Freunden zu feiern, und ich freue mich schon darauf, euch alle um halb acht hier zu sehen.«

Jetzt war meine letzte Chance, mit der Wahrheit herauszurücken – und ich konnte es nicht. Ich wollte, aber ich brachte es einfach nicht über mich.

»Bis halb acht«, flötete ich heiter. »Tschü-hüs!«

Während ich langsam den Hörer wieder auf die Gabel legte und meine Stirn gegen die Kühle der Küchenwand lehnte, erfüllte mich ein merkwürdiges Gefühl der Ruhe. Die Situation, in die ich geraten war, war so entsetzlich, unfaßbar grauenhaft, daß ihre Grauenhaftigkeit geradezu eine betäubende Wirkung hatte. Ich setzte mich steif wie eine Statue auf den nächsten Stuhl und überdachte die Situation.

»Sieben Steaks schmurgeln.« Ich mußte plötzlich hysterisch kichern, als hätte ich einen Schwips. »Drei Desserts tun irgend etwas, das mit D anfängt. Eine Wagenladung Wein verwirkt. O nein, was soll ich nur machen?«

Ist es nicht erstaunlich, wie erfindungsreich das menschliche Gehirn sein kann, wenn es darum geht, seine Spuren zu verwischen oder sein Gesicht zu wahren? Meine eigene Erfahrung ist, daß dann eine Art kreatives Adrenalin in wildem Tempo Ideen hochzupumpen beginnt, viel stärker als in Fällen, wo dieselbe Art geistiger Energie zugunsten eines anderen notwendig wäre. Zwar lag in diesem speziellen Fall die Schuld eigentlich nicht bei mir – es war Mike, der diese Verabredung getroffen und sie nicht nur selbst vergessen, sondern es auch versäumt hatte, allen anderen Beteiligten Bescheid zu sagen – aber ich war zumindest fast eine Robinson, und von dem Augenblick an, als ich gegenüber Daniel nicht ehrlich gewesen war, steckte ich genauso in der Sache drin wie jeder andere.

Der erste Gedanke, der mir kam, war der naheliegende Ausweg, eine Krankheit zu erfinden. Ich konnte sagen, zwei oder drei Mitglieder der Familie seien an einer ukrainischen Grippe oder so etwas erkrankt, und ich und die anderen müßten zu Hause bleiben und uns um sie kümmern. Eine völlig adäquate Ausrede, aber, wie sich nach kurzem Nachdenken erwies, in Wirklichkeit nutzlos, denn wenn Daniel während der nächsten paar Tage irgendeinen Freund der Robinsons traf und sich nach ihrer Gesundheit erkundigte, würde er vermutlich erfahren, daß sie nicht nur nicht krank waren, sondern sich im Urlaub in Amerika befanden, und zwar schon seit dem Tag, an dem wir alle bei ihm zum Abendessen eingeladen waren. Nein, erforderlich war etwas viel Radikaleres als eine schlichte Krankheit.

Da mir plötzlich einfiel, daß ich immer noch nicht das Mittagessen für Rowan und Kimberley eingesammelt hatte, griff ich nach der Schere und wanderte wieder hinaus in den Garten, immer noch fieberhaft nachdenkend. Noch eine Idee. Wenn ich nun Daniel anrief und ihm sagte, daß gleich nach unserer Unterhaltung ein Anruf gekommen sei, in dem mitgeteilt wurde, daß der Amerikaflug der Robinsons, der eigentlich für morgen vorgesehen war, aufgrund eines Irrtums der Fluggesellschaft unerwartet auf heute vorverlegt worden sei? Mike und die anderen seien am Boden zerstört, konnte ich sagen, daß sie nun Daniels Geburtstagsfeier versäumen würden, aber sie hätten nur noch in fieberhafter Eile das Nötigste zusammenraffen und abreisen können. Natürlich, würde ich hinzufügen, würde ich trotzdem heute abend sehr gern zum Essen kommen, wenn es ihm recht sei.

Ich nickte zufrieden. Das müßte sehr gut funktionieren – vorausgesetzt, ich bekam Mike zu fassen, sobald sie zurückkamen, und sorgte dafür, daß er über den »vorverlegten« Flug Bescheid wußte, bevor er Daniel über den Weg lief. Ja, diese Lösung deckte so ungefähr alle Möglichkeiten ab. Durcheinander mit Flugplänen war ein Gebiet, auf dem man bis zur totalen Verwirrung schwindeln konnte, und das Schöne an gerade dieser Idee war, daß auf diese Weise niemand Schuld hatte, abgesehen von einem anonymen (und imaginären) Bediensteten, der sich tief in den Eingeweiden der Fluglinienverwaltung versteckte. Beim Gedanken an den tatsächlichen Anruf bei Daniel wurden mir die Knie etwas weich, aber wenn der erst einmal erledigt war, würde alles in Ordnung sein, und vielleicht konnte ich sogar darum herumkommen, selbst hinzugehen.

Ich war höchst zufrieden und stolz. Ein unmögliches Problem war durch ein wenig Nachdenken und Erfindungsreichtum gelöst. Als ich mich bückte, um einen Brombeerzweig abzuschneiden, der aus Rowans und Kimberleys Sicht zweifellos einem großen Steak mit Kartoffelchips entsprach, gefolgt von Apfelkuchen mit Vanillesoße, drängte sich meinem fruchtbaren Gehirn noch eine weitere Idee auf. Ich war berauscht von meiner eigenen Genialität. Wenn ich nun ein paar Leute aus Daniels Gemeinde kontaktierte, mich ihrer Barmherzigkeit auslieferte und sie beschwor, eine Überraschungsparty zu organisieren, zu der Daniel dann später am Nachmittag gelockt werden würde, bevor die unselige Geburtstagsfeier beginnen sollte? In dem Augenblick, in dem Daniel wie ein »Das-ist-Ihr-Leben«-Opfer voller Freude entdeckte, daß seine Gemeinde sich doch um ihn scherte, würde ich mich in der Nähe des Robinsonschen Telefons bereithalten, um ihm großzügig zu versichern, daß weder die Robinsons noch ich auch nur die geringsten Einwände dagegen hätten, wenn er die Steaks einfröre und unser gemeinsames Abendessen auf ein späteres Datum verlegt würde.

Ein guter Plan, dachte ich mir, während ich über den Rasen hinweg auf das Haus zuging und meinen Brombeerzweig hinter mir herzog, aber eigentlich blieb nicht mehr genügend Zeit dafür, und – ich blieb stehen, als mir ein fataler Fehler auffiel. Laut sagte ich: »Warum haben sie die Robinsons nicht eingeladen?«

»Ich wollte schon immer mal in einem Agatha-Christie-Buch mitspielen«, kam eine trockene Stimme von der anderen Seite des Zauns.

Ich hatte Mrs. Van-Geeting, die immer noch ein paar Meter von mir entfernt an ihrem Blumenbeet arbeitete, ganz vergessen. Der Streifen Boden, der bei den Robinsons als kultiviert galt, hätte schon längst einmal wieder gejätet und ausgedünnt werden müssen; auf dem schmalen Beet drängten sich rauhblättrige, verlauste Kräuter und Pflanzen, die sich mit Zähnen und Klauen um jeden Kubikzentimeter Erde und Luft stritten. Der Garten von Mrs. Van-Geeting dagegen war von schön geformten, wohlerzogenen Pflanzen bewohnt, die angemessenen Abstand voneinander hielten und ihren Reiz auf eine stolze, aber zurückhaltend zivilisierte Art und Weise zur Schau stellten. Mrs. Van-Geeting streute gerade eine kleine Handvoll violetter Kristalle in die unkrautfreien Zwischenräume zwischen ihren Pflanzen – irgendeine Art Dünger, vermutete ich.

»Tut mir leid«, sagte ich, »ich habe nur laut gedacht. Ich weiß nicht einmal genau, was ich gesagt habe.«

Sie schmunzelte. »Wenn Sie ermordet werden, wenn sie wieder hineingehen, und niemand weiß, wer es gewesen ist, dann werde ich der Polizei sagen müssen, daß die letzten Worte, die ich von Ihnen gehört habe, als sie mit einer Schere und Brombeerblättern in der Hand mitten auf dem Rasen standen, lauteten: ›Warum haben sie die Robinsons nicht eingeladen?‹ Ich dachte gerade, daß das wie eine interessante Herausforderung für Monsieur Poirot und seine kleinen grünen Zellen klingt.«

Ich runzelte die Stirn. »Sie meinen seine grauen Zellen, nicht? Waren es nicht seine Augen, die grün aufleuchteten, wenn er plötzlich wußte, wer es getan hatte?«

»Wie auch immer«, erwiderte Mrs. Van-Geeting ungerührt, »ein farbenfroher Bursche, nicht wahr? Was halten Sie von einer Tasse Tee im Garten?«

O seliger Aufschub!

»Ja, gern, aber nur kurz. Ich muß gleich noch einen ziemlich heiklen Anruf erledigen. Ich werde Ihnen davon erzählen. Geben Sie mir noch einen Moment, um Rowan und Kimberley ihr Steak mit Kartoffelchips zu servieren, dann komme ich gleich 'rüber.«

Ich genoß es, nebenan im Garten zu sitzen, mein Problem und seine möglichen Lösungen zu schildern und dabei Earl-Grey-Tee aus einer richtigen Tasse mit einer richtigen Untertasse zu trinken. Mrs. Van-Geeting und ich genossen eine sehr angenehme, gelegentliche Beziehung, seit ich Mike vor dem ehrfurchtgebietenden Zorn seiner frisch eingezogenen Nachbarin bewahrt hatte (ich schaffte es, ihr einen seiner verunglückten Versuche, einen Witz zu machen, zu übersetzen). In Wahrheit verunglückten Mikes Versuche, einen Witz zu machen, immer, denn sie waren niemals auch nur annähernd lustig. Aber wie so viele Menschen, die sehr selten Witze machen, bildete er sich manchmal ein, eine Antwort oder Bemerkung parat zu haben, die so brüllend komisch sei, daß andere Leute sich zwangsläufig hysterisch auf dem Boden wälzen müßten, wenn sie sie hörten.

Bei dieser Gelegenheit hatte Mike auf ein leises Klopfen hin die Haustür geöffnet und einen ängstlich dreinblickenden kleinen Jungen auf der Schwelle vorgefunden. Das Kind, wie sich später herausstellte Mrs. Van-Geetings Enkel Luke, brachte tapfer, aber mit zitternder Stimme, sein Anliegen vor:

»Bitte, darf ich mir meinen Bumerang aus Ihrem Garten zurückholen . . . bitte?«

An dieser Stelle erkannte Mike seine Gelegenheit, seine blendende Schlagfertigkeit unter Beweis zu stellen. Wie ein Mann, der so viel Erfahrung in der Arbeit mit kleinen Kindern hat, ein so mangelhaftes Urteilsvermögen an den Tag legen konnte, ist mir schleierhaft. So ziemlich jeder andere im Universum hätte Mike sagen können, daß es, gelinde gesagt, unklug ist, gegenüber nervösen vierjährigen Kindern, denen man noch nie begegnet ist, obskure Witze zu machen. Ich saß zu diesem Zeitpunkt im Wohnzimmer neben der Haustür und balancierte wie ein nicht sehr gut bekannter Gast, der sein bestes Benehmen zeigen möchte, auf der äußersten Kante meines Sessels, so daß ich den Dialog zwischen Mike und Luke Wort für Wort mit anhören konnte. Soweit ich mich erinnere, verlief er folgendermaßen:

Luke: Bitte, darf ich mir meinen Bumerang aus Ihrem Garten zurückholen . . . bitte?

Mike: *(jetzt kommt der Witz, für den Fall, daß es nicht sofort auffällt)* Zuerst möchte ich einmal wissen, was du überhaupt in meinem Garten zu suchen hattest.

Luke: *(mit zitternder Unterlippe)* Ich war gar nicht in Ihrem Garten. Ich war nur in Omas Garten.

Mike: *(begreift, daß dieses Kind unbegreiflicherweise seinen brillanten Witz nicht verstanden hat)* Ja, ich weiß, ich meinte nur, da es ein Bumerang ist, den du dir zurückholen willst, mußt du in meinem Garten gewesen sein, um -

Luke: *(fängt an zu weinen, ist aber aus Angst vor dem großen, unfreundlichen Mann geradezu körperlich gelähmt)* Ich w-w-w-war überhaupt nicht in Ihrem G-G-Garten. Ich war nur in O-O-Omas Garten.

Mike: *(gerät etwas in Panik)* Ich weiß, daß du nicht in meinem Garten warst – ich habe doch gar nicht gemeint, daß du wirklich in meinem Garten warst. Ich habe nur gemeint, daß Bumerangs doch eigentlich zurückkommen sollen, wenn man sie wirft, und daß du deshalb in meinem Garten gewesen sein mußt, um -

An dieser Stelle brach eine Flut von Tränen aus Luke heraus, und Mrs. Van-Geeting erschien am Schauplatz und verlangte, daß Mr. Robinson eine Erklärung für die sichtliche Verzweiflung des kleinen Jungen abgebe. So überwältigend war die Energie, mit der die alte Dame sich großmütterlich vor ihren Schützling stellte, daß Mikes Versuche, den Hergang zu erklären, immer mehr an Überzeugungskraft verloren. Ja, gab er zu, er habe gesagt, der Junge sei in seinem Garten gewesen, aber er habe es nicht so gemeint. Es sei ein Witz gewesen. Mrs. Van-Geeting begehrte zu erfahren, was denn auch nur annähernd komisch daran sei, einem Kind etwas vorzuwerfen, was es nicht getan hatte, und das Kind zum Weinen zu bringen. Mike sagte, der Witz liege nicht darin, daß der Junge in seinem Garten gewesen sein solle, wenn er es in Wirklichkeit nicht gewesen war, sondern beruhe auf der Tatsache, daß es ein Bumerang sei, den er zurückhaben wolle, und nicht zum Beispiel ein Ball. Als Mrs. Van-Geeting auf diese Einlassung antwortete, klang sie immer noch sehr verärgert, aber auch ein Element der Wachsamkeit hatte sich in ihre Stimme geschlichen. Ich beschloß einzugreifen, bevor die Männer in den weißen Kitteln erschienen, um Mike an einen Ort zu bringen, wo er nach Herzenslust von Witzen und Bällen und Bumerangs phantasieren konnte. Nachdem ich mich der kleinen Gruppe auf der Türschwelle hinzugesellt und in aller Ruhe Mikes erbärmlichen Witz erklärt hatte, war alles wieder in Ordnung. Am Ende war Mrs. Van-Geeting höchst amüsiert, und sobald der kleine Luke endlich verstanden hatte, daß der große Mann kein böser Mann war, sondern nur ein netter Mann, der alberne Witze machte, wichen seine Tränen jenem schillernden Kichern, das ein gemeinsames Merkmal der ganz kleinen Leute zu sein scheint, wenn sie mächtig erleichtert sind. Er holte seinen Bumerang aus dem Garten, und wir tranken alle etwas zusammen. Von diesem Tag an sprach Luke von Mike als von dem »netten Mann, der alberne Witze macht«, ein Titel, über den sich der Rest der Familie Robinson königlich amüsierte.

»Dann wollen Sie diesem Wigley also eine faustdicke Lüge unterschieben, was?«

Ich war ein wenig verdattert über Mrs. Van-Geetings Zusammenfassung meiner Absichten. Ich hatte bisher eigentlich gar keine Lüge im strengen Sinne darin gesehen, mehr eine Art Schutz für Mike – und für Daniel natürlich.

»Nun ja, er wäre furchtbar verletzt, wenn ich ihm sagen würde, was wirklich passiert ist, nicht wahr? Er ist jetzt schon überzeugt, daß niemand sich um ihn schert – das hier würde dem armen Kerl so ziemlich den Rest geben.«

Die alte Dame nippte an ihrem Tee und sagte nichts. Über

den Rand ihrer Tasse hinweg sah sie mich mit ihren scharfsinnigen Augen, die von Hunderten winziger Falten umgeben waren, unverwandt an. Ich plapperte weiter, als müßte ich schon wieder ein neues Argument entkräften.

»Es ist ja schön und gut, wenn man sagt, daß man den Leuten die Wahrheit sagen sollte, aber wenn es ihnen schadet, sehe ich keinen Sinn darin. Wohlgemerkt, ich weiß eigentlich nicht, was Mike jetzt von mir erwarten würde, und ich nehme an, letzten Endes ist das Ganze sein Problem. Vielleicht würde er ganz offen zugeben wollen, daß er die Einladung vergessen hat, und ich möchte ihn nicht in eine Situation bringen, in der er gezwungen ist, zu . . .«

Meine Stimme verebbte, während mir etwas entglitt, das mir zuvor ganz klar erschienen war. Diese kompromißlose Person hatte absolut recht. Ich hatte vor, Daniel eine faustdicke Lüge aufzutischen.

»Sagen Sie mir folgendes.« Mrs. Van-Geeting setzte ihre Tasse auf der Untertasse ab und lehnte sich auf ihrem Stuhl zurück. »Warum, glauben Sie, hat Mike die Einladung dieses Wigley vergessen? Ich meine – was war der wirkliche Grund?«

Ich ignorierte die Antworten, die mir spontan einfielen, und versuchte, meinen Geist in einen stillen Teich zu verwandeln. Es dauerte eine kleine Weile, bis die Wahrheit an die Oberfläche kam.

»Weil er ihn eigentlich nicht mag.«

»Warum mag er ihn eigentlich nicht?«

»Weil er ein verkrampfter, nicht sehr anziehender Mensch ist, der sich ständig darüber beschwert, wie andere Leute ihn behandeln.«

»Hat ihm das jemals jemand gesagt?«

Ich dachte an die Leute, die ich in St. Paul's und in meiner eigenen Gemeinde kannte. Nein, wir ließen es nicht zu solchen Konfrontationen kommen. Wir hielten Frieden. Wir waren Christen – oder Feiglinge oder beides.

»Ich glaube nicht, nein.«

»Vielleicht sollte das mal jemand tun. Ich bin zwar keine

Anhängerin Ihres Oberrabbis, aber ich vermute, daß er es so gemacht hätte. Ich weiß nicht, wie er es ausgedrückt hätte, aber ich wette, er hätte Wigley keine faustdicke Lüge aufgetischt.«

Ich bedankte mich bei Mrs. Van-Geeting für den Tee und die Unterhaltung, und ich meinte es auch so. Ich war wirklich dankbar, wenn ich mich auch ziemlich beschämt fühlte, als ich zurück zum Haus ging. Es hatte erst jemand kommen müssen, der meinem »Oberrabbi« nicht nachfolgte, um mir zu zeigen, wo ich falsch lag. Ich griff nach meinem Autoschlüssel, suchte das zerfledderte Adreßbuch der Robinsons heraus, um festzustellen, wo Daniel wohnte, holte ein paarmal tief Atem, um mich zu beruhigen, und wollte gerade aufbrechen, als jemand an der Haustür klingelte. Beinahe hätte ich mich durch die Hintertür hinausgeschlichen, um dem Besucher aus dem Weg zu gehen, wer immer es war. Ich bin froh, daß ich es nicht getan habe, denn als ich die Tür öffnete, stand, ziemlich erregt und ziemlich verlegen aussehend, Daniel Wigley auf der Matte.

Der Schreck, Daniel zu sehen, nahm mir buchstäblich den Atem. Dieser Ausdruck wird oft in Büchern verwendet, und er klingt nicht immer sehr überzeugend, aber genau so erging es mir. Einen Augenblick lang dachte ich, ich falle in Ohnmacht. Glücklicherweise hatte Daniel selbst so viel zu sagen, daß es im Grunde keine Rolle spielte.

»Oh, Dip«, sagte er, eine seltsame Mischung aus Qual und Ekstase im Blick, »sind die anderen da? Mike und die anderen, meine ich? Sind sie zu Hause?«

Ich konnte nur stumm den Kopf schütteln. Meine Lungen fühlten sich immer noch an wie zwei abgestandene Räucheringe.

»Dip, ich muß euch um einen Riesengefallen bitten, und es ist mir schrecklich peinlich – ich komme mir gräßlich vor, aber weißt du ...« Er gestikulierte zu einem großen, teuren Auto hin, das vor dem Haus parkte. Undeutlich erkannte ich die Umrisse zweier Personen, die in unsere Richtung spähten, wahrscheinlich ein Mann und eine Frau, eine am Steuer, die andere auf dem Rücksitz. »Mein Bruder und seine Frau – meine einzigen Angehörigen –, ich war völlig überrascht, sie zu sehen. Sie sind gekommen, um mich zu meinem Geburtstag auszuführen.« Er wedelte vor leidenschaftlichem Flehen um Verzeihung und vor Vorfreude mit den Händen. »Bitte – bitte, könntet ihr mir verzeihen, wenn wir einen anderen Tag für unseren gemeinsamen Abend vereinbaren, aber, weißt du . . .«

Daniel war ein einziger, großer Knoten. Ich hatte meinen Atem wiedergefunden, so daß ich ihn aufknoten konnte.

»Daniel«, sagte ich (und dazu bedurfte es nicht der geringsten Unaufrichtigkeit), »ich habe nicht den leisesten Zweifel, daß Mike und Kathy und die Jungs darauf bestehen würden, daß du unsere Verabredung einfach vergessen und gehen und dir eine schöne Zeit mit deinen Verwandten machen mußt. Wir kommen schon ein anderes Mal noch zusammen – keine Sorge. Geh nur.«

Und Daniel ging, wobei er überschwengliche Dankesbezeugungen, zerknirschte Entschuldigungen und heilige Versprechungen für die Zukunft über die Schulter zurückwarf. Er war die personifizierte Erleichterung. Ein letztes Winken vom Beifahrersitz, als der elegante Wagen seines Bruders den Hügel hinaufsurrte, und er war weg. Ich blieb eine Weile kopfschüttelnd in der Tür stehen. Ich fühlte mich vollkommen ruhig, aber zutiefst verwirrt.

»Weißt du«, sagte ich ganz leise zu Gott, »allmählich lerne ich, dir nie über den Weg zu trauen.«

Ich blickte an der Fassade des Hauses empor, als ein leichter Windstoß die Blätter der Weinranken zum Rascheln brachte. Das Geräusch, das sie machten, klang wie ein Applaus aus einem leise gestellten Radio oder vielleicht ein wenig wie ein weit entferntes Lachen.

Sechstes Kapitel

Die Sache mit Daniels Geburtstag und mein kurzes Gespräch mit Mrs. Van-Geeting halfen mir, Klarheit darüber zu erlangen, was ich den Robinsons sagen würde, wenn sie wieder nach Hause kamen. Ich beschloß, daß ich ihnen einfach die Wahrheit sagen würde, und am Ende tat ich auch genau das.

Drei Wochen nach ihrer Abreise kehrte die Familie wieder zurück, erschöpft von einem fürchterlichen Jet-Lag; doch soweit ich es ausmachen konnte, hatten sie ihren grandiosen Urlaub genossen. Es war die Unterschiedlichkeit der einzelnen Bemerkungen, die mich mehr als alles andere faszinierte und amüsierte, als ich am Sonntag, einen Tag nach ihrer Rückkehr, vorbeischaute. Mike zum Beispiel sagte, es sei »von Anfang bis Ende absolut phantastisch!« gewesen, während Kathys Zusammenfassung lautete: »Größtenteils gut, wenn es auch einoder zweimal in der Familie höllisch gekracht hat.«

Jack zeigte mir schweigend (und heimlich) ein Foto von einer sehr attraktiven jungen Dame, die an einem Flughafen-Kofferkuli lehnte und leicht verheult aussah. Zu ihm sagte ich: »Was für ein hübsches Mädchen.« Zu mir selbst sagte ich: »Was für gewaltige Telefonrechnungen.«

Als ich Mark fragte, was er von Amerika halte, sagte er, es habe ihm gefallen, sich ein richtiges Baseballspiel anzusehen, und das Essen – besonders die Beefburgers – sei »echt super« gewesen, aber abgesehen davon sei es dort auch nicht sehr viel anders als in England, und er glaube nicht, daß es den Aufwand lohne, noch einmal hinzufahren.

Felicity – ach, wie froh war ich, Felicity wiederzusehen – war natürlich begeistert von allem, was sie gesehen und unternommen hatte, aber besonders von etwas, das sie mir, wie sie sagte, mitgebracht habe, um mich darüber hinwegzutrösten, daß ich nicht mit nach Amerika gekommen war. Nachdem sie ihre Mutter fünf Minuten lang damit genervt hatte, den typisch deprimierenden Haufen halb ausgepackten Gepäcks der Robinsons zu durchstöbern (zum Thema Auspacken schien keiner eine bestimmte Philosophie zu haben), brachte sie eine hübsche kleine dekorierte Schachtel von etwa vier Zentimetern Durchmesser zum Vorschein und drückte sie mir zitternd vor Aufregung in die Hand.

»Die Schachtel habe ich für dich gekauft, als wir gestern wieder in England landeten und aus dem Flugzeug stiegen, Dip«, sagte sie, ungeduldig auf ihren Zehen wippend, »aber das ist eigentlich nicht so wichtig. Das Wichtige steckt da drin. Mach sie auf! Los!«

Ich bewunderte kurz die hübsche Schachtel und hob dann vorsichtig den Deckel ab. Drinnen fand ich einen ganz gewöhnlichen, unregelmäßig geformten grauen Stein. Ich nahm ihn heraus und hielt ihn zwischen Daumen und Zeigefinger hoch, wobei ich versuchte, so fasziniert auszusehen, wie ich nach Felicitys Meinung offensichtlich sein mußte.

»Das ist ein Stück von Amerika, Dip«, hauchte meine kleine Freundin, »ich habe dir ein Stück von Amerika mitgebracht!«

Kathy, die zusah, lächelte. »Nun, ich kann nur sagen – dem Himmel sei Dank, daß dieser Stein endlich in deiner Hand ist. Seit vierzehn Tagen haben wir nichts anderes mehr zu hören bekommen, als daß Dip sich ja so sehr freuen wird, wenn sie ihr Stück von Amerika bekommt. Wir haben es ein- oder zweimal verloren, und es nützte uns nichts, zu sagen, daß wir ja auch einen anderen Stein nehmen könnten. Dies ist der Stein, den sie für dich gefunden hat, und dies ist der Stein, den du bekommen mußtest, und nun hast du ihn.«

Alle Robinsons hatten Mitbringsel für mich, einige davon recht teuer, und ich freute mich wirklich über jedes einzelne davon, aber diese kleine bunte Schachtel, die einen so greifbaren Liebesbeweis enthielt, hatte etwas ganz Besonderes. Ich stellte sie auf meinen Kaminsims, so daß ich jedesmal, wenn ein neugieriger Besucher hineinschaute und sich zu wundern schien, was der Wert eines so gewöhnlichen Gesteinsbrockens sein mochte, aber nicht danach fragen wollte, mit enormem Vergnügen sagen konnte: »Oh, das ist eines meiner liebsten Dinge. Es ist ein Stück von Amerika.«

Ich hatte mir vorgenommen, noch bis zum folgenden Tag zu warten, bevor ich der Familie meine Entscheidung darüber mitteilte, ob ich zu ihnen ziehen wollte. Aber bevor ich ging, zog ich Mike noch in eine ruhige Ecke und schilderte ihm die erstaunliche Saga von Daniel Wigley. Die Wirkung, die es auf Mike hatte, als er sich plötzlich an die Verabredung zu Daniels Geburtstagsfeier erinnerte, war ziemlich erschreckend. Er schlug sich mit der Hand vor die Stirn und schien vor meinen Augen körperlich zu schrumpfen wie ein übermäßig aufgeblasener Luftballon in menschlicher Gestalt, aus dem der Stöpsel gezogen worden war. Er erholte sich ein wenig, als ich ihm meine wunderbaren hypothetischen Lösungen und die folgenschwere Unterhaltung beschrieb, die ich mit seiner Nachbarin geführt hatte, und ihm darauf berichtete, wie Daniel selbst zu meinem heillosen Schrecken plötzlich erschienen war, als ich mich gerade für das Vorhaben gestählt hatte, zu ihm zu fahren und ihm die ganze Wahrheit zu beichten.

»Es schien zu dem Zeitpunkt alles so fein säuberlich nach Plan zu laufen, Mike«, schloß ich, »wie in einem von diesen christlichen Büchern, bei denen man sich total wertlos fühlt, weil auf jeder Seite ein Wunder vorkommt. Aber wenn ich darüber nachdenke, habe ich eigentlich den armen alten Daniel ziehen und seine Verwandten glauben lassen, er wäre es, der sich zu entschuldigen hätte; und das ist nicht fein säuberlich – das ist furchtbar.«

Mike sagte eine Weile lang nichts, nachdem ich fertig war, dann umarmte er mich und gab mir einen Kuß auf die Wange – nicht gerade der Stoff, aus dem der Garten, das Labyrinth und das Landhaus sind, aber dafür wirklicher und sehr wohltuend.

»Es tut mir so leid, daß du das alles durchmachen mußtest, Dip«, sagte er niedergeschlagen. »Er tat mir leid, das war es, was dahintersteckte. Das Schlimme ist, daß sogar ich es war, der Daniel vorschlug, daß einer oder zwei von uns an seinem Geburtstag vorbeischauen könnten, weil er die Nase so voll zu haben schien. Er sprang sofort darauf an und sagte, wir müßten alle zum Abendessen kommen – du auch, und ich sagte ja, weil ich dachte, wir könnten einfach – einfach hingehen, damit er sich ein bißchen freuen kann, und dann – tja, dann habe ich das Ganze völlig vergessen. Soviel zu mir und meiner Effektivität. Nur gut, daß sein Bruder und seine Schwägerin vorbeikamen und für dich die Kavallerie gespielt haben.« Er nickte ernst. »Ich fürchte, die alte Mrs. Van-Geeting hat völlig recht. Tief in meinem Innern, schätze ich, war er mir einfach nicht wichtig genug, um mich daran zu erinnern. Aber ich bin wirklich froh, daß du ihm keine – wie hat sie es genannt?«

»Eine faustdicke Lüge.«

»Ja, daß du ihm keine faustdicke Lüge aufgetischt hast. Keine Sorge, ich bringe das in Ordnung. Ich gehe später in der Woche zu Daniel und erzähle ihm, was wirklich los war. Ich werde mein Bestes tun, um völlig offen zu ihm zu sein. Wird nicht leicht, aber ich werde es versuchen.«

Bevor ich an jenem Nachmittag ging, verabredete ich, am Montag abend wiederzukommen. Ich bat darum, daß alle sich für höchstens zwanzig Minuten versammelten, damit ich ihnen sagen konnte, wie ich mich entschieden hatte. Mir war angst und bange.

Manche Erinnerungen bleiben einem wie Fotos für immer im Gedächtnis haften, nicht wahr? Ich sehe die an jenem Montagabend versammelten Robinsons heute noch vor mir – Mike und Kathy saßen wie zwei Bücherstützen auf dem Sofa, mit Jack, ihrer Erstausgabe, zwischen sich eingeklemmt, Mark thronte steif auf dem Sessel neben dem Bücherregal, und Felicity lag bäuchlings auf dem Läufer vor dem Kamin, die Ellbogen auf dem Boden, das Kinn auf die Hände gestützt, und sah mir voll unbekümmerter Erwartung ins Gesicht, während alle darauf warteten, daß ich etwas sagte.

»Vor dem Urlaub«, fing ich an, »habt ihr mir eine große

Freude gemacht. Damit meine ich nicht nur das Transparent, mit dem einige von euch sich so viel Mühe gemacht haben, obwohl das eine tolle Idee war und ich es mir seither unzählige Male angeschaut habe – ich habe es jetzt in meinem Kleiderschrank an der Rückwand hängen, so daß ich zumindest ein kleines Stück davon sehen kann, wann immer ich mir etwas zum Anziehen heraushole.«

»Oder wenn du etwas weghängst, das du angehabt hast«, fügte Felicity hilfsbereit hinzu.

»Oder wenn ich etwas weghänge, ganz richtig, Felicity. Es macht mir viel Freude, es dort zu sehen, weil jedes Bild und jede Figur mir zeigt, daß ich euch etwas bedeute. Doch noch viel wichtiger ist, daß ihr mich tatsächlich gebeten habt, hier bei euch zu wohnen und ständig bei euch zu sein. Ich habe während der letzten drei Wochen darüber nachgedacht, und meine Antwort ist: Ja – aber jetzt noch nicht.«

Pause.

»Wann denn?« kam es vom Sessel her.

Seltsam, dachte ich, daß es ausgerechnet Mark war, der so spontan reagierte und dessen Gesicht sich schneller bewölkte als die Gesichter der anderen.

»Das weiß ich nicht«, antwortete ich, »aber wenn der richtige Zeitpunkt gekommen ist, werde ich es wissen, und ich hoffe, ihr wollt mich dann auch noch haben.« Nun war es Zeit, mit dem schwierigsten und wichtigsten Stückchen Wahrheit herauszurücken. »Ich mache mir ziemliche Sorgen, daß ihr, wenn ich ständig hier wohnen würde, feststellen müßtet, daß ich nicht ganz die bin, für die ihr mich haltet. Wenn man lange Zeit allein lebt, dann vergißt man alles mögliche. Man vergißt, was es für ein Gefühl ist, kleine Meinungsverschiedenheiten oder gar große Wortgefechte mit Leuten zu haben, ohne daß sie am Ende des Tages noch etwas zu bedeuten haben. Man vergißt, wie man morgens muffelig aufstehen kann, ohne das Gefühl zu haben, man müßte es verbergen und so tun, als wäre alles okay. Es ist so lange her, daß ich mich darin üben konnte, in einer Familie zu leben - zu einer Familie zu gehören. Ich mache mir Sorgen, daß ich nicht besonders gut darin wäre. Ich habe mich so daran gewöhnt, diejenige zu sein, die zuhört und zu helfen versucht, die ruhig bleibt und an die man sich anlehnen kann. Dabei bin ich in Wirklichkeit überhaupt nicht so. Ich nehme meine ganze Wut und meinen Ärger und meine Sorgen mit in mein kleines Häuschen und stopfe sie in Regale und Schubladen, weil sie niemandem etwas nützen.«

Dies rief ein kicherndes Gelächter bei Felicity hervor, die, wie ich befürchtete, kein Wort von dem verstanden hatte, was ich bisher gesagt hatte.

»Hui, deine Schubladen mache ich lieber nicht auf, Dip«, sagte sie, »sonst springt mich der ganze Ärger und das ganze Zeug an wie ein Löwe. Magst du die Beatles, Dip?«

Da ich sah, wie sich ein sanfter Tadel auf Mikes Lippen formte, beeilte ich mich, Felicitys Frage zu beantworten.

»Oh ja, ich glaube, ich hatte meine Teenagerzeit gerade hinter mir, als sie in Australien berühmt wurden, und meine Freunde und ich hörten uns dauernd ihre Lieder an. Warum fragst du?«

»Na ja, neulich in der Schule hatten wir Unterricht bei einer Studentin namens Miss Barfield, und Miss Jarman sagte, wir sollten uns gut benehmen, weil Miss Barfields Lehrerin vom College kommen würde, um ihr dabei zuzusehen, wie sie uns unterrichtet, und –«

»Felicity!« unterbrach Kathy ziemlich gereizt. »Ich hoffe, diese Geschichte dauert nicht zu lange, denn Dip versucht gerade –«

»Und es war ganz leicht, uns gut zu benehmen«, fuhr Felicity fort, ohne von ihrer Mutter Notiz zu nehmen, »weil Miss Barfield uns ein paar Lieder vorspielte, und eines davon war von den Beatles und handelte von einer Frau namens – es hatte was mit Football zu tun . . .«

Wir anderen tauschten ratlose Blicke aus.

»Rugby!« rief Felicity, setzte sich auf und reckte triumphierend ihren Zeigefinger zur Decke. »Das war es – Eleanor Rugby!«

Ein Schatten besorgter Verlegenheit erschien in den Augen des kleinen Mädchens, als wir alle wider Willen lachen mußten. Sie drehte ihren Kopf und schaute von einem Gesicht zum anderen, um zu versuchen, die Ursache für unsere Heiterkeit herauszufinden. Jack ließ sich auf den Boden gleiten und setzte sich hinter seine Schwester, so daß sie zwischen seinen Knien saß.

»Schon gut, Flitty«, sagte er, legte seine Wange an ihre und schlang seine Arme um ihre Brust, »wir haben nicht über dich gelacht – du hast es nur nicht ganz richtig behalten. Es heißt Eleanor Rigby, nicht Rugby. Du hast es fast richtig gesagt. Es klang nur ein bißchen komisch, das ist alles.«

»Ach so . . .« Felicity trillerte erleichtert, und ihr Blick beruhigte sich. »Eleanor Rigby – genau. Jedenfalls, nachdem wir uns das Lied angehört hatten, sagte Miss Barfield, sie wolle uns jetzt den Text vorlesen, und wir sollten sagen, was er wohl bedeuten könnte. Und als wir an die Stelle kamen, wo Eleanor –«

»Rigby«, flüsterte Jack.

»Als wir an die Stelle kamen, wo Eleanor Rigby ihr Gesicht in einem Krug neben der Tür aufbewahrt, wollte Jeremy Philips einfach nicht aufhören zu lachen, und Miss Barfield wurde böse auf ihn und ganz rot im Gesicht und mußte ihn schließlich hinausschicken, damit er vor Miss Wooldridges Büro wartete. Dann fragte sie uns, was wir meinten, was es zu bedeuten hat, und ich sagte, vielleicht sei sie ein Clown und trage eine Maske. Aber Miss Barfield sagte, ein Clown sei sie nicht, aber es sei trotzdem so eine Art Maske. Sie sagte, daß Eleanor –«

»Rigby«, half Jack noch einmal freundlich aus.

»Sie sagte, daß Eleanor Rigby, wenn sie nach Hause kam, anfing, so zu sein, wie sie wirklich war, und aufhörte, so zu sein, wie andere Leute sie haben wollten. Sie nahm sozusagen ihre Maske ab und steckte sie in einen Krug neben der Tür, um sie zur Hand zu haben, wenn sie das nächste Mal wieder hinausging. Ist es bei dir auch so ähnlich, Dip?«

Niemand sprach, für eine recht lange Zeit, wie mir schien.

Dann sagte ich: »Nennt mich einfach Eleanor«, und dann fing ich albernerweise an zu weinen.

Am Ende ging eigentlich alles sehr gut aus. Mir wurden ein wenig die Knie weich, weil sie sich alle gleichzeitig um mich drängten und mich zu trösten versuchten – selbst Mark klopfte mir ziemlich unbeholfen auf die Schulter. Später, als wir uns eine wunderbar belebende Kanne Tee gönnten, schlugen Mike und Kathy vor, daß ich einen Schlüssel zu ihrem Haus bekommen und von nun an kommen und gehen sollte, wie es mir paßte, und so viel oder so wenig Zeit mit der Familie verbringen sollte, wie ich wollte – bis ich mich, wie Kathy es ausdrückte, frei fühlte, so »miesepetrig und launenhaft zu sein wie alle anderen«. Dieselbe Einladung sprach ich ihnen gegenüber auch aus, doch noch während ich es sagte, wurde mir klar, daß ich eigentlich nicht wollte, daß Leute ohne jede Vorwarnung in meinem innersten Privatreich auftauchen konnten – nicht einmal die Robinsons. Ich brauchte immer noch einen Moment, um den Griff in den Krug der alten Eleanor zu tun. Dieses Bewußtsein und die Tatsache, daß ich mich darüber ausschwieg, verschafften mir ein leises Schuldgefühl, aber gleichzeitig fühlte ich mich dadurch um so erleichterter, daß ich die Einladung der Familie nicht übereilt angenommen hatte. Eines Tages würde ich es tun – wahrscheinlich –, aber bis dahin reichte mir völlig der Titel, der mir an jenem Tag von Jack verliehen wurde.

»Von jetzt an, Dip«, sagte er, als ich gerade gehen wollte, »bist du berechtigt, R.H.C.I.A. hinter deinen Namen zu setzen.«

»Und das steht für . . .?«

»Robinson Honoris Causa Im Außendienst.«

Siebentes Kapitel

»Soll ich dir sagen, was ich mit am deprimierendsten daran finde, Mutter zu sein?« sagte Kathy eines windigen Morgens ein paar Wochen später, als wir im Garten zusammen Wäsche aufhängten.

»Nur, wenn du mir vorher etwas erzählst, was du mit am schönsten daran findest, Mutter zu sein«, antwortete ich, einen Mundvoll Wäscheklammern zwischen den Zähnen.

Kathy warf ihren dunklen Kopf zurück und lachte zum frisch gewaschenen Blau des Himmels hinauf. »Verstehe. Eine neue Stufe in der ›Ermutigt-Katherine-positiver-zu-denken-Kampagne‹, stimmt's? Ihr seid ja alle sooo subtil. Ich höre geradezu den guten alten Mike reden: ›Die Sache ist die, Dip, daß Kath hin und wieder ein bißchen negativ über vieles denkt; also wenn du eine Gelegenheit hast, um – du weißt schon – sie anzureizen, die positiven Dinge in ihrem Leben ein bißchen mehr zu sehen, dann wäre das eine große Hilfe.‹ Ist es so ähnlich gelaufen?«

Kathys Wiedergabe von Mikes gelegentlich etwas pastorenhafter Redeweise war eine so treffende Karikatur, daß ich ein Handtuch aufs Blumenbeet fallenließ und bei dem Versuch, es aufzufangen, beinahe meine Wäscheklammern verschluckt hätte.

»Nun komm schon«, sagte ich unbeirrt, nachdem ich mich und alles andere wieder gesammelt hatte, »ich lasse mich nicht ablenken. Ich möchte zumindest eine schöne Sache hören, bevor du dich in den Dingen wälzt, die du am deprimierendsten findest.« Ich wies mit dem Finger auf eine Bank. »Setz dich eine Minute dorthin, während ich diese Socken aufhänge, und erzähl mir, was dir Freude daran gemacht hat, die Mutter von drei prächtigen Kindern zu sein.«

Kathy ließ sich gehorsam auf die abgeblätterte Holzbank fallen, die das »Gartenmobiliar« der Robinsons bildete. Sie lehnte sich gegen den Stamm des alten Apfelbaumes, an dem ein Ende unserer Wäscheleine hing, schloß die Augen und dachte einen Moment lang nach.

»Na ja, ich habe zumindest einen guten Anfang gemacht – es hat mir Freude gemacht, sie zu empfangen.«

Ich hängte drei weitere Socken auf.

Kathy hob einen Finger. »Jetzt fällt mir etwas ein! Sie haben mich genausooft zum Lachen wie zum Weinen gebracht, und das will etwas heißen.« Sie schlug ein Auge auf und schielte fragend in meine Richtung. »Reicht das?«

»Hmmm, klingt für mich ein bißchen zweifelhaft, aber ich lasse es durchgehen. Also los – was findest du so deprimierend daran, Mutter zu sein?«

Sie verschränkte ihre Finger hinter dem Kopf und schloß beide Augen wieder. »An einem Tag wie diesem, wenn der Wind blind diese Bettlaken herumpeitscht und alle Farben wie aus einem Bilderbuch aussehen, dann packt mich immer so eine gewisse Aufregung. Ich fange fast an zu glauben, ich könnte eine eigene Gegenwart haben – ein eigenes Jetzt. Nur für eine oder zwei Sekunden bekomme ich diese quälenden kleinen Erinnerungsfetzen, wie es sich einmal angefühlt hat, einfach nur ich zu sein, ohne ständigen Bezug zu einem Haus voller anderer Leute. Weißt du was, Dip, meistens fühle ich mich, als ob ich in der Vergangenheit meiner Kinder lebe. Ich habe das Ich-selbst-Sein auf unbestimmte Zeit verschoben, um ihnen zu dienen. Ich bin aus dem Fluß meines eigenen Lebens heraus, wenn du verstehst, was ich meine. Ich werde nicht einmal naß davon. Ich könnte genausogut –«

»Was Kaltes zu trinken, Mum?«

Jacks unerwartete Ankunft im Garten mit zwei großen Gläsern Orangensaft mit Limonade auf Eis dämmten den Redefluß vorübergehend. Ich setzte mich auf die Bank neben Kathy, die bereits genußvoll aus dem Glas in ihrer Hand nippte. Ein paar Augenblicke lang sahen wir Jack nach, wie er fröhlich zurück zum Haus schlenderte und dabei mit dem Getränketablett rhythmisch gegen sein Bein schlug.

»Wo war ich gerade?«

Ich räusperte mich und spähte, nach Inspiration suchend, hinauf durch die belaubten Zweige. »Äh, warte mal, ich glaube, du hast ungefähr gesagt, du hättest auf unbestimmte Zeit verschoben, du selbst zu sein, um deinen Kindern zu dienen. Richtig – dann brachte Jack dir etwas zu trinken, und du hast aufgehört.«

Kathy streckte mit gespieltem Nachdruck ihre Hand aus, die Handfläche nach oben geöffnet. »Ja, also, unterstreicht das nicht gerade das, was ich gesagt habe? Ich darf nicht einmal mich selbst bemitleiden, ohne daß einer von ihnen bewußt etwas völlig Ungewöhnliches tut, um mir alles zu verderben.« Sie warf mir einen reumütigen Blick zu. »Du mußt mich für eine komplette Idiotin halten, Dip, daß ich so ein Gejammer veranstalte. Ich wünschte, ich hätte gar nichts gesagt.«

»Mach weiter mit dem, was du sagen wolltest«, murmelte ich, »pflüge deine Furche zu Ende.«

Sie lächelte. »Danke für diese interessante landwirtschaftliche Metapher, Dip. Nicht gerade besonders passend für jemanden, der so zierlich und anziehend weiblich ist wie ich, aber das macht nichts. Aber im Ernst, ich weiß, daß ich manchmal etwas übertreibe, aber es ist doch etwas Wahres an dem, was ich gesagt habe. Du wirst finden, daß das schrecklich selbstsüchtig klingt, aber manchmal bin ich haarscharf davor, mich darüber zu ärgern, daß ich wie verrückt meine Kinder bemuttere und versuche, alle Wege für sie zu ebnen und ihnen die Möglichkeit zu geben, einigermaßen wohlgeratene und glückliche Erwachsene zu werden – während ich mir voll bewußt bin, daß es mir durchaus trotz allem mißlingen könnte. Falls Mark jemals berühmt wird, wird er in der bunten Beilage der Sunday Times über mich schreiben.«

Kathy hielt sich ihre gebogene Handfläche vors Gesicht, als wäre eine Doppelseite vor ihren Augen aufgeschlagen.

»›Der Beginn meines Lebens als echte Persönlichkeit wurde

unweigerlich bis zu dem Tag verzögert, an dem ich endlich dem wirbelsturmartigen Umfeld aus emotionalem Chaos entkam, das meine Mutter erzeugte. Wir waren in einer undurchdringlichen Mauer aus fliegenden Trümmern gefangen. Der geschützte Raum war sehr klein und ausschließlich von ihr bestimmt. Er bot uns Überleben, aber ganz gewiß keine Hege.‹

Verstehst du, was ich meine? Warum soll ich seine Windeln wechseln, wenn er am Ende doch solche Sachen über mich schreibt?«

Als ich aufgehört hatte zu lachen, sagte ich: »Kathy, ist dir je der Gedanke gekommen, daß deine Kinder eigentlich gar keine gute Mutter brauchen, die du nie sein zu können fürchtest, weil sie in Wirklichkeit nur dich wollen?«

»Nimm zum Beispiel diesen Donnerstag.« Sie hatte mir nicht zugehört – diese Ackerfurche war länger, als ich gedacht hatte. »Diesen Donnerstag muß ich um halb drei zum Kindersportnachmittag in Felicitys Schule. Was meine entzückende Tochter angeht, hat es niemals ein wichtigeres Sportereignis gegeben und wird es niemals eines geben (einschließlich der Olympiade) als der Rückwärtslauf der Mädchen mit Bohnensackhochwerfen und -wiederauffangen, ein Wettbewerb, in den sie höchste Erfolgshoffnungen setzt, weil ihre härteste Konkurrentin Penny Martin sich – Preist den Herrn! – den Knöchel verrenkt hat. Ich fühle mich immer schrecklich bedroht, wenn ich von all diesen vollkommenen Müttern umgeben bin, aber aus Felicitys Sicht ist es absolut lebenswichtig, daß ich am Donnerstag dabei bin, ihr zulächle und Mut mache und so weiter. Und doch glaube ich kaum, daß das Kind sich auch nur im entferntesten an dieses bahnbrechende Sportereignis oder an meinen Beitrag dazu erinnern wird, wenn sie erst einmal eine alte Dame von einundzwanzig Jahren ist.«

Später aß ich mit der Familie zu Abend (eine Mahlzeit, die in der Tat in regelmäßigen Abständen von Felicitys aufgeregten Erwähnungen des Vergnügens begleitet war, mit dem ihre Mami am Donnerstag ihrem Sieg beim Rückwärtslauf der Mädchen mit Bohnensackhochwerfen und -wiederauffangen beiwohnen würde) und setzte mich hinterher mit ihnen ins Wohnzimmer, wo wir uns alle einfanden (außer Mark, der »noch mal 'rausgegangen« war), um eine dieser abscheulich künstlich gesüßten Fernsehshows anzusehen, in denen Leute öffentlich und unter Tränen mit ihren lange verschollenen Lieben zusammengeführt werden. Ich behaupte stets, solche emotional voyeuristischen Sendungen zu verabscheuen, aber wie üblich wurde mir schließlich bewußt, daß ein schwachsinniges Grinsen sich wie eine Maske auf mein Gesicht geleimt hatte, völlig ohne meine Erlaubnis, und daß meine Augen randvoll mit Tränen waren. Es tröstete mich etwas, zu entdekken, daß dasselbe schwachsinnige Grinsen auch auf den Gesichtern aller Robinsons aufgekleistert war. Wenigstens hatten wir alle gemeinsam den Verstand verloren. Ich vermute, daß es diese sirupartige Atmosphäre war, die uns alle um so mehr erschrecken ließ, als plötzlich Kathys explosiver Ausbruch kam.

»Oh nein! Oh Mist! Oh Sch–«

Vier sentimentale, tränenfeuchte Augenpaare wandten sich Kathy zu, die ihre Hand flach auf den Mund gelegt hatte, wie um weitere, womöglich noch kräftigere Ausrufe zu unterbinden. Felicity setzte sich auf Mikes Schoß kerzengerade auf und nahm den Daumen aus dem Mund.

»Was ist denn los, Mami?«

»Nichts, Liebling«, erwiderte Kathy undeutlich durch ihre Hand, während ein heimliches Grauen ihre Augen hervortreten ließ. »Ich – ich dachte nur, ich hätte etwas gedacht, aber dann habe ich gemerkt, daß ich – daß ich es doch nicht gedacht habe, so daß es keine Rolle mehr spielt. Es war nichts. Es war gar nichts. Seht euch die Sendung an . . .«

Felicity nickte in ihrer kindlichen Gutgläubigkeit, steckte den feuchten Daumen wieder hinein und rollte sich wieder auf Daddys Schoß zusammen. Mike sah seine Frau an, und sein Gesichtsausdruck sagte ganz deutlich: Wenn ich jetzt nachfrage, werde ich mir dann wünschen, ich hätte es nicht getan?

»Stimmt was nicht, Kath?« fragte er sanft.

Kathy stand mit aschgrauem Gesicht auf. »Nichts, womit

du fertig werden könntest, Michael.« Mit unnatürlich ruhiger Stimme fügte sie hinzu: »Es würde dich nur sehr ärgerlich machen. Dip, würde es dir sehr viel ausmachen, mal eben mit mir in die Küche zu kommen? Ich hätte gern deinen Rat in einer gewissen Angelegenheit.«

Als ich Kathy hinaus in die Diele folgte und die Wohnzimmertür hinter mir schloß, hörte ich Felicity ohne eine Spur von Besorgnis in der Stimme fragen: »Mami hat etwas falsch gemacht, was, Daddy?«, und ich erwischte gerade noch Mikes beherrschte, aber beunruhigend grimmige Antwort: »Ja, Liebling, und nachher werde ich herausfinden, was es ist.«

Kathy hatte schon die Sherryflasche draußen, als ich die Küche erreichte. Sie goß die schwere, braune Flüssigkeit in zwei kleine Gläser und drückte mir eines davon mit einer Haltung schicksalsschwangerer Endgültigkeit in die Hand.

»Möchtest du vor der Schlacht ein Glas mit mir trinken?«

Ich zog mir einen Stuhl heran und setzte mich.

Kathy erhob ihr Glas mit zeremonieller Geste. »Die Todgeweihten grüßen dich. Prost!«

»Prost – Kathy, was in aller Welt hast du angestellt? Was immer es ist, so schlimm kann es doch nicht sein, oder?«

Sie ließ sich langsam auf den Stuhl am Ende des Tisches sinken, setzte ihr Glas mit konzentrierter Präzision ab und gab einen bodenlosen Seufzer von sich.

Die Einzelheiten in Kathys Gesicht sind manchmal schwer zu erfassen. Manchmal, besonders wenn sie sehr glücklich oder um einer anderen Person willen leidenschaftlich zornig ist, ist ihr Gesicht wahrhaft schön, voller Leben und Feuer. In anderen Situationen scheinen ihre Züge ihre Deutlichkeit zu verlieren, das Blut weicht aus ihren Wangen, und die Haut auf ihrem Gesicht nimmt eine pergamentene Farbe an. In diesem Augenblick war das Feuer völlig erloschen. Meine Freundin sah gleichzeitig viel älter und viel jünger aus, als sie tatsächlich war.

»Doch, so schlimm ist es, Dip. Ich kann es nicht glauben. Es ist ein Alptraum. Ich habe den Donnerstag nachmittag doppelt verplant. Als ich gerade eben da drinnen saß und mir diese blöde Sendung ansah und heulte, weil eine Person, der ich noch nie begegnet bin, unerwartet mit ihrem Cousin zweiten Grades über zwei Ecken konfrontiert wurde, dem ich ebenfalls nie begegnet bin, wurde mir plötzlich klar, daß Felicity, der ich begegnet bin und die ich zu lieben behaupte, den Rückwärtslauf der Mädchen mit Bohnensackhochwerfen und -wiederauffangen ohne ihre Mutter gewinnen muß.« Sie nahm noch einen Schluck von ihrem Sherry und schüttelte den Kopf langsam hin und her. »Was soll ich nur tun, Dip?«

Als ich in Kathys gequältes Gesicht sah, mußte ich daran denken, daß ich nie weiß, was ich zu Leuten sagen soll, wenn sie in eine solche Situation geraten. Allerdings bin ich zu der Überzeugung gelangt, daß dieses Nichtwissen viel besser ist als zu meinen, man wüßte, was man sagen soll. Es gab einmal eine Zeit, in der ich auf die Schwierigkeiten anderer Leute mit einer Art barscher Empörung reagierte, wahrscheinlich weil ich insgeheim dachte, niemand könnte solche Berge von Problemen haben wie ich. Warum sollte ich mehr Energie als unbedingt nötig auf die banalen kleinen Stolpersteine verwenden, die ihr ansonsten völlig glatt verlaufendes Leben unterbrachen. Die Neigung, so zu reagieren, steckte immer noch in mir, aber mittlerweile versuchte ich, sie zu verbannen, sobald sie sich zeigte. Ehrlicherweise muß ich zugeben, daß zuvor Kathys Klagen über die Belastungen des Mutterdaseins einen kleinen »Und-was-ist-mit-mir?«-Aufschrei in irgendeinem Hinterzimmer meines Herzens hervorgerufen hatten. Doch stärker als diese Reaktion war das hartnäckige Wissen: Echte Freundschaft bedeutet, das ganze Paket anzunehmen, nicht nur die Teile, die einem gefallen. Kathy war in vieler Hinsicht viel intelligenter als ich, aber ihre Fähigkeit, irgend etwas aus einer anderen Perspektive als ihrer eigenen zu sehen, war sehr begrenzt, wenn man sie nicht dazu zwang.

Ich erinnere mich zum Beispiel an eine Gelegenheit, als ich versuchte, ihr die Einsamkeit des Lebens als Alleinstehende begreiflich zu machen. »Du kommst nach einem harten Arbeitstag nach Hause«, erklärte ich, »und sobald du die Haustür hinter dir geschlossen hast, wird alles still, und du bist allein. Du hängst deinen Mantel auf, setzt den Kessel auf, gehst hinauf und ziehst dir etwas Bequemes an, dann kommst du wieder herunter und machst dir eine Tasse Tee. Danach läßt du dich vielleicht vor dem Fernseher in den Sessel fallen oder liest ein Buch, und meistens war es das für den Rest des Abends. Vielleicht kochst du dir etwas, wenn du die Energie aufbringst, oder du läßt es bleiben, wenn dir nicht danach ist, und danach bleibt nichts mehr als schlafen zu gehen – allein.«

Kathy hörte sich aufmerksam jedes Wort dieser traurigen Schilderung des einsamen Lebens an, nickte ein paarmal ernst und sagte dann in fast ehrfürchtigem Ton: »Das klingt absolut wunderbar – bis auf das mit dem allein Schlafengehen, aber selbst das wäre meistens noch auszuhalten ...«

Ich versuchte, die Sache praktisch anzugehen. »Gibt es keine Möglichkeit, an deinem Termin für Donnerstag etwas zu ändern?«

Kathys Lachen klang reichlich hohl. »Doch, ich könnte ihn ganz absagen, Dip. Doch dann wäre Mike wütend auf mich, weil ich nicht zu seiner Mutter fahre, um sie davon abzuhalten, den Sozialarbeiter zu vergraulen. Er kommt, um mit ihr über ein neues Badezimmer zu reden, nachdem sie monatelang versucht hat, das alte wieder in Schuß zu bringen. Mike wird sowieso sauer auf mich sein, weil ich die Daten nicht verglichen habe, als ich den Termin ausmachte, und Felicity wird in Tränen aufgelöst sein, weil ich letztes Jahr auch nicht bei dem Sportnachmittag dabei war, und Jack wird seine berühmte Nummer mit der kalten Mißbilligung abziehen, und – ach, wir werden eine herrliche Zeit haben. Ich glaube, ich werde heute abend mit Mark und seinen Freunden vor dem Videoladen herumhängen. Er wird bis dahin der einzige sein, der noch mit mir spricht.«

»Aber Mike wird doch sicher verstehen, daß du den Fehler nicht absichtlich gemacht hast, oder? Was ist mit Daniel Wigley?«

Kathy lehnte sich auf ihrem Stuhl zurück und verschränkte die Arme. »Dip, ich habe das Gefühl, daß ich in Mikes Augen meine geistliche Vergebungsration aufgebraucht habe, was diese Art von Fehlern angeht. Siebenmal siebzig, stimmt's? Also, meine Summe muß inzwischen weit über vierhundertneunzig liegen. Daniel Wigley bringt Mikes Quote auf ungefähr drei. Nein, er wird jetzt jeden Augenblick unter irgendeinem fadenscheinigen Vorwand durch diese Tür kommen und mich fragen, was ich getan habe. Wenn ich ihm sage, was ich getan habe, wird er knallrot anlaufen, dann wird er tief durchatmen, mich fragen, wie ich nur so desorganisiert sein kann, einen einzigen äußerst verärgerten Ausruf loslassen und vorschlagen, daß wir beten. Dann werde ich sauer auf ihn sein und in Tränen ausbrechen. Dann wird Felicity herüberkommen und fragen, was los ist. Dann wird Mike ihr sagen, daß ihre Mami nun doch nicht zuschauen wird, wenn sie den Rückwärtslauf der Mädchen mit Bohnensackhochwerfen und -wiederauffangen gewinnt; ihr wird das Herz brechen, und sie wird laut weinen. Dann wird Jack erscheinen, um seine kleine Schwester vor ihren bösen, streitenden Eltern zu erretten, und ich werde wahrscheinlich auch auf ihn sauer sein.«

»Aber wenn du schon weißt, daß das alles passieren wird, gibt es da keine Möglichkeit, zu –«

»Kath, ich glaube, Felicity sollte jetzt hinaufgehen, was meinst du?«

Mike war nicht einmal ganz in die Küche gekommen. Er hatte sich durch die Tür gebeugt und mit gelassener Beiläufigkeit gesprochen – ein tapferer Versuch, sich selbst und uns davon zu überzeugen, daß er nach einem kurzen Wort wieder verschwinden und seine Tochter ins Bett bringen würde. Kathy fuhr sich mit der Zungenspitze langsam über die Oberlippe, bevor sie etwas sagte.

»Die Antwort auf deine unausgesprochene Frage, Mike, ist folgende. Ich habe es endlich geschafft, einen Termin wegen Mums Badezimmer zu vereinbaren, und ich habe dafür gesorgt, daß ich dabei bin, damit sie nicht über den Sozialarbeiter herfällt. Tut mir leid, ich hatte dir schon früher sagen wollen, daß ich das arrangiert habe.«

Für einen Augenblick leuchteten Mikes Augen auf – bisher waren es gute Neuigkeiten. »Na, ist doch großartig, Kath. Wo liegt das Problem? Gut gemacht. Macht doch nichts, daß du vergessen hast, es mir zu sagen. Wichtig ist nur, daß sich endlich etwas tut. Ich bringe nur schnell unsere junge Dame hoch, und dann können wir uns darüber unterhalten.«

»Leider«, fuhr Kathy mit düster monotoner Stimme fort, »habe ich dieses Treffen für den kommenden Donnerstag nachmittag vereinbart, was bedeutet, daß ich nicht zu Felicitys Sportnachmittag gehen kann. Du kannst auch nicht, weil du nach Calais mußt, und überhaupt will sie vor allem mich dabeihaben, weil ich es letztes Mal vermasselt habe. Und schließlich redet sie schon seit Wochen von nichts anderem mehr. Das war's so ziemlich – ach ja, außer daß ich mir wünschte, ich wäre tot.«

Es war fast komisch, wie Mikes Körper in seiner durch die Tür gebeugten Haltung erstarrte, während er diese zusätzliche Information verarbeitete. Endlich richtete er sich auf, trat in die Küche, lehnte sich gegen die geschlossene Tür und vergrub seine Hände tief in den Taschen. Dann, genau wie Kathy vorausgesagt hatte, lief er einfach dunkelrot an und begann heftig durch die Nase zu atmen. Die bereits angekündigte »Wie-kannst-du-nur-so-desorganisiert-sein«-Phase übersprang er und ging statt dessen gleich zu dem »einen verärgerten Ausruf« über.

»Du kannst mich manchmal wirklich wütend machen!«

Wie üblich drückte Mike seinen Zorn auf eine Weise aus, als hätte er versehentlich mit einer Gabel voll Essen einen Fremdkörper in den Mund bekommen. Er mußte ausgespien werden, aber noch viel lieber wäre es ihm gewesen, wenn er gar nicht erst hineingekommen wäre.

Immer noch schwer atmend, wandte er sich einen Augenblick lang ab, und seine Schultern hoben und senkten sich, während er um Selbstbeherrschung rang. Dann fuhr er herum und sagte: »Es hat keinen Sinn, wütend zu werden und sich aufzuregen – ich denke, wir sollten beten.«

»Was soll das heißen, es hat keinen Sinn, sich aufzuregen?« Irgendwie schaffte es Kathy, gleichzeitig schuldbewußt und vorwurfsvoll zu klingen. »Ich habe eine Dummheit gemacht, oder? Was hat es für einen Sinn, jetzt im Gebet unterzutauchen wie ein verängstigtes Kaninchen in seinem Loch, nur weil du es nicht fertigbringst, einmal eine echte Emotion zu zeigen? Werde doch wütend, meine Güte – und ich werde mich aufregen und weinen. Warum ist das ein so großes Problem? Für mich ist es kein Problem, das kann ich dir versichern! Auf jeden Fall komme ich durch Beten auch nicht zu Felicitys Sportnachmittag. Die arme Kleine – sie wird so enttäuscht sein.« Und dann, wie um ihre eigene Prophezeiung zu erfüllen, vergrub sie ihren Kopf in den Händen und brach in Tränen aus.

Ich bezweifle, daß Mikes Zorn je in der Lage war, die Tränen eines anderen Menschen zu überleben. Sichtlich erschüttert von der ganzen Angelegenheit, setzte er sich neben seine Frau und seufzte verzweifelt. »Ich glaube immer noch, daß wir es schaffen müßten, zu beten«, sagte er ziemlich geschlagen. »Schließlich sind wir Christen.« Er sah mich an. »Es tut mir leid, Dip, wir scheinen von einer Krise in die nächste zu schlittern. Ich weiß nicht, wie wir das immer schaffen.«

»Du meinst, du weißt nicht, wie ich das immer wieder schaffe«, schniefte Kathy. »Ich schaufle riesige Haufen von Schuldgefühlen zusammen wie eine Art emotionaler Erdarbeiter. Schuldgefühle, weil ich die Termine verschludert habe, Schuldgefühle, weil ich sauer auf dich werde, wenn ich eigentlich sauer auf mich selbst sein müßte, Schuldgefühle, weil ich nicht beten will, und Schuldgefühle, weil ich mich endlos darüber auslasse, wie schuldig ich mich fühle, wenn ich doch eigentlich an Felicity denken sollte und nicht an mich.«

Mike griff hinter Kathy und riß ein Blatt von der Küchenrolle ab. »Hier, Kath«, sagte er und legte ihr den Arm um die Schultern. »Wisch mal in deinem Gesicht auf, sonst ertrinken wir noch alle.«

Wie lieb.

Hör auf zu weinen, Kathy Robinson, du hast einen lieben Mann.

»Sprich ein Gebet, wenn du willst, Mike.« Kathy schniefte und klang wie ein freches kleines Mädchen. »Wir müssen etwas tun.«

»Es ist nicht nötig, daß ihr beide betet«, schaltete ich mich ein. »Ich habe die ganze Zeit über gebetet, seit Kathy und ich aus dem Wohnzimmer herausgegangen sind, und mein Gebet ist sogar beantwortet worden; es wird also alles in Ordnung kommen.«

Schweigen. Sie starrten mich an, als hätte ich unbedacht ein Symptom der Geistesgestörtheit verraten. Aber es war die Wahrheit – ich hatte mit Gott geredet, seit vor ein paar Minuten jener laute Ausruf von Kathy den Sirupfluß ins Stocken gebracht hatte. Ich fing nämlich an zu lernen, daß es besser war, schon einmal zu beten, während meine Freunde die dramatischen Muster und Prozesse durchliefen, die zu jeder kleinen und großen Krise in ihrem Leben zu gehören schienen. Es war ein schönes Gefühl, denn Gott und ich liebten die Robinsons. Ich konnte beinahe sehen, wie sein Lächeln in ihre Richtung leuchtete, und ich spürte in meinem eigenen Herzen, mit welcher Herzlichkeit er meine Gebete für sie aufnahm. Könnte ich doch nur ebenso zuversichtlich für mich selbst beten.

»Meinst du etwa eine Antwort in bezug auf Felicity und den Sportnachmittag, Dip?«

»Ja, Mike, es ist alles geklärt.«

Eine kleine Kerze der Hoffnung begann in Kathy zu brennen. »Wie lautet die Antwort, Dip?«

»Ich schätze, es klingt vielleicht ein bißchen eingebildet, aber, na ja ... die Antwort auf mein Gebet bin ich selbst. Ich werde am Donnerstag mit Felicity auf den Sportnachmittag gehen.«

Die Kerze flackerte und erlosch. »Oh, Dip, das ist sehr lieb von dir, aber es ist leider keine Antwort. Ich habe Felicity hoch und heilig versprochen, ich würde ganz bestimmt dieses

Jahr dabeisein, und sie hat mich während der letzten zwölf Monate immer wieder daran erinnert. Ich weiß, sie würde sich sehr freuen, wenn du auch mitkämst, aber ich bin es, die dort sein muß.« Sie ließ gequält ihre Hände auf den Tisch fallen. »Oh, Mike, ich kann es nicht ertragen, zu sehen, wie ihr Gesicht sich verdüstert, wenn ich es ihr sage. Ich hasse es, wie unsere Kinder mich durchschauen, eines nach dem anderen. Ich bin es leid, immer diejenige zu sein, durch die sie herausfinden, daß die Welt nicht so vollkommen ist, wie sie dachten. Aber ich muß bei Mum dabeisein – ich muß einfach, sonst wird alles schiefgehen ...«

Da ich sah, daß sie kurz davor war, sich wieder in Tränen aufzulösen, unterbrach ich sie eilig. »Kathy, ich habe gesagt, daß mein Gebet beantwortet wurde, und so ist es auch. Ich weiß, daß Felicity dich unbedingt dabeihaben will, aber wenn ihr es mir überlaßt, sie heute abend ins Bett zu bringen, garantiere ich dir, daß das Problem gelöst sein wird.«

Kathy sah nicht sehr überzeugt aus, aber Mike klopfte ihr ermutigend auf die Schulter. »Überlaß es Dip, Kath, sie bringt tatsächlich manchmal Wunder zustande, nicht wahr? Nur zu, Dip, du weißt ja, wo alles ist. Wir bleiben hier unten und schikken etwas Hoffnung durch die Decke hinauf.«

Ist es nicht schrecklich, wenn man eine grandiose Behauptung aufstellt und sie dann beweisen muß? Aller Optimismus verläßt einen, und man fragt sich, ob es sehr schwierig ist, nach Tibet auszuwandern. In diesem Fall war es nicht deshalb so, weil ich nicht ernst gemeint hätte, was ich gesagt hatte. Ich war völlig zuversichtlich, daß Gott – oder zumindest ein Teil des gesunden Menschenverstandes, den mir Gott gegeben hatte – zu mir gesprochen und mir eine Lösung für Kathys Dilemma gezeigt hatte. Es war nur so, daß die Lücke zwischen Sagen und Tun mir schon immer unermeßlich groß erschien. Zwei ganz verschiedene Arten von Mut sind notwendig. Ich habe schon genug Probleme mit der Theorie, von der Praxis ganz zu schweigen.

Als ich zurück ins Wohnzimmer kam, hatte sich Felicity

auf Jacks Schoß gekuschelt und sah sich zufrieden etwas für Kinder höchst Ungeeignetes an. Sie winkte mir mit den vier Fingern ihrer rechten Hand zu, ohne den Daumen aus dem Mund zu nehmen.

»Zeit zum Schlafengehen, Felicity«, lächelte ich.

Der Daumen kam heraus. »Wer bringt mich?«

»Ich. Willst du Huckepack reiten?«

Kinder von sechs Jahren sind im allgemeinen unfähig, ihre Reaktionen vorzutäuschen, und Kinder wie Felicity noch viel weniger. Bitte finden Sie es nicht allzu merkwürdig, wenn ich sage, daß das Kind in mir wie üblich vor Vergnügen seufzte, als meine kleine Freundin juchzend auf mich zugeschossen kam, als sie hörte, daß ich sie ins Bett bringen würde.

»Stell dich neben den Hocker, Dip! Fertig? Kriege ich eine Entengeschichte im Bad?«

»Ja, ich glaube schon. Sag Gutenacht zu Jack.«

»Nacht, Jackie!«

»Nenn mich nicht Jackie – gute Nacht, mein Schatz.«

»Was ist mit Mami und Daddy?«

»Die kommen gleich und sagen dir Gutenacht.«

»Und Mark?«

»Der ist unterwegs, Spatz. Halt dich fest, es geht los, den Berg hinauf!«

Minuten später saß Felicity im Schneidersitz in der Badewanne, umgeben von Schaum, und tupfte sich mit einem Waschlappen im Gesicht herum, während ich nach der Plastikente suchte, die ein entscheidender Bestandteil der Baderoutine war, wenn ich die Aufsicht führte.

Es war nicht leicht, im Badezimmer der Robinsons etwas zu finden. Aus irgendeinem Grund interessierte sich niemand dafür, etwas, das er mit hineingenommen hatte, auch wieder mit hinauszunehmen. Es enthielt eine verwirrende Ansammlung von Kleidungsstücken, Zeitschriften, badewasserfeuchten Büchern aller Art, ganze Wälder aus abgelegten Zahnbürsten, haufenweise halbleere Flaschen Haarwasser, etliche Shampoobehälter (größtenteils leer), hier und da eine Armbanduhr, die jemand abgelegt und dann vergessen hatte, eine Schachtel mit Schminke von Felicity, in der die Farben in kleinen Wasserpfützen miteinander verschwammen, Zahnpastaspender aus Plastik, deren Öffnungen mit angetrockneter Paste verkrustet waren, trostlose zweckentfremdete Trinkbecher mit Jacks Einmalrasierern darin – gebraucht, aber nicht weggeworfen – und eine außergewöhnliche Sammlung von Handtüchern in allen Gebrauchsstufen von höchst anstößig bis flauschig, weich und frisch gewaschen. Hin und wieder rebellierte Mike und stellte komplizierte Checklisten und Dienstpläne auf, um das Badezimmerproblem zu »lösen«, doch da niemand sich jemals bemühte, sich an sie zu halten, und er selbst sowieso jedesmal innerhalb von vierundzwanzig Stunden seine eigenen Vorschriften brach, änderte sich nie viel an der Situation.

Schließlich fand ich die rote Ente auf dem Boden einer großen, blauen Porzellanvase, die ihre Heimat unter dem Waschbecken gefunden hatte, seit ich zuletzt Ausgrabungen im Inhalt des Badezimmers durchgeführt hatte. Ich hielt sie triumphierend empor.

»Hurra!« rief Felicity und klatschte in ihre seifigen Hände, so daß federleichte Wölkchen aus Schaum ihr um den Kopf flogen. »Jetzt gibt's die Entchengeschichte.« Felicitys Sprache sank zur Schlafenszeit oft auf die Ebene einer Dreijährigen ab.

Die Geschichte von der Ente hatte ihren Anfang genommen, als ich zum allerersten Mal die Aufsicht über das Bad und das Schlafengehen geführt hatte, und seither hatte die Nachfrage nicht nachgelassen. Für Felicity war es gewiß ein angenehm vertrautes Ritual (sie bestand darauf, daß jede Einzelheit jedesmal genau gleich blieb), aber für mich hatte es mit der Zeit noch eine tiefere Bedeutung gewonnen. Aus Gründen, denen ich mich selbst kaum stellen, geschweige denn anderen Leuten offenbaren konnte, hatte die Erzählung dieser ganz schlichten Geschichte eine beinahe sakramental beruhigende Wirkung auf den problembeladensten Bereich meines Innenlebens.

Wie üblich fing ich damit an, daß ich die Ente auf die Badezimmertür setzte, die sich nach innen öffnete. Felicity blickte mit einem verträumten Lächeln voller Vorfreude zu ihr hinauf.

»Es war einmal«, begann ich, »eine sehr, sehr einsame kleine Ente, die ganz oben auf einem großen Berg wohnte. Sie war eigentlich eine ausgesprochen nette Ente, aber sie glaubte, daß niemand sie je gern haben könnte. ›Ich hätte so gern einen richtigen Freund‹, sagte sie immer, ›aber daraus wird wohl nie etwas. Wer will schon mit einer dummen roten Ente befreundet sein, die zu ängstlich ist, um von ihrem Berg herunterzukommen, und keine Ahnung von der Welt hat? Nein‹, seufzte sie, ›ich werde nie einen richtigen Freund haben.‹

Jeden Tag kletterte die Ente zur höchsten Stelle des Berges hinauf« – an dieser Stelle ließ ich die Ente auf der Tür entlanglaufen, bis sie direkt über Felicity war – »und schaute über den Rand eines sehr steilen Abgrundes hinab. Weit, weit unten sah sie ein kleines Mädchen, das in einem wunderschönen See badete, und jedesmal, wenn sie es sah, wünschte sie sich, sie könnte auch dort unten sein, in dem See herumschwimmen und mit dem Mädchen Freundschaft schließen, das übrigens« – dieser Zusatz durfte niemals fehlen – »fast genauso aussah wie du, Felicity.«

Ich ließ die Ente oben auf der Tür hin und her laufen und kippte sie jedesmal, wenn sie ans Ende kam, über die Kante.

»Jeden lieben Tag stapfte sie auf die Bergkuppe, spähte zu der kleinen Schwimmerin hinab und watschelte dann einsamer als je zuvor wieder nach Hause.«

Das war das Stichwort für Felicity, ihren Kopf schief zu legen, die Mundwinkel herabzuziehen und in pantomimischem Mitgefühl mit der Heldin meiner Geschichte die Augen zusammenzukneifen.

»Eines Tages, als die kleine rote Ente wieder einmal den Berg erklommen hatte und sich einsamer fühlte als je zuvor, beugte sie sich so weit über den Rand der Klippe, um das kleine Mädchen anzusehen ...« Ich machte eine Pause, damit

Felicity sich etwas zur Seite setzen konnte. ». . . daß sie das Gleichgewicht verlor und neben dem Mädchen in den See stürzte. Stell dir das vor!«

Die fallengelassene Ente landete mit einem kleinen Platschen in der Badewanne. Diese Stelle gefiel Felicity immer am besten. »Hallo, kleine Ente«, sagte sie, »wo kommst du denn her?«

»Die Ente war ganz verängstigt«, fuhr ich fort, »weil sie dachte, das kleine Mädchen würde böse auf sie sein. ›Es tut mir sehr leid‹, sagte sie mit erschrockener Stimme, ›sei mir bitte nicht böse, daß ich in deinen See gefallen bin – ich weiß, daß du nicht meine Freundin sein willst, weil du schon viele Freunde hast, und ich verschwinde auch gleich wieder. Oh, bitte, sei nicht böse auf mich.‹«

Felicity hob die Ente aus dem Wasser und sah ihr liebevoll in die Augen, während ich weitererzählte.

»›Aber Ente, ich habe gar keine Freunde‹, sagte das kleine Mädchen, ›ich bin sehr einsam. Jeden Tag habe ich dich von der Klippe herabschauen sehen und mir gewünscht, ich könnte deine Freundin sein, aber ich habe immer gedacht, du müßtest schon jede Menge Freunde haben. Ich war so froh, als du neben mir ins Wasser fielst. Bitte bleib und unterhalte dich ein wenig mit mir.‹ Und weißt du, was danach passierte?«

Felicity, die ganz genau wußte, was danach passierte, schüttelte den Kopf und riß ganz im Sinne ihrer überlieferten Rolle vor Staunen die Augen auf.

»Nun, sie wurden richtig gute Freunde – die besten Freunde sogar –, und sie verbrachten all ihre Zeit zusammen und waren sehr, sehr glücklich.«

»Gut«, sagte Felicity zufrieden, »da bin ich aber froh. Heute in der Schule war ich nicht sehr glücklich«, fügte sie hinzu, warf ihre Ente in den Zahnbürstenwald und setzte so plötzlich ein finsteres Gesicht auf, daß ich einfach lachen mußte. »Es war schrecklich. Darf ich mir die Haare naß machen?«

Ich nahm eines der molligen Handtücher von dem Gestell

neben dem Waschbecken und hielt es weit auf. »Nein, leider nicht. Du kommst jetzt raus – willst du springen?«

Felicity hievte ihre triefende, dünne Gestalt auf den Badewannenrand und warf sich, nachdem sie einen Augenblick lang schwankend darauf balanciert hatte, mit solcher Hingabe in meine handtuchbewehrten Arme, daß ich beinahe das Gleichgewicht verloren hätte.

»Darf ich noch einmal hinunter, wenn ich mein Nachthemd anhabe?«

»Nein.«

»Daddy sagt, es ist in Ordnung, solange ich nicht vergesse, meine Unterhosen anzuziehen.«

»Das gilt nur dann, wenn du noch einmal hinunter darfst, aber heute darfst du nicht, und wenn du mir widersprichst, werde ich dich kitzeln, bis du quietschst.«

Sie grub ihr Kinn in ihre Brust und grinste. »Ich widerspreche dir ja gar nicht, Dip. Dip, es war wirklich schrecklich.«

»Das, was heute in der Schule passiert ist, meinst du?«

»Ja – schrecklich!«

Inzwischen waren wir in ihrem Zimmer angekommen. Nachdem ich sie abgesetzt hatte, ließ Felicity ihr Handtuch zu Boden fallen und begann, nackt, wie sie war, einen stampfenden Kriegstanz darauf aufzuführen. Ich versuchte mir vorzustellen, wie in der sorglosen, wohlgeordneten Welt dieses Kindes wohl ein »schreckliches« Erlebnis aussehen mochte.

»Mir ist k-k-k-kalt!« gurgelte sie, während sie tanzte und mit den Armen in der Luft herumwedelte.

»Na, dann trockne dich doch ab, du Dummerchen! Dafür hast du doch das Handtuch.«

Sie erstarrte, die Hände zu kleinen Sternen gespreizt, schnitt eine Grimasse, kicherte – »Ach ja!« – und trocknete sich fieberhaft ab.

Endlich war sie trocken, in ihr Garfield-Nachthemd verpackt und im Bett eingekuschelt. »Also«, sagte ich, »was war das für eine schreckliche Sache?«

»Oh ja, es war einfach – Dip!« Sie setzte sich kerzengerade

auf und machte ein alarmiertes Gesicht. »Ich habe mir noch nicht die Zähne geputzt!«

Zurück ins Badezimmer. Den Wald durchkämmen. »Nein, nicht die, das ist meine alte ... Nein – doch, das ist sie, die pinkfarbene mit dem verzierten Griff ... Habe ich schon lange genug? ... Habe ich jetzt lange genug? Bei Mami muß ich nie so lange ... Jetzt muß es aber lange genug sein ... Bei Daddy muß ich immer noch länger ... Riech mal an meinem Mund ...«

Zurück ins Bett.

»Darf ich dir jetzt von der schrecklichen Sache erzählen, Dip?«

»Unbedingt. Ich mache mir schon große Sorgen deswegen. Es wird doch nicht etwa ein wilder Bär im Klassenschrank hausen, der die Kinder anspringt, wenn sie hingeschickt werden, um etwas herauszuholen, oder?«

Felicitys Augen leuchteten vor Vergnügen. Solche Spiele liebte sie. »Nein, schlimmer – viel schlimmer.«

»Noch schlimmer? Dann muß es ja wirklich schlimm sein – warte mal, ich weiß!«

»Was?«

»In der Schulküche arbeitet eine böse Hexe, die jeden Tag eine Essensportion verzaubert, so daß derjenige, der diese Portion ißt, sich in einen Schokoriegel auf Beinen verwandelt, bis die Schule aus ist. Heute hat es dich erwischt, und du mußtest den ganzen Nachmittag unter den Tischen herumrennen, damit dich die anderen Kinder in deiner Klasse nicht fangen und auspacken und aufessen. Oder war es etwa noch schlimmer?«

»Oh ja, Dip.« Felicity, die im zarten Alter von sechs Jahren bereits über beträchtliche schauspielerische Fähigkeiten verfügte, schüttelte sich vor Grauen. »Es war gruseliger als alles, was schon jemals jemandem passiert ist. Wirklich!«

Ich kratzte mich nachdenklich am Kopf und nickte dann langsam und feierlich. »Ich glaube, ich weiß, was es war. Eure Lehrerin hat euch mit nach draußen genommen, um nach den Fischen im Schulteich zu sehen, aber als ihr hinkamt, war nicht ein einziger zu sehen. Und als ihr alle ruhig am Rande des Teiches gestanden und euch vornübergebeugt und gefragt habt, wo sie alle hin sind, da kam ein riesiges Krokodil mit großen scharfen Zähnen aus dem Wasser gesprungen und hat mit einem Haps eure Lehrerin und drei von deinen besten Freundinnen verschlungen!«

»Nicht meine Freundinnen«, korrigierte Felicity entschieden, »drei von denen, die ich nicht leiden kann.«

»Ach richtig, ja, natürlich, drei von denen, die du nicht leiden kannst – aber es war trotzdem ganz fürchterlich, nicht?«

»Ja, Dip, aber ganz und gar nicht so schrecklich wie die schreckliche Sache, die wirklich passiert ist. Rate weiter.«

Sie steckte den Daumen in den Mund und lächelte einladend um ihn herum. Offensichtlich konnte dieses Spiel von Felicity aus für immer weitergehen.

»Also schön, ich rate noch einmal, nur daß es eigentlich nicht geraten ist, weil ich ziemlich sicher bin, daß ich diesmal das Richtige habe. Warte mal – es war gerade kurz vor der Pause, als draußen ein mächtiger Wind zu blasen anfing und die ganze Schule in den Himmel hochgehoben und weit weg über das Meer zu einer Kannibaleninsel geweht wurde –«

»Was ist eine Kannibaleninsel?«

»Ein Ort, wo Leute wohnen, die sich gegenseitig aufessen.«

»Ach so.« Felicity nickte gelassen.

»Ja, also, am Ende landete die Schule auf dieser Kannibaleninsel, und als der Direktor und alle Lehrer und Kinder aus dem Haupteingang kamen –«

»Wir dürfen gar nicht durch den Haupteingang hinaus.«

»Dies war eine besondere Situation, darum durftet ihr diesmal. Jedenfalls, als der Direktor und die Lehrer und die Kinder aus der Tür kamen, warteten schon die ganzen Kannibalen mit Speeren auf euch, und auf einem großen, knisternden Feuer stand ein riesiger Kochtopf voll mit heißem Wasser. Der Kannibalenhäuptling sagte, da es fast Zeit zum Tee wäre, müßte jemand in den Topf klettern und sich kochen lassen, und fragte, wen der Direktor vorschlüge. Sollte es ein zäher alter Lehrer sein, oder ein schönes, zartes kleines Kind, oder ein sehniger Sechstkläßler, und am Ende . . .«

Felicity hatte ihren Daumen wieder hineingesteckt. Nun zog sie ihn schwungvoll wieder heraus, um mich unterbrechen zu können. »Am Ende ist Penny Martin hingerannt und in den Topf gesprungen, ohne daß es ihr jemand gesagt hat, weil sie es einfach nicht ertragen kann, mal bei etwas nicht die erste zu sein.«

Wir schütteten uns gemeinsam aus vor Lachen.

»Dann hatte ich also recht? War das die schreckliche Sache, die dir passiert ist? Ich wette, das war es.«

»Dip, es war noch viel schrecklicher.« Sie streckte eine schmeichelnde Hand nach meiner aus. »Rate doch noch ein paarmal.«

Ich steckte ihre Hand entschieden unter die Daunendecke. »Jetzt wird nicht mehr geraten. Du bist dran. Wenn deine schreckliche Sache weder ein Bär im Schrank noch eine Hexe in der Küche, noch ein Kannibalenkochtopf war –«

»Du hast das Krokodil vergessen.«

»– noch ein Riesenkrokodil, was war es dann? Und sag es lieber leise, damit ich nicht so erschrecke.«

Felicity stützte sich auf einem Ellbogen hoch und flüsterte dramatisch: »Es war folgendes – ich habe heute auf dem Spielplatz meine neue Jacke angehabt, und sie war zu groß. Bei allem, was ich gemacht habe, habe ich mich in meiner Jacke verheddert!«

»Oh nein!« Ich bedeckte mein Gesicht mit den Händen vor Entsetzen über diese grauenhafte Enthüllung. »Als ich all diese Dinge geraten habe, hatte ich ja keine Ahnung, daß es etwas so Furchtbares war!« Ich schob meine Hände etwas auseinander und lugte durch den Spalt. »Oh, Felicity, wie mußt du gelitten haben.«

»Ja«, sagte sie mit nach echter Märchenheldinnenart zitternder Stimme, »es war schrecklich. Dauernd wünschte ich mir, es würden menschenfressende Krokodile kommen oder Bären oder so etwas, damit es mir bessergeht, aber sie kamen nicht.«

»Felicity?«

»Ja?«

»Ich wollte dich noch etwas fragen.«

»Was denn?« Sie war entzückt über diesen neuen Schlenker, der auch noch von einer Erwachsenen initiiert wurde, just zu dem Zeitpunkt, wo normalerweise Schlafen der nächste Tagesordnungspunkt gewesen wäre. Ich kniete mich neben dem Bett auf dem Boden, um näher bei ihr zu sein.

»Die Sache ist die«, sagte ich ziemlich stockend, »daß ich nie selbst einen kleinen Jungen oder ein kleines Mädchen gehabt habe ...«

Oh, »Die in den Pfützen tanzt«, wie sehr hast du dich nach einem eigenen kleinen Jungen oder Mädchen gesehnt!

»... und deshalb werde ich wohl viele Dinge, die Mamis mit ihren Kindern unternehmen, nie tun können. Darum war es so schön für mich, dich und deine Brüder kennenzulernen ...«

»Weil du nun manches davon mit uns tun kannst«, sagte Felicity strahlend.

»Genau, und es hat mir immer viel Spaß gemacht, aber es gibt eine Sache, die ich gerne tun würde und noch nie getan habe, und – also, ich habe mich gefragt, ob es dir etwas ausmachen würde.«

Felicity sperrte vor Neugier den Mund auf. »Natürlich nicht. Was ist es denn?«

»Du wirst mich für furchtbar albern halten ...«

»Nein, bestimmt nicht.«

Ich sah auf meine Hände hinab, die flach auf meinen Knien lagen. »Ich wollte schon immer gerne einmal zu einem Sportnachmittag in die Schule gehen und die Person sein, die ihren kleinen Jungen oder ihr kleines Mädchen anfeuert und Fotos macht, wenn sie auf der Aschenbahn laufen. Ich weiß, du hättest nichts dagegen, wenn ich am Donnerstag mit Mami mitkäme –«

»Ich fände es prima, wenn du mitkämst«, sagte Felicity ernsthaft.

»Ich weiß, mein Schatz. Aber ich frage mich, ob ich vielleicht dieses eine Mal alleine mit dir mitkommen könnte, damit ich so tun kann, als wäre ich eine Mutter, und alles tun kann, was die Mütter dort tun.«

»Zum Beispiel am Wettlauf der Mütter teilnehmen?«

»Äh ... ja, zum Beispiel am Wettlauf der Mütter teilnehmen.« Ich hoffte, daß die plötzliche Blutleere in meinem Gesicht nicht zu deutlich sichtbar gewesen war.

»Die Sache ist nur ...« Felicitys Brauen zogen sich zusammen, als sie das Problem durchdachte. »Die Sache ist nur die, daß Mami diesmal sehr gern mitkommen möchte, weil sie sich so ärgert, daß sie letztes Mal nicht konnte, und sie will ganz besonders sehen, wie ich den Rückwärtslauf der Mädchen mit Bohnensackhochwerfen und -wiederauffangen gewinne.« Sie sog die Luft durch die Zähne ein und schüttelte vor Aufregung den Kopf hin und her. »Ich glaube, ich gewinne vielleicht, Dip, weil Penny Martin die einzige ist, die im Rennen und Auffangen besser ist als ich, und sie ist –«

»Gekocht und aufgegessen worden.«

Felicitys schallendes Gelächter muß das ganze Haus erfüllt haben.

»Wäre es dir denn recht«, sagte ich, als sie sich ein bißchen beruhigt hatte, »wenn ich einfach mitkäme, oder würde dich das sehr traurig machen?«

»Ich werde Mami fragen müssen, ob es ihr etwas ausmacht«, erwiderte Felicity mit plötzlichem Ernst. »Am besten fragen wir sie gleich.«

Ich ging zur Tür und rief. Kathy machte ein nervöses und schuldbewußtes Gesicht, als sie ins Zimmer trat. Sie beugte sich über ihre Tochter und küßte sie.

»Hallo, Schätzchen, war es schön mit Dip? Ich habe dich lachen hören ...«

»Ach, das war, weil Penny Martin gekocht und aufgegessen worden ist, Mami. Irre komisch! Mami, Dip möchte zu meinem Sportnachmittag kommen und Bilder von mir machen und mir beim Wettrennen zuschauen.« Felicitys Gesichtsausdruck hatte, während sie fortfuhr, bemerkenswerte Ähnlichkeit mit dem, den ich hin und wieder auf Mikes Gesicht gesehen hatte. Er nahm diesen Ausdruck an, wenn er seine Kinder ermahnte, Reife und Vernunft an den Tag zu legen, wenn ihnen irgend etwas überhaupt nicht paßte. »Mami, würde es dir etwas ausmachen, diesmal nicht mitzukommen, weil Dip doch wie eine richtige Mutter sein möchte, und« – jetzt kam ein aus Felicitys Sicht völlig zwingendes Argument – »wenn du auch da bist, kann sie ja nicht beim Wettrennen für Mütter mitmachen, oder?«

»Nein«, sagte Kathy mit einem noch schuldbewußteren Blick in meine Richtung, »nein, das sehe ich ein, wirklich. Also, wenn ich ganz bestimmt nächstes Jahr mitkommen darf, habe ich nichts dagegen, wenn diesmal Dip mit dir hingeht, Liebling. Vielleicht gehe ich statt dessen Oma besuchen, was meinst du? Das wäre doch schön.«

»Siehst du, Dip«, sagte Felicity mit einem gewaltigen Gähnen, »alles in Ordnung. Ist Mami nicht lieb?«

»Ja«, stimmte ich zu, »sie ist wirklich sehr großzügig. Danke, Kathy. Gute Nacht, Felicity.«

»Gute Nacht, Dip, und danke für meine Entengeschichte. Nacht, Mami.«

»Gute Nacht, mein Liebling – schlaf gut.«

Als ich fünf Minuten später noch einmal hineinsah, lag die selbsternannte aussichtsreichste Favoritin für den Rückwärtslauf der Mädchen mit Bohnensackhochwerfen und -wiederauffangen in tiefem Schlaf.

Achtes Kapitel

Am Mittwoch abend bat ich Gott, der Fletton Park County Primary School für ihr Kindersportfest am folgenden Tag sonniges Wetter zu schicken. Die Ehrlichkeit zwingt mich zuzugeben, daß ich mich auch nach der Möglichkeit eines plötzlichen Gewitters erkundigte, das genau so lange dauern würde, daß jede Chance, den Wettlauf der Mütter wie geplant durchzuführen, davon fortgespült würde. Wohlgemerkt, wenn es sein mußte, war ich grimmig entschlossen, um Felicitys willen so gut ich konnte durch den Parcours zu stampfen, aber jedesmal, wenn ich daran dachte, rutschte mir das Herz in die Hose.

Der Donnerstag erwies sich als strahlender Sonnentag, gekrönt mit einer freundlichen Brise, die gerade richtig war, um die Hitze nicht unangenehm werden zu lassen. Ich sandte ein Rinnsal des Dankes für diese Gebetserhörung zum Himmel und versprach eine wahre Springflut zusätzlicher Dankbarkeit für den Fall, daß das plötzliche Gewitter ebenfalls eintraf.

Das Wetter war perfekt, doch der Nachmittag fing für mich nicht sehr gut an, obwohl er mich der vollen Qualifikation als Robinson honoris causa gewiß ein gewaltiges Stück näherbrachte.

Nachdem ich um Viertel nach eins, eine halbe Stunde zu früh, eingetroffen war, machte ich den unfaßbar grauenhaften Fehler, auf dem Lehrerparkplatz direkt vor der Schule zu parken.

»Gut gemacht!« gratulierte ich mir selbst laut dafür, daß ich so leicht einen Platz gefunden hatte, und ich hatte mir gerade noch einen Kamm durch die Haare gezerrt, bevor ich aussteigen wollte, als ein lautes Klopfen ans Fenster mich zusammenfahren ließ. Als ich den Kopf drehte, sah ich auf der anderen Seite des Glases ein sehr effizient aussehendes weibliches Gesicht, umrahmt von sehr effizient gebändigtem grauem Haar. Ebenfalls in Sicht war ein sehr effizient aussehender Finger, der herrisch in Richtung Erdboden deutete. Ich kurbelte die Scheibe herunter. Die Stimme, die aus dem Gesicht drang, klang forsch und neutral im Tonfall, aber eigentlich nicht unangenehm.

»Guten Tag, ich bin Mrs. Palmer, die Schulsekretärin – darf ich fragen, ob Sie eine Mutter sind?«

Mein Auto ist sehr klein, und wenn man darin sitzt und jemand einem mit dem Gesicht ganz nahe kommt und auf einen einredet und man denkt, die andere Person könnte einem vielleicht einen Verweis erteilen wollen, dann kann man leicht den Kopf verlieren. Die einfachste und problemloseste Antwort wäre »Ja« gewesen, denn das wäre am Ende auf dasselbe hinausgelaufen; aber immer, wenn ich mich bedroht fühle, neige ich dazu, einer lästigen und nichtexistenten, wahrheitsüberwachenden Gottheit anzuhangen, die es mir »geben« wird, wenn ich auch nur um Haaresbreite vom Pfad der absoluten, buchstäblichen Genauigkeit abweiche.

»Nein«, sagte ich, »das nicht, aber –«

»Sind Sie dann gekommen, um den Direktor zu sprechen? Ich fürchte, er wird heute nachmittag nicht verfügbar sein, denn das Kindersportfest wird in« – sie warf einen Blick auf ihre sehr effizient aussehende Uhr – »weniger als einer halben Stunde beginnen.«

Sie hörte auf zu sprechen, ließ ihr Gesicht aber, wo es war. Ich war an der Reihe, etwas zu sagen.

»Nein, ich bin nicht gekommen, um den Direktor zu sprechen. Ich will auch zum Kindersportfest.«

Ich fühlte mich, als wäre ich ungefähr vier Jahre alt. Das Gesicht rührte sich immer noch nicht von der Stelle.

»Tut mir leid, ich dachte, Sie hätten gesagt, Sie seien keine Mutter. Vielleicht habe ich Sie mißverstanden.«

Ja, Sie haben mich mißverstanden! Ja, Sie, in deren Augen ich praktisch gar nicht existiere, ich bin keine Mutter – aber ich habe mich immer danach gesehnt, eine Mutter zu sein. In meinen Träumen habe ich eine Verheißung ausgelebt, die kein wacher Tag je eingelöst hat. Ich habe den Schmerz kennengelernt, mich nach Mutterschaft zu sehnen, aber niemals die Freude, mein eigen Fleisch und Blut im Arm zu halten. Ich bin keine Mutter – ja, Sie haben mich mißverstanden.

Ich mußte daran denken, daß manche Leute, und ich gehöre dazu, mit der Zeit ein bemerkenswertes Geschick darin entwickeln, ihre wirklichen Empfindungen zu verbergen. Einer der größten Schocks meiner Jugendzeit war die Nachricht, daß eine Kommilitonin auf dem College in Adelaide sich beinahe mit einer Überdosis von irgend etwas umgebracht und einen Brief hinterlassen hatte, in dem es hieß, sie könne den sozialen und akademischen Druck nicht mehr ertragen. Dieses Mädchen und ich waren immer sehr gut miteinander ausgekommen und hatten uns meistens mindestens einmal am Tag auf einen Kaffee in der Mensa getroffen. Was mich an Grace immer am meisten beeindruckt hatte, war ihre entspannte Einstellung zum Leben gewesen. Normalerweise hatte sie ein träges Lächeln auf den Lippen, und sie hatte eine witzige, entspannte Art, über Dinge zu reden. Lebensbereiche, die bei mir völliges Chaos erzeugten, schien sie völlig unter Kontrolle zu haben. Ich wäre nie auf den Gedanken gekommen, sie könnte jemals einen Selbstmordversuch unternehmen. Als ich Grace auf ihre Bitte hin im Krankenhaus besuchte, war die Maske ab, und ich war verblüfft über den Gegensatz. Ich weiß noch, wie ich sie fragte, warum sie nie mit mir über ihre Gefühle gesprochen habe, aber sie schüttelte nur ihren Kopf und sagte: »Na, das tust du doch auch nicht, oder?«

Und natürlich hatte sie absolut recht. Sie tun es auch nicht, oder? Zu Zeiten in unserem Leben, wenn wir wirklich schwer leiden, fragt uns jemand auf der Arbeit oder in der Gemeinde oder auf der Straße, wie es uns geht, und wir lächeln und nikken und sagen: »Ganz gut!« oder »Man wurschtelt sich so durch!« oder »Darf mich nicht beklagen!« oder »Könnte schlimmer sein!«, und dabei leiden wir innerlich entsetzliche Qualen. Wir wissen genau, daß der andere es nie glauben wird, wenn er es später einmal herausfindet, weil wir so gut geschauspielert haben. Eine Zeitlang habe ich einmal die Ansicht vertreten, man sollte jedermann gegenüber absolut offen über seine Sorgen reden, aber heute denke ich nicht mehr so. Heute weiß ich, daß es keinen Sinn hat, jedem zu erzählen, wie wir uns fühlen, wenn es uns schlecht geht. Es gibt nicht viele Leute, seien es Christen oder nicht, die den Schmerz anderer Leute ertragen können. Ich glaube allerdings, daß ich mit etwas von Graces Schmerzen schon zurechtgekommen wäre, und nach jenem Besuch im Krankenhaus hat sie mir auch ein paar von ihren Geheimnissen anvertraut.

Das Gesicht wartete immer noch.

»Tut mir schrecklich leid. Ich habe mich nicht klar ausgedrückt. Ich bin zwar keine Mutter, aber ich bin stellvertretend für Felicity Robinsons Mutter, die leider heute nachmittag nicht konnte, zum Sportfest gekommen.«

»Ach so, verstehe, ja – Felicity.« Ihr Blick wurde etwas milder.

Nun, dachte ich, würde das Gesicht doch sicher weggehen, und ich könnte aus meinem Auto aussteigen und irgendwo hingehen, wo diese Person nicht war.

Vielleicht sind Sie so nett, Ihr Gesicht da wegzunehmen, damit ich, wenn ich meine Autotür aufmache, nicht das sündige Vergnügen habe, Sie aus Ihren effizienten Schuhen zu hauen? Herr, liebe du sie für mich.

»Felicity Robinson, ja.« Ich lächelte, wie man lächelt, wenn man ein Gespräch für beendet hält, und vollführte allerlei Bewegungen, um meine Absicht zu signalisieren, das Auto zu verlassen. Das Gesicht wich keinen Zentimeter.

»Ich fürchte, Sie können hier nicht parken, weil diese Plätze alle für die Lehrer reserviert sind, aber im Hinterhof der Baufirma nebenan finden Sie einen großen Parkplatz. Die Firma hat sich freundlicherweise bereit erklärt, bei besonderen Gelegenheiten wie dieser die Eltern ihre Fahrzeuge dort abstellen zu lassen.«

Ein kleiner Gnom auf meinem Armaturenbrett drängte

mich, darauf hinzuweisen, ich hätte doch wohl bereits deutlich gemacht, daß ich keine Mutter sei, und mich zu erkundigen, welche Vorkehrungen getroffen worden seien, damit auch Freunde von Kindern bei besonderen Gelegenheiten wie dieser einen Parkplatz finden.

Halt den Mund, Gnom.

»Tut mir leid, das wußte ich nicht. Dort entlang, ja?«

»Genau.«

»Danke sehr.«

»Felicity ist ein entzückendes Kind.«

»Ja.«

Nettes Gesicht.

Gehorsam fuhr ich zu dem richtigen Parkplatz und stellte meinen Wagen in der Nähe der Einfahrt ab.

Ich entdeckte den Sportplatz auf der anderen Seite einer, wie sich herausstellte, überraschend umfangreichen Ansammlung von Schulgebäuden. Der frisch gemähte Rasen auf dem Spielfeld war mit langen, geraden weißen Linien markiert worden, um für diese ganz besondere Gelegenheit eine Rennstrecke zu erzeugen. Entlang einer Seite dieses sechsspurigen Streifens standen drei säuberlich angeordnete Reihen beängstigend winziger Stühle, während auf der anderen Seite zwei schon recht große Kinder damit beschäftigt waren, Gymnastikmatten Kante an Kante auszulegen – vermutlich als Sitzgelegenheit für die Minisportler, wenn sie eintreffen würden. Hinter den Matten waren in gleichmäßigen Abständen drei Masten auf Stativen aufgestellt, an deren Spitze sich jeweils ein glockenförmiger Lautsprecher befand. An einem Ende der Bahn war eine gemischte Gruppe von Erwachsenen und älteren Kindern dabei, farbige Wolle an etwas zu befestigen, das wie kleine, goldene Sicherheitsnadeln aussah, und ein Stück pinkfarbenes Band quer über die Bahn zu legen. Das sollte, wie ich vermutete, als Zielband für die angehenden Linford Christies und Sally Gunnels dienen, die hier bald um ihre ersten Lorbeeren kämpfen würden.

Ich beschloß, mich so nahe wie möglich an die besagte Ziellinie zu setzen, um von diesem strategischen Punkt aus die Endstadien des entscheidenden Rückwärtslaufs der Mädchen mit Bohnensackhochwerfen und -wiederauffangen genau beobachten zu können. Einige Eltern (oder vielleicht Freunde von Kindern?) nahmen bereits ihre Positionen an diesem Ende der Bahn ein, wobei es freilich recht eigenartig aussah, wie sie sich auf den winzigen blauen Stühlen, die man für sie bereitgestellt hatte, niederließen und diese in manchen Fällen völlig unter sich begruben. Sachte nahm ich selbst Platz und hoffte dabei, daß die dünnen Rohrbeine nicht auf den Gedanken kommen würden, unter meinem Gewicht langsam im Boden zu versinken. Dankenswerterweise kamen sie nicht darauf, und ganz plötzlich überkam mich, dem Wettlauf der Mütter zum Trotz, eine Welle der Zufriedenheit und des Wohlbefindens. Der Duft frisch geschnittenen Grases war wie immer ein Gedicht aus vergangenen Zeiten, und der Himmel war überwältigend, verschwenderisch, wunderbar blau. Ich legte meinen Kopf zurück, schloß meine Augen und sog die sonnengetränkte Luft mit einem langen, tiefen Zug ein.

Danke, Gott, für die unveränderlich schönen Dinge.

Als ich meine Augen wieder aufschlug, sah ich, daß eine Ansammlung unvorstellbar winziger Kinder das Schulgebäude verlassen hatte und sich in einem fröhlichen Durcheinander der Rennstrecke näherte. An der Spitze des Durcheinanders ging eine höchst elegante, makellos frisierte Dame in einem fließenden, knöchellangen Kleid. Sie hielt in jeder ihrer Hände eine kleine Hand, und diverse weitere kleine Gestalten schienen mit verschiedenen Körperteilen an ihrem Rock festzuhängen, als sie über das glänzende Gras schritten. Als sie die Matte direkt mir gegenüber erreicht hatte, sank sie langsam zu Boden und zog dabei die Kinder mit sich, als ob sie in Zeitlupe ein Vakuum füllten, das durch den Abstieg ihres Körpers entstanden war. Das Ergebnis sah, ohne daß es beabsichtigt gewesen wäre, künstlerisch aus, als ob die Klasse für eine viktorianische Fotografie posierte. Wenn das eine Lehrerin ist, dachte ich, dann haben sich die Lehrer aber seit meiner Schulzeit mächtig verändert. Ich wandte mich an die beruhigend unordentliche, freundlich aussehende Person, die auf dem Liliputanerstuhl neben mir balancierte.

»Wer ist diese Lehrerin da drüben?« fragte ich und deutete über die Bahn hinweg.

»Oh, das ist Mrs. Barcombe«, sagte meine Nachbarin ehrfürchtig, »sie unterrichtet eine der ersten Klassen. Sie ist wirklich wunderbar. Jeder hofft, daß die eigenen Kinder bei ihr anfangen. Zwei von meinen hatten das Glück, und ich hoffe, das letzte wird es auch noch schaffen. Von ihr kommen sie völlig ausgeglichen und umgänglich nach Hause.« Sie lächelte wehmütig. »Ich scheine nie eine solche Wirkung auf jemanden zu haben; darum ist es nur gut, wenn wenigstens jemand anderes sie hat. Ich bin übrigens Mrs. Elphick. Wir haben uns noch nicht kennengelernt, oder? Haben Sie einen kleinen Jungen oder ein kleines Mädchen hier?«

Ich war jetzt viel entspannter. »Nein, ich bin für eine Freundin gekommen, die heute nicht kann. Sie ist Felicity Robinsons Mutter.«

Sie wußte sofort Bescheid. »Ach, Felicity kenne ich. Sie ist in der zweiten Klasse zusammen mit Claire, meiner Mittleren. Das ist Miss Jarmans Klasse. Sie gehen auch zusammen zum Ballett. Oh ja, Felicity hat uns schon öfter zum Tee besucht. Neulich war sie mit einer anderen Freundin namens Emily zusammen bei uns. Sie ist ein entzückendes kleines Mädchen, nicht wahr? Großartige Phantasie für Spiele und so.«

»Ja«, erwiderte ich und versuchte dabei so zu klingen, als sei ich eine unabhängige Gutachterin in Sachen Entzücken und Phantasie, während ich in Wirklichkeit einen tiefen persönlichen Stolz empfand. »Ja, ich habe sie sehr gern.«

»Das ist die andere Anfangsklasse«, sagte meine neue Freundin und deutete auf eine zweite Gruppe von Kindern, die gerade aus dem Schulgebäude kam, »Mrs. Calnes Klasse. Sie ist auf ihre Art sehr nett. Bei ihr lernen die Kinder alles mögliche, und ich denke, dafür sind sie ja eigentlich auch hier, nicht?«

Mrs. Elphicks Tonfall sagte deutlicher als Worte, daß ihrer Ansicht nach die Calne-Methode, die darauf abzielte, alles mögliche zu lernen, der Barcombe-Methode weit unterlegen war, die bewirkte, daß frisch eingeschulte Kinder »völlig ausgeglichen und umgänglich« zu ihren Eltern nach Hause kamen. Gewiß hatte Mrs. Calnes Regiment einen sichtbar anderen Flavour als das der anderen Anfangsklasse. Sie selbst war eine nüchtern gekleidete, kräftig aussehende Frau von Mitte Vierzig, mit kurzgeschnittenem dunklem Haar und einem jener Gesichter mit kantigem Kiefer und rosiger Haut, die mich – vermutlich völlig zu Unrecht – immer an hektische Damenmannschaftssportarten erinnern. Sie marschierte an der Spitze einer Prozession (nicht eines Durcheinanders) von Kindern, die sich händchenhaltend in ordentlichen Zweierreihen auf die zweite Matte von hinten zubewegten. Diese Klasse ließ sich nicht anmutig wie eine welkende Blume nieder, wie es die vorige getan hatte. Nachdem sie noch stehend zu einem passenden Muster angeordnet worden waren, wurde ein Befehl gegeben, und sie setzten sich. Mrs. Calne kniete sich ordentlich auf eine Ecke der Matte, und das war es. Sie drehte den Kopf und schickte ein unerwartet freundliches Lächeln zu der schönen Mrs. Barcombe hinüber, die mit einer Hebung der Augenbrauen und einem freundlichen kleinen Schulterzucken antwortete, als wollte sie sagen: »Na, dann mal los.«

Als ich hinübersah und die beiden Gruppen von Kindern betrachtete, fiel mir auf, daß die Kinder von Mrs. Calne eigentlich nicht weniger entspannt und fröhlich aussahen als die von Mrs. Barcombe. Sie zeigten nur ein geringfügig anderes Verhalten, vermutlich wegen der unterschiedlichen Art von Kontrolle, die ihre Lehrerinnen ausübten.

Nicht zum ersten Mal verspürte ich einen leisen Ärger über das Leben, weil es uns keine hübsch klar unterscheidbaren Helden und Schurken bot. Warum konnte Mrs. Barcombe nicht ganz und gar wunderbar und Mrs. Calne unaussprechlich grauenhaft sein? Ein Teil von mir hatte die Welt schon immer so haben wollen. Vielleicht hatte ich, als ich klein war, zu viele Bücher mit Geschichten gelesen und zu wenig Kontakt zu Leuten aus Fleisch und Blut gehabt. Leute wie ich brauchen Jahre, um die wirkliche Welt klar zu sehen.

Die Reihen winziger Stühle füllten sich nun sehr rasch, und ein stetiger Strom von Eltern bewegte sich vom Parkplatz zum Sportfeld. Viele trugen Sonnenbrillen und hatten Kameras bei sich. Eine ganze Menge hatte ihre jüngeren Kinder mitgebracht, die noch nicht in die Schule gingen. Es gab Babys, die auf dem Arm getragen wurden, mit großen Augen auf unsicheren Beinen umherwackelnde Kleinkinder und schlafende Winzlinge in gemütlich aussehenden Kinderwagen. Zweifellos war allen außer den Allerjüngsten der Moment vor Augen gemalt worden, wenn ihr großer Bruder oder ihre große Schwester auf der Bühne des Sports erscheinen würde. Ich hoffte um der Mütter willen, daß die schlafenden Kinder rechtzeitig aufwachen würden, um das Ereignis genießen zu können, das man ihnen versprochen hatte.

Die allgemeine Atmosphäre war von betriebsamer Erwartung geprägt, gemischt mit einer etwas merkwürdigen Stimmung allgemeiner Verwirrung. Da die Reihen der Eltern sich über eine so lange Strecke von einem Ende der Bahn bis zum anderen hinzogen, war es schwierig, sich vorzustellen, daß man überhaupt etwas mitbekommen würde, bevor ein Wettlauf schon in vollem Gange war. Die meisten Leute um mich her trugen ein ermutigendes, siegessicheres Lächeln zur Schau für den Fall, daß ihre Kinder zufällig gerade zu ihnen hinsahen. Doch während ihre Münder lächelten, spähten ihre Augen ratlos hin und her, offenbar in der Hoffnung, daß jemand sie in das Geheimnis einweihen würde, was hier eigentlich geplant war. Die drei Lautsprecher auf den Masten sahen in dieser Hinsicht vielversprechend aus; allerdings ließ unten jenseits der Ziellinie eine Traube sorgenvoll über ein Mikrofon gebeugter Köpfe erahnen, daß es in diesem Bereich vielleicht Schwierigkeiten geben würde.

Meine Nachbarin Mrs. Elphick erzählte mir, dies sei das erste Jahr, in dem eine Lautsprecheranlage verwendet werde (sonst habe immer jemand namens Mr. Murray gebrüllt). Und sie hoffe, diese würde auch funktionieren, denn sie könne sich nicht erinnern, jemals in den zehn Jahren, die sie nun schon zum Sportfest kam, eine klare Vorstellung davon gehabt zu haben, was gerade eben passiert sei, was zur Zeit passiere oder was in einer Minute passieren würde.

Felicitys Klasse war die letzte, die aus dem Schulgebäude herauskam, und ich muß zugeben, daß ich von dem Augenblick an, als ich ihre relativ große Gestalt in der Ferne entdeckte, ziemlich nervös war. Wenn sie nun vergessen hatte, daß ich statt ihrer Mutter zu ihrem Sportfest kommen würde? Wenn nun ihr Lächeln erstarb, sobald sie mich mitten unter all den echten Eltern entdeckte? Wie die meisten der anderen Kinder erreichte Felicity die zugewiesene Matte in einem Zustand, in dem sich Begeisterung und Sorge mischten. Der Grund für die Begeisterung war offensichtlich, aber zuerst wußte ich nicht recht, woher die Sorge kam. Meine freundliche Nachbarin erklärte es mir.

»Die meisten von ihnen gucken jetzt, ob die Person, die herkommen sollte, auch wirklich da ist. Beobachten Sie ihre Gesichter, wenn sie plötzlich ihre Leute entdecken – schauen Sie nur.«

Felicity war keine Ausnahme. Ich sah ihr an, daß sie sich vorläufig noch nicht ganz in die Begeisterung stürzen konnte. Sie saß in einem weißen T-Shirt und weißen Shorts, das Haar zu einem hübschen Pferdeschwanz gebunden, im Schneidersitz zwischen ihren Klassenkameraden am anderen Ende der Rennstrecke und ließ ihren Blick voller besorgter Konzentration von Gesicht zu Gesicht über die Reihen der Zuschauer wandern. Ich wollte sie auf mich aufmerksam machen, brachte aber nur ein furchtsames kleines Winken mit den Fingern zustande. Als ihr Blick endlich auf meinen traf, blieb mir das Herz stehen.

Ich hätte mir keine Sorgen zu machen brauchen. Als sie mich sah, war es, als wäre ein Schalter in Felicity umgelegt worden. Alle Lichter in ihrem Gesicht gingen an, und sie wedelte wie verrückt mit den Händen, bevor sie sich fröhlich schwatzend und kichernd ihren Freundinnen zuwandte.

Danke.

»Das ist Mr. Murray«, sagte meine neue Freundin und deutete auf eine Gestalt, die sich gerade aus der Gruppe von Leuten gelöst hatte, die sich so sorgenvoll um das Mikrofon bemüht hatten, »das ist der, der sonst immer brüllt. Die Kinder mögen ihn sehr gern – er bringt sie mit seinen Witzen zum Lachen. Ein guter Lehrer ist er auch.« Sie kicherte plötzlich. »Allerdings nicht besonders eitel, was seine Kleidung angeht, nicht wahr?«

Die Bemerkung war recht treffend. Mr. Murray, ein hochgewachsener, gut gebauter Mann von schätzungsweise Mitte dreißig, war gekleidet, wie er es offensichtlich für eine Sportveranstaltung im Freien passend fand. Diese Garderobe bestand aus einem Paar lächerlich langen Khakishorts, zwei uralten schwarzen Armeestiefeln, aus denen ein schmaler Streifen fadenscheiniger hellblauer Socken hervorragte, und dazu ein grell orangefarbenes, kurzärmeliges T-Shirt, das fast, aber nicht ganz bis zum oberen Rand seiner Shorts reichte. Die Gesamtwirkung wurde durch einen zerknitterten weißen Schlapphut, wie man ihn zum Kricket trägt, abgerundet. Unter dem Hut zierte Mr. Murrays recht gutaussehendes, angenehm entschlossenes Gesicht eine Brille, deren dicke schwarze Ränder allem, was er tat, irgendwie eine unbeirrbare Zielstrebigkeit zu verleihen schienen. Mrs. Elphick hatte absolut recht. Mr. Murray schien nicht im entferntesten eitel bezüglich seiner exzentrischen Erscheinung zu sein, und eben weil er so locker war, sah er im Grunde überhaupt nicht komisch aus. Leute wie ihn habe ich schon immer beneidet.

Er schlenderte am Rande der Bahn an den langen Reihen der Eltern vorbei und zog das Mikrofonkabel hinter sich her, wobei sein Vorwärtskommen hie und da durch einen kurzen Wortwechsel und Gelächter unterbrochen wurden, wenn er stehenblieb, um eine witzige Bemerkung zu machen oder jemanden zu begrüßen. Er schien fast alle Mütter und sogar einige der kleinen Kinder, die noch nicht in die Schule gingen, zu kennen.

»Er sieht nett aus«, sagte ich milde, als machte ich eine Bemerkung über ein recht hübsches Stück Gardinenstoff.

»Oh, er ist entzückend«, erwiderte meine Nachbarin mit dem Widerhall der Reaktion einer Vierzehnjährigen in der Stimme, die ich selbst so sorgfältig verheimlicht hatte. »Von mir aus kann er tragen, was er will. Finden Sie ihn nicht auch zum Anbeißen?«

»Mmm, sehr nett.« Jetzt klang ich, als ob ich möglicherweise über ein sehr hübsches Stück Gardinenstoff redete. Ich hatte in meinem ganzen Leben noch niemanden (sei es im stillen oder laut) als »zum Anbeißen« bezeichnet.

»Also, ich finde ihn entzückend«, sagte Mrs. Elphick, deren Tonfall eine leise Enttäuschung über meine lauwarme Reaktion verriet. »Oh, sehen Sie, er wird dieses Sprechdings benutzen – wie nennt man das doch gleich? –, das Mikrofon.«

Und tatsächlich, der merkwürdig gekleidete, zum Anbeißen leckere Mr. Murray, der nun zwei Drittel des Weges die Bahn hinauf stehengeblieben war und das Mikrofon an die Lippen gehoben hatte, zuckte mit den Augenbrauen und formte lautlos Worte, um sich darauf vorzubereiten, durch die Lautsprecheranlage zu uns allen zu sprechen.

»Das wird viel besser als früher«, erklärte Mrs. Elphick mit behaglichem Optimismus.

Ich bezweifle nicht, daß es besser als früher gewesen wäre – wenn es richtig funktioniert hätte. Nicht, daß Mr. Murrays Worte nicht verstärkt worden wären, das wurden sie ganz bestimmt – sogar dreimal, einmal pro Lautsprecher, im Abstand von jeweils etwa einer halben Sekunde. Das Ergebnis war eine Stimme, die so donnernd laut, kosmisch widerhallend und wolkenzersprengend klang, wie man sie zu Beginn der Schlacht von Harmagedon zu hören erwarten würde; und dabei sagte er nichts als »Guten Tag miteinander«.

Mit einem Schlag trat erschrockene Stille ein, sofort gefolgt von erleichtertem Gelächter, als die versammelten Eltern erkannten, daß nicht Gott sein Gericht, sondern nur Mr. Murray seine Ansprache zu halten im Begriff stand.

»Es war besser, als er noch gebrüllt hat«, kommentierte Mrs. Elphick.

Minuten vergingen, während ein oder zwei handwerklich geschickt aussehende Mitarbeiter sich zu Mr. Murray gesellten, um ausgiebig und sorgenvoll verschiedene Aspekte der Lautsprecheranlage mit ihm zu erörtern. Bald wurden wir Zeugen einiger weiterer Versuche von erschütternder Dramatik, mit Hilfe der drei Lautsprecher Informationen weiterzugeben. Die Reihen der Eltern fixierten das siegessichere Lächeln noch fester auf ihren Gesichtern, damit ihr Nachwuchs nicht den Mut verlor, und warteten die weitere Entwicklung ab. Endlich erklang eine unnatürlich langsame Grabesstimme in gedämpftem, monotonem Tonfall aus den Lautsprechern, eine Stimme, wie man sie zu hören erwarten würde, wenn von der Bühne der Royal Albert Hall aus eine schwere Tragödie bekannt zu geben wäre.

»WIR ... HABEN ... EIN ... KLEINES ... PROBLEM ... MIT ... DER ... VERSTÄRKERANLAGE ... ABER ... WENN ... ICH ... SEHR ... LANGSAM ... UND ... DEUTLICH ... SPRECHE ... MÜSSTEN ... SIE ... MICH ... VERSTEHEN ... KÖNNEN ...«

Die Eltern applaudierten, und die älteren Kinder auf den Matten begrüßten diese außergewöhnliche Vincent-Price-Imitation mit fast hysterischem Gelächter.

»WIR ... HEISSEN ... SIE ... ALLE ... SEHR ... HERZLICH ... WILLKOMMEN ...«, fuhr die Stimme in erschreckend bedrohlichem Tonfall fort, »UND ... UNSER ... ERSTER ... WETTKAMPF ... WIRD ... EIN ... WETTLAUF ... FÜR ... DIE ... VORSCHULKINDER ... SEIN ...«

Sechs vor Aufregung zuckende, aber sichtlich verwirrte kleine Kinder wurden mit fester Hand an ihre Plätze an der Startlinie geführt, wo man sie in die richtige Richtung drehte. Dann kam das Kommando: »Auf die Plätze, fertig, los!«

Dieser erste Wettkampf war kein ganz ungetrübter Erfolg. Die sechs betroffenen Sportler schienen begriffen zu haben, daß »Los!« bedeutete, daß sie sich nun woandershin begeben sollten, aber nur zwei von ihnen hatten völlig durchschaut, daß sie sich am Ende wieder alle an ein- und demselben Ort einfinden sollten. Die anderen rannten nicht los, sondern zerstreuten sich eher in diverse zufällige Richtungen. Ein dickliches kleines Mädchen schoß geradewegs zurück in die Arme seiner Mutter, die in der Nähe der Startlinie saß, während der kleine Junge neben ihr sich umdrehte und, so schnell seine Beine ihn trugen, in die der Ziellinie diametral entgegengesetzte Richtung rannte. An der Hecke am Ende des Sportplatzes blieb er stehen und begann, im hohen Gras Purzelbäume zu üben. Ein anderer beschloß, sich zu einem kleinen Nickerchen niederzulassen, da nichts von besonderem Interesse stattzufinden schien, und eine vierte ging zum nächsten Lautsprechermast und starrte fasziniert empor, als Mr. Murrays unheilschwangere Stimme verkündete: »ICH ... GLAUBE ... WIR ... MÜSSEN ... DIESEN ... WETTKAMPF ... NOCH ... EINMAL ... BEGINNEN ...«

Hochqualifizierte Kinderfänger wurden ausgesandt, um die sechs Teilnehmer wieder zusammenzutreiben, einschließlich der beiden, die den Wettlauf bereits beendet hatten. Dieses Paar blickte ein wenig verwirrt drein, als es zurück zur Startlinie geführt wurde, schien aber gern bereit zu sein, das Ganze noch einmal zu machen. Bald darauf, nachdem allen noch einmal mit in Augenhöhe ausgestrecktem Arm der Verlauf der Rennstrecke verdeutlicht worden war und sich vorherige Anweisungen wiederholt hatten, wurde das Rennen von neuem gestartet. Diesmal erreichten mit Unterstützung von Mrs. Calne, die eine Art Schäferhundrolle spielte, indem sie gebückt mit ausgebreiteten Armen hinter den Sportlern herlief, alle die Ziellinie – begleitet von frenetischem Applaus seitens der Eltern.

Danach schien alles einigermaßen glattzugehen. Ein Wettkampf folgte dem anderen, jeweils eingeleitet von Mr. Murrays feierlichen Erklärungen. Es klang wirklich sehr seltsam, als der Hindernislauf der Jungen angekündigt wurde, als ob gleich etwas äußerst Schmerzliches geschehen würde.

An vielen Stellen mußte ich lachen, aber einmal verdrückte ich auch ein heimliches Tränchen. Beim Eierlauf der Mädchen (von Mr. Murray eingeleitet, als ob wir Zeugen eines Massenbegräbnisses werden sollten) kamen fünf der Wettkämpferinnen mehr oder weniger gleichzeitig ins Ziel, doch die sechste, ein schmächtiges kleines Ding mit dicken Brillengläsern, hatte viel Zeit damit verloren, wild auf der Bahn hin und her zu springen, während sie die Kontrolle über ihr Ei auf dem Löffel abwechselnd verlor und wiedergewann. Es war, als ob eine unsichtbare, unwiderstehliche Kraft hin und wieder nach dem Löffel griff und ihn ihr zu entwinden versuchte. Das Ergebnis war, daß ihre Laufrichtung nur im arithmetischen Mittel einer geraden Linie entsprach. Doch sie gab nicht auf. Das war es, was mir die Tränen in die Augen trieb. Noch lange nachdem die anderen die Ziellinie überquert hatten, gab sich diese Heldin immer noch genausoviel Mühe wie am Anfang. Als sie sich endlich tatsächlich dem Ende der Bahn näherte, lag eine wilde Entschlossenheit auf ihrem Gesicht. »Wer weiß«, schien dieses Gesicht zu sagen, »wenn ich mir bis zum Ende weiter richtig Mühe gebe, auch wenn die anderen schon fertig sind, gewinne ich vielleicht doch noch! Wer weiß?«

Ich tupfte mir heimlich die Augen und trauerte um den Tod der Hoffnung und Unschuld in uns allen.

Endlich kam der Augenblick, auf den Felicity so lange gewartet hatte. Wie ein alttestamentlicher Prophet, der das Unheil der babylonischen Gefangenschaft ankündigt, hallte Mr. Murrays Stimme wieder einmal unheimlich über den Platz.

»UNSER ... NÄCHSTER ... WETTKAMPF ... IST ... DER ... RÜCKWÄRTSLAUF ... DER ... MÄDCHEN ... MIT ... BOHNENSACKHOCHWERFEN ... UND ... -WIEDERAUFFANGEN ... ICH ... BITTE ... DIE ... WETTKÄMPFERINNEN ... IHRE ... PLÄTZE ... AN ... DER ... STARTLINIE ... EINZUNEHMEN ...«

Felicity bleckte ihre Zähne zu einem aufgeregten Grinsen in meine Richtung und gestikulierte wild zur Startlinie hin. Ich nickte und winkte begeistert zurück, um zu zeigen, daß ich verstanden hatte. Das große Ereignis stand bevor, doch innerlich sank mir auf einmal der Mut. Aus irgendeinem Grund hatte ich mich Felicitys eigener Einschätzung ihrer Siegeschancen angeschlossen. Sie war sich ihres Erfolges unerschütterlich sicher, aber was war, wenn sie sich nun irrte? Sie konnte sich leicht irren. Plötzlich war das letzte, was ich wollte, die Verantwortung, mich mit einem negativen Ausgang dieses Rennens auseinandersetzen zu müssen. Ich schluckte hart und wartete.

Die erste Hälfte des Rennens schien Felicitys Selbsteinschätzung zu bestätigen. Als alle Läuferinnen die halbe Strecke hinter sich hatten, war sie schon mehrere Meter voraus und schien nicht mehr zu schlagen zu sein. Der Unterschied zwischen Felicity und den anderen Mädchen war ganz einfach: Felicity konnte rückwärts rennen und einen Bohnensack hochwerfen und wieder auffangen. Die anderen konnten nur rückwärts rennen oder einen Bohnensack hochwerfen und wieder auffangen. Das Ergebnis schien unausweichlich zu sein, und das flaue Gefühl in meiner Magengegend begann schon nachzulassen, als es zur Katastrophe kam. Wie von einem riesigen Katapult abgefeuert schoß ein kleiner Junge, der gerade laufen konnte, hinaus auf die Bahn und hielt abrupt an, genau in der Laufrichtung von Felicity. Da sie rückwärts lief und sich auf ihren Bohnensack konzentrierte, bemerkte Felicity nicht das geringste von dem unvorhergesehenen Hindernis. In einem Durcheinander von Armen und Beinen stießen die beiden Körper heftig zusammen und fielen in einem Haufen ins Gras. Der Kleine blieb flach auf dem Boden liegen und brüllte laut nach seiner Mutter, während Felicity sich aufsetzte, sich das Bein rieb und benommen dreinblickte.

Selbst jetzt hätte noch alles gutgehen können. Felicity erfaßte die Situation sofort, sprang auf die Füße, den Bohnensack noch in der Hand, und setzte sich, nachdem sie die kleine, brüllende Gestalt umrundet hatte, wieder rückwärts in Richtung Ziellinie in Bewegung. Leider hatte sie sich die falsche Seite des Kleinen ausgesucht, um ihren Lauf fortzusetzen, und stieß sofort mit der Mutter des Kindes zusammen, die herbeieilte, um ihren Sohn zu retten, bevor er weiteren Schaden erlitt. Als Felicity endlich wieder in Gang kam und das Ziel erreichte, war sie bis auf eine von allen anderen Läuferinnen überholt worden. Statt den Rückwärtslauf der Mädchen mit Bohnensackhochwerfen und -wiederauffangen zu gewinnen, war sie Fünfte geworden.

Ein dicker Klumpen setzte sich in meiner Kehle fest, als ich Felicity unglücklich zum anderen Ende der Bahn zurückgehen sah. Ihr Kinn war auf die Brust gesunken, und steifbeinig vor mühsam unterdrücktem Kummer, war sie das Abbild des Elends schlechthin.

Ich zittere vor Entsetzen, wenn ich daran denke, wie nahe ich daran war, mich selbst und sie absolut lächerlich zu machen. Alles in mir drängte mich, mir den Verantwortlichen für dieses sogenannte Sportfest zu schnappen und darauf zu bestehen, daß das Rennen wiederholt würde, so daß ein gerechteres Ergebnis erzielt würde. Warum, würde ich fragen, sollte Felicitys Traum zunichte gemacht werden, nur weil es einem dummen Dreikäsehoch eingefallen war, auf die Bahn hinauszurennen? Vielleicht, so würde ich andeuten, wäre das Ganze überhaupt nicht passiert, wenn die ganze Veranstaltung etwas besser organisiert gewesen wäre, mit Absperrungen oder dergleichen. Dann würde Felicity jetzt fröhlich lachen, anstatt dort drüben auf der Matte zu sitzen und ihre Augen zusammenzukneifen, damit die Tränen nicht herauslaufen können. Gott sei Dank tat ich nichts so Unsägliches. Statt dessen ertappte ich mich dabei, wie ich mit fieberhafter Eile meine Handtasche aufräumte, als ob die Abschaffung des Chaos in einer kleinen Welt dazu beitragen könnte, die Ungerechtigkeit in einer anderen zu beseitigen.

»War das nicht ein Jammer?« sagte Mrs. Elphick mit echter Anteilnahme in der Stimme. Ich glaube, sie wußte, warum ich in meiner Handtasche aufräumte. »Man fühlt so sehr mit ihnen, wenn so etwas passiert, nicht wahr?«

»Ja«, sagte ich kurz, den Tränen nahe, »das ist wahr.«

Selbst der gefürchtete Wettlauf der Mütter hatte jetzt seine Schrecken verloren. Während ich ein paar Minuten später hinter den in Leggings gekleideten Gestalten jener hochmodernen Mütter die Bahn entlanghechelte, konnte ich nur an den Blick aus Felicitys großen, vor zurückgehaltenem Kummer glänzenden Augen denken, den ich am Start aufgefangen hatte, und an das verkniffene kleine Lächeln, zu dem sie sich um meinetwillen gezwungen hatte, bevor der Lauf begann.

Ich kam natürlich mit Abstand als letzte ins Ziel, doch abgesehen davon, daß ich dem körperlichen Zusammenbruch nahe war, machte mir das nicht das geringste aus. Was mich belastete, war die Aussicht, mit Felicity im Wagen nach Hause zu fahren und das Gewicht ihres Kummers tragen zu müssen.

»DAMIT ... IST ... DAS ... KINDERSPORTFEST ... ZU ... ENDE ... UND ... WIR ... MÖCHTEN ... UNS ... BEI ... KINDERN ... MITARBEITERN ... UND ... ELTERN ... DAFÜR ... BEDANKEN ... DASS ... SIE ... MIT ... DAZU ... BEIGETRAGEN ... HABEN ... DIESEN ... NACHMITTAG ... SO ... SCHÖN ... WERDEN ... ZU ... LASSEN ... ES ... WÄRE ... UNS ... EINE ... GROSSE ... HILFE ... WENN ... JEDER ... ELTERNTEIL ... BEIM ... GEHEN ... EINEN ... STUHL ... MIT ... IN ... DIE ... SCHULE ... NEHMEN ... KÖNNTE ... UND ... BITTE ... NEHMEN ... SIE ... IHRE ... KINDER ... MIT ... NACH ... HAUSE ... SOBALD ... SIE ... SICH ... UMGEZOGEN ... HABEN ... NOCHMALS ... VIELEN ... DANK ...«

Mr. Murrays abschließende Botschaft aus dem Abgrund des Hades entlockte den Eltern ein kleines Applausgeplätscher, gefolgt vom allgemeinen Getriebe und Geklapper des Aufbruchs und der Aufräumungsarbeiten. Ich bedankte mich bei der freundlichen Mrs. Elphick für ihre Gesellschaft, griff nach meinem Miniaturstuhl und ging langsam auf das Schulgebäude zu. Als Felicitys Klasse auf dem Weg zurück in ihr Klassenzimmer an mir vorbeikam, rief ich ihr zu: »Wir treffen uns auf dem Parkplatz, Liebling – laß dir ruhig Zeit, wir haben keine Eile.« Sie wedelte traurig mit der Hand und nickte stumm.

Als ich ein paar Minuten später in Daffodil saß und wartete, ging ich in Gedanken eine Auswahl möglicher tröstlicher Bemerkungen durch.

Du hast dein Bestes gegeben, nur darauf kommt es an.

Nächstes Jahr hast du eine neue Chance, und du bist so viel besser als die anderen, daß du auf jeden Fall gewinnen wirst.

Deine Klasse hat bei den Mannschaftswettkämpfen gut abgeschnitten, und du hast bei allen mitgemacht.

Ärgern nützt dir nichts – versuche, an etwas Schönes zu denken, das bald passieren wird.

Kopf hoch! Das ist nicht das Ende der Welt.

Reiß dich ...

... zusammen. Ich kann wirklich nicht fassen, daß du dich über eine blöde Maus so aufregst, Elizabeth. Man könnte ja denken, du hättest nie etwas anderes gehabt, das dir etwas bedeutet hätte. Wir kaufen dir eine neue, wenn dir das so wichtig ist. Am Donnerstag gehst du auf einen Geburtstag – denk lieber daran. Also schön, wenn du nicht aufhören kannst zu weinen, dann mußt du eben in dein Zimmer gehen und dort bleiben, bis du aufhören kannst. ... Wütend und grob zu werden wird dir auch nichts helfen, Elizabeth Reynolds. Auf deine schlechte Laune können wir verzichten. Los, ab mit dir, hinauf in dein Zimmer! Wenn du gelernt hast, deine Gefühle im Zaum zu halten, kannst du wieder zu uns herunterkommen. Nein, ich will dich nicht mehr sehen, bis du mich wieder anlächeln kannst – und zwar von Herzen. Wir haben das doch schon so oft durchexerziert ...

Ich fuhr überrascht zusammen, als ich hörte, wie die Beifahrertür geöffnet wurde. Mit ihrer Brotdose und ihrer Schreibmappe in der einen Hand kam Felicity hereingeklettert und schlug die Tür hinter sich zu. Wir sahen einander kurz in die Augen, ein untröstliches kleines Mädchen und eine ziemlich ratlose Frau mittleren Alters.

»Ich habe nicht gewonnen, Dip.«

»Ich weiß.«

»Ich war vorletzte.«

»Ja, ich habe es gesehen.«

Felicitys Unterlippe fing an zu zittern. »Ich habe wirklich, wirklich geglaubt, ich würde gewinnen, Dip. Ich habe es wirklich geglaubt.«

Ich will dich nicht mehr sehen, bis du mich wieder anlächeln kannst . . .

Meine Unterlippe fing auch an zu zittern. »Felicity, mein Schatz, du mußt dich ganz, ganz schrecklich gefühlt haben, und es tut mir so leid, daß du nicht gewonnen hast. Ich wette, du möchtest am liebsten nur noch weinen.«

Das war es, was sie brauchte. Meine kleine Freundin ließ ihre Brotdose und ihre Schreibmappe auf den Boden des Wagens fallen, streckte ihre Arme nach mir aus und heulte sich mindestens eine Minute lang an meiner Schulter aus. Ich mußte auch ein bißchen weinen – hauptsächlich wegen Felicity, aber teilweise auch wegen eines anderen kleinen Mädchens.

Als wir zu Hause ankamen, waren die Tränen verflogen, und Felicity lächelte mich wieder an – und zwar von Herzen.

»Hast du dich heute wie eine richtige Mutter gefühlt, Dip?« fragte sie fröhlich, als wir vom Wagen zur Haustür gingen.

»Ja, Felicity«, nickte ich aus tiefster Überzeugung, »ja, ich glaube, das habe ich wohl.«

Neuntes Kapitel

»Warum hast du eine Dose Seifenblasen neben deinem Bett stehen, Dip?«

Meine Sandwichzubereitung kam mitten in der Streichbewegung abrupt zum Stillstand. Man braucht einen Augenblick, um sich Einzelheiten seines Lebens zu vergegenwärtigen, die einen schon so lange begleiten, daß man überhaupt nicht mehr über sie nachdenkt. Sie sind einfach da, nicht? Außerdem ... war mir die Sache ein bißchen peinlich.

»Willst du, daß ich mir etwas ausdenke, oder soll ich dir den wirklichen Grund sagen? Ich glaube, ich würde lieber etwas erfinden.«

Als ich mich über die Schulter umsah, bemerkte ich, daß Marks gewohnt finster-vorwurfsvoller Gesichtsausdruck einem seltenen, strahlenden Lächeln gewichen war. Es war wie immer eine ziemlich verblüffende Verwandlung, die den gutaussehenden jungen Mann mehr als nur erahnen ließ, der zweifellos dereinst aus dem unansehnlichen Kokon hervorkommen würde, der Kathy jetzt zu solch ungeduldiger Raserei reizen konnte.

»Also, dann los«, sagte er und ließ sich auf einen meiner knarrenden Küchenstühle sinken, »sag uns den wirklichen Grund.«

Es war Freitag, zwei Wochen nach dem Sportfest, und Mark hatte auf dem Heimweg von der Schule bei mir vorbeigeschaut, wie er es schon zuvor ein paarmal getan hatte, sogar mit zunehmender Häufigkeit, seit ich verkündet hatte, ich sei noch nicht so weit, mit der Familie zusammenzuziehen. Schon früh hatte ich gelernt, daß überschwengliche Begrüßungen und fröhliches Geplauder über seinen Tag in der Schule genau das waren, worauf er bei diesen Gelegenheiten keinen Wert legte. Ja, wir wetteiferten geradezu miteinander darum, wer von uns während der ersten halben Stunde seines Aufenthalts lockerer und sorglos lustiger sein konnte. Die Wahrheit jedoch war, wie ich bald begriff, daß es für seine Besuche nach der Schule immer einen konkreten Grund gab. Aber die ungeschriebenen Regeln waren eindeutig: Ich durfte nie fragen, weshalb er gekommen war, und er konnte sich frei aussuchen, wann er soweit war, mir zu sagen, was er auf dem Herzen hatte. Ein- oder zweimal hatte er es überhaupt nicht geschafft, sich zu öffnen, und war mit einem Ausdruck verblüffter Frustration auf seinen finsteren Zügen wieder gegangen, wütend auf sich selbst, weil er nicht gesagt hatte, was er hatte sagen wollen. Wenn das passierte, fürchtete ich immer um den häuslichen Frieden der Robinsons.

Diesmal gab es eine Sache, die ich sofort klar erkannte, sobald er meine Küche betrat. Er hatte Hunger. Kathy hatte mir erzählt, und ich hatte es auch selbst schon beobachtet, daß Mark lieber »graste«, wie es seine Mutter nannte, als zu essen. Dieser anschauliche Ausdruck beschrieb hervorragend seine Gewohnheit, in der Küche herumzuschlendern, hier ein Stück vom Rand eines Kuchens zu zupfen, dort etwas mit den Fingern aus einer Dose im Kühlschrank zu angeln, unförmige Brocken von dem Laib in der Brotdose abzureißen und direkt aus den Milch- und Limonadeflaschen zu trinken, ohne sich die Mühe zu machen, ein Glas zu benutzen. Insgesamt war dieses Grasen wieder eine jener ärgerlichen Angewohnheiten, die mit hoher Wahrscheinlichkeit sofort zu Krach führten, wenn er zu Hause war. Amüsiert beobachtete ich an jenem Freitag, daß Mark gemächlich durch meine Küche kreuzte und seine Hand in Richtung des Vorratsregals ausstreckte, dann in Richtung des Kühlschranks, dann eines Schokoladenkuchens mit weißem Guß, den ich auf der Arbeitsplatte stehen hatte, dann in Richtung der Obstschale und sie jedesmal im letzten Moment plötzlich wieder zurückzog, als ob es die Anforderungen der Höflichkeit gerade eben – aber auch nur gerade eben – schafften, die Macht seines Appetits in die Schranken zu weisen. Ich hätte ein härteres Herz gebraucht als meines, um solch flehende, himmelschreiende Not zu ignorieren. Ich gab mich ungezwungen wie ein Wackelpudding.

»Du hast nicht zufällig Lust auf etwas zu essen, was, Mark?«

»Äh, doch – danke.« Woher in aller Welt wußte ich das? Das schiere Verlangen machte ihn kühn. »Kann ich ein Stück von dem Kuchen haben?«

»Natürlich, ich schneide dir eine Scheibe ab. Aber wird das denn reichen?«

Mark fuhr sich mit der Zunge über die Lippen. »Einen Brutzler hättest du nicht zufällig auf Lager, oder?«

»Nun, vielleicht doch, wenn ich wüßte, was das ist.«

»Das ist eine bestimmte Art Sandwich, das ich mir manchmal mache, wenn Dad nicht da ist. Mum stört es nicht so, wenn ich sie mache, aber Dad kriegt immer einen Anfall, wenn alles versaut ist, und ich versaue immer alles. Machen wir gleich zwei, Dip, dann kannst du auch einen haben.«

Unwiderstehliche Begeisterung. Ich legte sein Stück Kuchen auf einen Teller und reichte es ihm.

»Weißt du was, Mark – falls ich die Zutaten für einen Brutzler dahaben sollte und es nicht länger als zehn Minuten dauert, sie zu machen, und du mir sagst, wie es geht, mache ich uns für jeden einen. Wie wär's?«

»Prima! Als erstes brauchst du eine Scheibe Brot.«

Ich klopfte auf den Brotkasten. »Die habe ich.«

»Dann brauchst du Marmitehefeextrakt.«

Ich rieb mir das Kinn. »Hm, dafür muß ich vielleicht etwas tiefer graben.« Ich öffnete die Speisekammer und wühlte zwischen Konfitüren und Pasten und Dosen von diesem und jenem auf dem untersten Regal, bis meine Mühe endlich belohnt wurde und ich den vertrauten gelben Deckel sichtete. Ich hielt das Marmiteglas triumphierend hoch. »Gefunden!« Ich betrachtete das Glas genauer. »Nicht mehr viel drin, fürchte ich.«

»Macht nichts, du brauchst nicht viel. Jetzt brauchen wir noch eine Zwiebel.«

»Eine ganze Zwiebel?«

»Nein, weißt du – Scheiben von einer Zwiebel. Du schneidest sie in Scheiben.«

»Gut, kein Problem. Hier ist eine im Gemüseregal. Sieht zwar von außen etwas schwarz und verfault aus, aber das läßt sich alles abschälen. Noch etwas?«

»Käse.« Das Wort mußte sich mit den Ellenbogen aus einem Mund voller Schokoladenkuchen freikämpfen.

»Hast du Käse gesagt?«

»Ja.«

»Irgendeine besondere Sorte?«

»Ganz gewöhnlichen.«

»Cheddar zum Beispiel?«

»Na, gelben eben – ganz gewöhnlichen. Cheddar ist okay, glaube ich.«

Ich machte den Kühlschrank auf und nahm ein Stück Käse heraus. »Da haben wir ihn.« Ich wickelte ihn aus und legte ihn zu der Zwiebel und dem Marmiteglas auf den Tisch. »Legen wir das Brot auch schon mal bereit. Wie viele Scheiben brauchen wir für uns beide?«

»Nur zwei.«

»Ist das jetzt alles?«

»Ja.«

Ich begutachtete die Zutaten unseres bevorstehenden Imbisses. »Also, wir haben Marmite, eine Zwiebel und Käse. Mark, bist du sicher, daß du keine Schleichwerbung für Rennie's Magentabletten betreibst?«

Er bemerkte meinen armseligen Scherz nicht einmal. »Und jetzt folgendes – du toastest das Brot auf einer Seite, ja?«

»Ja.«

»Und dann streichst du Marmite – aber nicht zuviel – auf die andere Seite, ja?«

»Ja, kapiert.«

»Und dann schneidest du Zwiebelscheiben von der – na ja, eben von der Zwiebel, aber dünn müssen sie sein, ja?«

Ich nickte.

»Und die Zwiebelscheiben legst du auf das Marmite, und

als letztes legst du ein paar Scheiben Käse obendrauf, so daß von dem Zeug darunter nichts mehr zu sehen ist –«

»Dicke Käsescheiben?«

»Nicht zu dick, sonst wird er oben zu schnell blasig – und dann schiebst du die Dinger unter den Grill und wartest, bis der Käse ganz zusammengeflossen ist, und dann nimmst du sie heraus und ißt sie.« Er schmatzte mit den Lippen und sog Luft und Speichel durch die Zähne. »Ich kann es gar nicht erwarten!«

»Klingt ziemlich gut«, stimmte ich zu. »Also schön, du setzt dich hin und liest die Zeitung oder so, und ich schaue mal, ob ich nicht ein paar perfekte Brutzler zustande bringe.«

Während ich anfing, meine verbeulte Zwiebel zu schälen und in Scheiben zu schneiden, fragte ich mich, wie oft es wohl vorkam, daß Mark sich locker genug fühlte, um sich mit solcher Begeisterung und solchem fachmännischem Selbstbewußtsein mitzuteilen. Auch wenn es nur die Zubereitung eines bescheidenen, getoasteten Sandwichs war, die ihn so inspiriert hatte – es tat gut, ihn so aufleben zu sehen.

»Kann ich mich ein bißchen bei dir umsehen, Dip? Ich kann mit der Times nicht viel anfangen. Eigentlich mag ich nur den Express und die Mail und so.«

Ich unterbrach meine Tätigkeit nicht, aber diese harmlose Frage veranlaßte mich, meine Phantasie auf einen hastigen Sprint durch die verschiedenen Zimmer meines Hauses zu schicken und die Fußböden im Schlafzimmer und im Bad nach Unterwäsche oder allgemeiner Unordnung oder sonst irgend etwas zu durchsuchen, das vielleicht Anlaß zu peinlichen Offenbarungen über mein persönliches Leben geben konnte. Schnaufend und keuchend kehrte meine Phantasie zurück und meldete, die Luft sei rein. Später hatte ich mit meiner Phantasie ein ernstes Wörtchen zu reden, weil sie die Seifenblasenflüssigkeit nicht bemerkt hatte.

»Ja, geh nur und schau dich um, Mark. Schließlich kenne ich bei euch auch jeden Winkel. Allerdings glaube ich nicht, daß du es sehr spannend finden wirst.«

Ich war gerade soweit, die Brote mit Marmite zu bestreichen, als Mark mit seiner beiläufigen Frage zurückkehrte. Lächerlicherweise fühlte ich mich, als wäre ich bei irgendeiner scheußlichen Art von Fetischismus oder Perversion erwischt worden. Und ich muß zugeben, daß ich drauf und dran war, zu behaupten, die Seifenblasen seien für Felicity bestimmt oder noch von einem Kinderfest übrig oder dergleichen.

»Hm, na schön, der wirkliche Grund dafür, daß ich diese Dose Seifenblasen neben meinem Bett stehen habe, ist der, daß sie mir weiterhilft, wenn ich anfange, mich unter Druck zu fühlen.«

Etwas an der Art des Schweigens hinter mir verriet mir, daß ich eine unerwartete Saite angeschlagen hatte. Ich fing an, die Zwiebelscheiben ordentlich auf der Marmiteschicht zu verteilen, während ich fortfuhr.

»Hin und wieder kriege ich – ich weiß nicht, wie ich es richtig beschreiben soll –, kriege ich eine Art Panik, und meine Brust zieht sich zusammen, und mir ist, als säße ich in einer dieser gräßlichen, winzig kleinen Gefängniszellen, in die man die Leute früher gesperrt hat. Macht es etwas, wenn der Käse über den Rand hinausragt?«

»Lieber nicht, sonst läuft er auf den Grill hinunter. Meinst du diese Zellen, wo man sich nicht aufrichten und ausstrecken konnte und so?«

»Genau. Also, wenn ich merke, daß dieses Gefühl kommt, greife ich zu den Seifenblasen, und die helfen mir tatsächlich.«

»Wie denn das?«

Meine beiden sorgfältig aufgeschichteten Brutzler waren nun bereit zum Toasten. Ich schob sie vorsichtig unter den Grill und stellte ihn auf etwas mehr als halbe Kraft.

»So! Zwei oder drei Minuten, was meinst du?«

»Bis der Käse richtig schön über alles andere drüber geschmolzen ist. Ich stelle den Grill meistens zu heiß.«

»Okay – ich glaube, dann setze ich mich erst einmal.« Ich setzte mich neben ihn an den Tisch. »Die Sache ist die, Mark, daß man keine Seifenblasen machen kann, wenn man in Eile ist. So etwas wie hastiges Seifenblasenmachen gibt es einfach nicht. Man muß ganz behutsam blasen und sich gut konzentrieren, wenn man vernünftige Blasen machen will. Und genauso ist es, wenn man es macht, indem man den Stab durch die Luft bewegt. Man muß den Arm sanft und anmutig bewegen« – ich ahmte die Bewegung nach –, »damit die Blasen in einem schönen, gleichmäßigen Strom herauskommen.« Ich zuckte die Achseln und kam mir plötzlich ziemlich verlegen und albern vor. »Ich schätze, es ist einfach so, daß ich – na ja, mich ein wenig beruhige, sobald ich ein paar Minuten lang mit meinen Seifenblasen gespielt habe. Ergibt das für dich einen Sinn, oder kommst du allmählich zu dem Schluß, daß du es mit einer komplett Übergeschnappten zu tun hast?«

»Ja.« Mark nickte ernst und grinste dann plötzlich, als er merkte, was seine Zustimmung bedeutete. »Ich meine – ja, es ergibt einen Sinn, nicht daß du übergeschnappt bist. Gehst du gern in die Kirche, Dip?«

Ich habe nicht viele Dinge in meinem Leben gelernt, aber eine Sache, die ich allmählich kapiere, ist: Wenn B aus A folgt, wird es oft als W oder sogar Z verschleiert. Bei Mark traf das ganz besonders zu. Man mußte einfach akzeptieren, daß in seinem Kopf eine Art Logik unterhalb der Gesprächsebene ablief und daß scheinbare Gedankensprünge oft tatsächlich in einem direkten Zusammenhang mit dem vorher Gesagten standen. Ich wußte, wenn ich einfach die Frage beantwortete, ohne Überraschung über den scheinbar kompletten Themenwechsel zu zeigen, würde sich alles am Ende klären.

Gleichzeitig war mir nur zu bewußt, daß wir uns auf sehr gefährlichem Boden bewegten. Ich wußte genau, daß Mike und Kathy sehr empfindlich und von Schuldgefühlen geplagt waren, wenn es um ihr vermeintliches Versagen ging, Jack und Mark zu begeisterten Nachfolgern Jesu zu erziehen. Felicity glaubte vorläufig noch alles, was ihr gesagt wurde, ohne Fragen zu stellen, aber bei den beiden Jungen gab es kaum Anzeichen für ein echtes Interesse am christlichen Glauben –

Gesichtsausdruck, der zu sagen schien: »Hol die Kiste mit den Blitzen!«, an Mike.

»Ich verstehe, was du sagen willst, Mark«, sagte Mike und fügte den verhaltenen Tadel hinzu: »Aber ich glaube nicht, daß es dazu nötig war, dieses Wort zu gebrauchen.«

Hassen Sie es auch so, wenn jemand Ihnen sagt, er verstehe, was Sie sagen wollen? Einen Moment lang hätte ich Mike am liebsten geschlagen, aber schließlich bin ich keine Mutter.

»Das ist noch lange nicht so schlimm wie das, was Mum manchmal zu mir sagt, und überhaupt hast du gesagt, wir könnten alles sagen, was wir wollten«, protestierte Mark. Dann, nachdem er sich einen Augenblick lang heftig konzentriert hatte: »Also schön, die Kirche ist langweilig und dauert ewig, und ich hasse sie. Ich meine, ich hoffe, dieser Typ bekommt seinen Job und so, aber das war draußen vor der Kirche, und drinnen ist es gruselig.«

Ich machte mir eine innerliche Notiz, Mike und Kathy später zu erklären, was Mark mit seiner unverständlichen Bemerkung über »diesen Typ« gemeint hatte.

»Wenn ich Gott wäre, würde ich nicht hingehen«, fuhr Mark fort. »Mum, bitte laß mich wegbleiben.« Sein Ton war plötzlich von Aggressivität in flehentliches Bitten umgeschlagen, und ich spürte, daß das alles andere war als reine Taktik. Wie eine Art Geisel bot er jenen verwundbaren Teil seiner selbst dar, von dem er wußte, daß seine Mutter sich sehnlichst wünschte, Zugang dazu zu haben. »Ich halte das nicht mehr aus. Ich komme mir ganz dick und rot und häßlich vor, wenn ich da sitze. Zwinge mich nicht mehr hinzugehen – dafür spüle ich auch jeden Sonntag nach dem Essen das Geschirr.«

Angesichts dieser implizierten Gleichsetzung von Kirchenbesuch und Haushaltspflichten mußte Mike lächeln, doch Kathy hatte allen Kampfgeist verloren. Sie schien in völliger Niederlage am Boden zu liegen. Als sie Mark antwortete, tat sie es mit der resignierten Unterordnung eines Menschen, der die Kapitulation als unausweichlich erkannt hat. Sie brachte kaum die Energie zum Sprechen auf.

zumindest nicht so, wie er in unserer eigenen Kirchengemeinde ausgedrückt und praktiziert wurde.

»Um ehrlich zu sein, Dip«, hatte mir Kathy erst eine oder zwei Wochen zuvor anvertraut, »obwohl ich immer sage, daß ich mir wünsche, daß sie selbständige Leute sind, die ihre eigenen Entscheidungen treffen und so, gerate ich im entscheidenden Augenblick immer in Panik, und all das scheint keine Rolle mehr zu spielen. Dann wünsche ich mir nur noch, daß sie nette, unkomplizierte, von Neugier unberührte, eingeschriebene Mitglieder einer Chorusse singenden, Würstchen grillenden, Sex vermeidenden, die Bibel studierenden evangelikalen Gemeindejugendgruppe wären. Ich kann den Gedanken nicht ertragen, daß vielleicht ich es bin, die sie von der ganzen Sache abgeschreckt hat. Jack hat sich ungefähr fünfmal bekehrt, als er klein war, und er war früher sehr engagiert, aber jetzt kommt er überhaupt nicht mehr mit uns. Ich traue mich gar nicht, ihn zu fragen, wie er über Gott denkt, aus Angst, er könnte sich als Atheisten bezeichnen. Ich kann den Gedanken nicht ertragen, daß er mit seinem ärgerlichen jung-alten Lächeln vor sich hin lächelt und mich wegen meiner mittelalterlichen Naivität bedauert. Und was Mark betrifft – nun ja, du weißt ja, wenn man Mark mit in die Kirche nimmt, ist das ungefähr so, als ob man in irgendeinen sonnigen Ferienort eine kleine, aber dichte Regenwolke einschleppt. Er sendet gewaltige Wellen von Trübsinn und Elend und Langeweile aus, und ich gerate in schreckliche Verlegenheit wegen des Eindrucks, den er auf andere machen muß. Dann werde ich wütend auf mich selbst, weil ich mich darum schere, was andere denken, und dann bin ich hinterher sauer auf ihn, weil er mir die Freude am Gottesdienst vermiest hat, und am Ende sagt er noch: ›Also, warum zwingst du mich denn auch mitzukommen?‹, und mir fällt darauf keine Antwort ein, und wieder einmal ist der Sonntag im Ausguß. Es macht mich fertig, Dip, aber ich gebe nicht auf. Ich weigere mich aufzugeben – er kommt mit, ob es ihm paßt oder nicht, und damit hat es sich!«

Es war die Erinnerung an diese Bemerkungen von Kathy,

die mich veranlaßte, eine recht lange Pause zu machen, bevor ich versuchte, Marks Frage zu beantworten. Familienmitglied honoris causa zu sein ist ja gut und schön, aber es gibt einem nicht das Recht, Entscheidungen zu unterminieren, an die sich die Eltern mit aller Gewalt klammern – selbst wenn man nicht ganz mit ihnen übereinstimmt.

»Nun«, erwiderte ich schließlich wachsam, »es kommt darauf an, was –«

»Ich meine, zum Beispiel letzten Sonntag?« Eine Mischung aus Zorn und Ärger verdunkelte Marks Gesicht, als er sprach. »Unter aller Kanone war das!«

Ich dachte an den vergangenen Sonntag. Ja, mußte ich mir selbst eingestehen, so sehr ich viele Dinge an meiner Gemeinde liebte, diesmal war es wirklich in mancher Hinsicht weit unter aller Kanone gewesen; allerdings war für mich persönlich gerade dieser Tag noch erheblich komplizierter gewesen. Letzten Sonntag war . . .

»Das Schlimmste war«, unterbrach Mark meine Gedanken, »daß ein Junge aus meiner Klasse namens Bradley Jenkins da war, weil es seine Cousine war. Er hat sich den . . . er hat mich die ganze Woche lang deswegen ausgelacht. Ich schätze, die Brutzler sind fertig.«

Sie waren tatsächlich fertig, und sie dufteten absolut köstlich.

»Hol doch bitte zwei Teller aus dem Karussell unter der Ecke, Mark, und Messer und Gabel für mich aus der Schublade – ich nehme an, du legst auf Besteck nicht allzuviel Wert, was?«

»Mit den Händen schmeckt's besser«, sagte Mark.

Die Brutzler schmeckten so gut, wie sie dufteten, und ein paar Minuten lang kauten wir in geselligem Schweigen.

»Sag mir, wie du den letzten Sonntag wirklich fandest, Dip.«

»Also schön, Mark, ich sage es dir. Ich erzähle dir, wie ich es wirklich fand.«

Es war einer jener Sonntage gewesen, an denen eine Taufe mitten in einem Familiengottesdienst untergebracht werden mußte. Ich saß irgendwo in der Mitte der Kirche, und die Robinsons saßen ganz hinten, weil sie, ihren Prinzipien getreu, zu spät gekommen waren.

Die Durchführung einer Taufe im Gottesdienst hatte ihr normales Maß an vorhersehbaren Auswirkungen, worunter die unvermeidlichste die war, daß Stanley Vetchley, unser Anglikaner wider Willen, sich in eine noch dunklere Wolke als Mark verwandelte – wenn das möglich war.

Zwei Jahre zuvor hatte sich Stanley, ein Witwer jenseits des Pensionsalters, berufen gefühlt, die kleine nonkonformistische Gemeinde am anderen Ende der Stadt zu verlassen, zu der er und seine geliebte Frau Ethel seit Jahrzehnten gehört hatten, und statt dessen in die St.-George-Gemeinde zu gehen. Es mußte ein wackerer Gehorsamsschritt gewesen sein, denn offensichtlich waren die meisten Praktiken der anglikanischen Kirche Stanley ein Greuel. Im allgemeinen gelang es ihm, seine negativen Empfindungen bezüglich der Liturgie und der Kommunion (»zum Tisch des Herrn kommen« nannte Stanley es) und der »Verkleidung« unseres Pfarrers zu beherrschen – so sehr, daß wir sogar oft mit ihm gemeinsam über seine Reaktion auf diese Dinge lachen konnten; aber wenn es um die Kindertaufe ging, durfte man nicht mehr lachen. Stanley wußte einfach, daß sie grundfalsch war, aber leider ließ er sich nicht davon abhalten dabeizusein. Er erschien jedesmal, um immer wieder auf dieselbe Art seine Mißbilligung zu signalisieren. Er saß kerzengerade in seinem schicken, zweireihigen, hoffnungslos veralteten Sonntagsanzug, die Arme verschränkt und die Kiefermuskeln grimmig gewölbt, und weigerte sich von Anfang bis Ende des Gottesdienstes, etwas anderes als ein miesepetriges Grunzen von sich zu geben. Es war, als hätten wir eine zusätzliche Säule in der Kirche, und zwar eine, die auf ihre eigene Art manchen Leuten noch mehr im Weg war als diejenigen, die aus Stein bestanden.

Ein weiteres gemeinsames Merkmal von Taufgottesdiensten war der plötzliche Anstieg der anwesenden menschlichen Körper, der sich aus irgendeinem Grund besonders stark auswirkte, wenn die Mitglieder der fraglichen Familie normalerweise keine Kirchgänger waren. So war es letzten Sonntag gewesen. Über zwanzig Leute fanden sich verlegen in St. George's ein, um der Taufe der kleinen Samantha beizuwohnen, und sie alle waren eleganter gekleidet als die meisten der regelmäßigen Besucher.

Besonders verlegen bei dieser Gelegenheit waren zwei junge Männer von Anfang Zwanzig, die jene unverkennbare Aura ausstrahlten, wie sie Männer haben, die von ihren resoluten Frauen, Müttern oder Schwestern in ihre besten Anzüge gesteckt und zu ihrem besten Benehmen angehalten worden sind. Sie saßen in der Reihe direkt vor mir, nach vorn gebeugt, die Köpfe zusammengesteckt, etwa so, als säßen sie in einer der Attraktionen von Disneyland und warteten gehorsam und unsicher darauf, daß die Fahrt beginnt. Mit einem gelegentlichen nervösen Seitenblick auf ihre ungewohnte Umgebung trösteten sie einander mit geflüsterten witzigen Bemerkungen, wobei sie ihr Lachen hinter den Händen verbargen, als meinten sie, Witze seien in einer Kirche ebenso unerwünscht wie Zigaretten. Fast glaubte ich über ihren Köpfen in einer Gedankenblase zu lesen: »Wenn wir nur erst das hier hinter uns haben – dann wird einer gehoben.«

In unserer Gemeinde ist von Zeit zu Zeit viel von den großartigen Möglichkeiten die Rede, die Taufgottesdienste mit sich bringen. Leute, die sonst niemals eine Kirche betreten würden, haben hier die Gelegenheit, das Evangelium zu hören – so die Theorie. In Wirklichkeit jedoch schneiden wir unsere Aktivitäten nicht sehr gut auf die Bedürfnisse dieser gelegentlichen Besucher zu. Vielleicht sollten wir auch gar nichts ändern. Vielleicht sollten wir einfach so sein, wie wir sind. Ich weiß es nicht. Doch als ich hinter diesen beiden Burschen saß, kam ich wirklich ins Nachdenken.

Den ersten Teil des Gottesdienstes gestaltete diesmal nicht der Pfarrer selbst. Statt dessen wurde er von einem Mann namens Roy Taphouse geleitet, der mit seiner Frau und zwei erwachsenen Kindern in derselben Straße wohnte wie die Robinsons, allerdings viel weiter unten am Hang in Richtung Freizeitgelände. Roy sah dem Filmschauspieler Christopher Lee sehr ähnlich, hatte allerdings nichts von einem Vampir an sich. Immer freundlich und rücksichtsvoll, war er einer jener Leute, die sehr hart daran arbeiteten, Gott nachzufolgen und zu gehorchen. Doch so sehr ich Roy auch mochte und schätzte, fand ich es doch ein wenig irritierend, daß er seine Gottesdienste stets auf eine leichte, helle, total optimistische und immer fröhliche Weise leitete – nicht, daß ich mit ihm oder sonst jemandem je darüber gesprochen hätte. Etliche Leute liebten es, wenn die Gottesdienste so liefen, und warum, so fragte ich mich pflichtschuldig, sollten sie nicht bekommen, was sie wollten?

An diesem Tag begann Roy mit einem Gebet aus den grünen Gottesdienstbüchern – viel Unruhe, Seitenumblättern und Verwirrung bei den uneingeweihten Taufgästen – und fuhr mit der Ankündigung fort, wir würden heute einen neuen, aufregenden Chorus aus den gelben Liederbüchern lernen.

»Ich bin ziemlich sicher, daß wir uns an diesem Chorus bisher noch nicht versucht haben«, schwärmte er, »aber ich habe vor dem Gottesdienst gehört, wie die Musikgruppe ihn noch einmal durchspielte, und« – er strahlte schelmisch – »ich habe das Gefühl, daß er uns die ganze Woche über nicht mehr aus dem Kopf gehen wird.«

Nervös stürzten sich die Mitglieder der Musikgruppe einer nach dem anderen in den Beginn des aufregenden neuen Liedes. Nachdem sie ein paar Takte später wieder zueinandergefunden hatten, leiteten sie uns durch drei Versuche, eines jener seltsam inhaltslosen, heftig jubilierenden Lieder zu singen, die ganze Gemeinden dazu bringen, vor wild entschlossener Freude die Zähne zu blecken. Das erschöpfte Schweigen, das darauf folgte, erinnerte mich an die Stille, die sich einmal auf eine meiner Geburtstagsfeiern senkte, als eine Menge Gegenstände mit großem Getöse vom obersten Küchenregal heruntergefallen waren und wir alle darauf warteten, ob nach einem Moment noch etwas fallen würde.

Mitten in diesem Schweigen hörte ich, wie einer der Burschen vor mir die folgende wenig begeisterte Bemerkung zu seinem Freund machte:

»Ja, klar, das wird mir die ganze Woche nicht aus dem Kopf gehen, logisch. Ich kann es gar nicht erwarten, morgen zur Arbeit in die Werkstatt zu kommen – das Lied muß ich unbedingt meinen Kumpels beibringen. Das wird ihnen gefallen, was? Wir alle werden die ganze Woche nur noch dieses Lied singen. Tolles Lied . . .«

Kurz darauf folgte die Gebetsgemeinschaft, geleitet von Amy Bennison, einer unfaßbar einfältigen Dame mittleren Alters, die unaufhörlich durch ihre dicken, runden Brillengläser lächelte und für jeden absolut alles tun würde. Amy und ihr Mann Derek, ein ebenso gutmütiger kleiner Mann mit der Statur eines Jockeys, hatten nie eigene Kinder gehabt, aber sie vergötterten den Nachwuchs aller anderen rückhaltlos und ohne Unterschied. Amy meldete sich ständig freiwillig, um in den Kindergruppen zu helfen, mußte aber meistens davon abgebracht werden, da ihre Fähigkeit, Disziplin zu wahren, einfach nicht mit ihrer Begeisterung Schritt halten konnte. Nicht, daß das Chaos, das sie erzeugte, ihr persönlich Sorge oder Unbehagen bereitet hätte. Aus Amys Sicht waren Kinder einfach wunderbar – was immer sie taten. Ich vermute, der Pfarrer hatte sich gedacht, bei der Gebetsgemeinschaft könne kaum etwas schiefgehen, da dabei keine Kleinen beteiligt waren. Er hatte sich geirrt.

»Ich fände es sehr schön«, sagte Amy lächelnd, »wenn ein paar von den kleinen Kindern nach vorn kommen und mir heute morgen bei den Gebeten helfen könnten.«

Eine Hauch des Entsetzens fuhr über die gesenkten Köpfe der Gemeinde hinweg. Ich bin sicher, daß viele von uns beteten, die Kinder möchten auf ihren Plätzen bleiben. Aber Kinder sind widerspenstige kleine Leute, nicht wahr? Wenn man wirklich will, daß sie nach vorn gehen, werden sie plötzlich schüchtern oder fangen gar an zu weinen und klammern sich wie feuchte Umschläge an ihre leicht verlegenen, unterschwellig verärgerten Eltern, während diese versuchen, ihnen Mut zu machen. Diesmal nicht. Diesmal wurde unser stilles Beten und Flehen nicht erhört. Mehrere kleine Kinder kletterten aufgeregt von den Schößen herunter, auf denen sie gesessen hatten, liefen nach vorn und scharten sich um die gute Amy, die ihnen entzückt die Köpfe tätschelte und Roy Taphouse strahlend anlächelte, als wollte sie sagen: »Sind sie nicht süß – ist es nicht wunderbar!« Roy, der sich auf einen Stuhl an der Seite zurückgezogen hatte, lächelte nervös zurück. Selbst sein ewiger Optimismus war nicht gefeit gegen die Furcht vor dem drohenden katastrophalen Ausgang jeder Situation, in der Amy mit kleinen Kindern zu tun hatte.

»Und nun«, wandte sich Amy an die Gemeinde, »fände ich es schön, wenn unsere kleinen Freunde hier ein paar Themen für das Gebet vorschlagen würden, denn ich bin sicher, die Dinge, die ihnen einfallen, sind genauso wichtig wie die, über die wir Erwachsenen mit Gott reden. Also kommt, Kinder, wofür sollen wir in unserem Gottesdienst heute beten?«

Einen Moment lang herrschte Schweigen. Der größte Teil der Gemeinde beobachtete und wartete in beträchtlicher Spannung. Ich fühlte mich wie die enge Verwandte eines Amateurjongleurs, der plötzlich im Palladium auftreten darf.

Annabelle Short war das erste Kind, das einen Vorschlag machte. Sie sprach mit dünner, quietschender Stimme, aber mit kristallklarer Aussprache.

»Könnten wir für den Wind beten?«

Amys liebevolles Lächeln gefror für einen Augenblick, während sie diesen neuartigen Gebetsvorschlag zu verarbeiten versuchte. Ich hörte jemanden in der Reihe hinter mir scharf die Luft einziehen und ahnte, daß Renee Short, Annabelles elegante Mutter, verzweifelt versuchte, Amy durch schiere Willenskraft davon abzubringen, ein leidenschaftliches Gebet für die Heilung aller Blähungen in der weltweiten Kirche zu sprechen.

Inzwischen hatte Amy ihren Verarbeitungsprozeß abgeschlossen.

»Natürlich können wir das, Annabelle. Möchtest du für uns ein kurzes Gebet für den Wind sprechen, Liebes?«

Hinter mir wurde die Luft noch schärfer eingezogen.

»Nein«, sagte Annabelle schlicht.

»Schön, dann werde ich es tun. Schließen wir alle unsere Augen und reden wir mit Gott über den Wind.«

Amy schloß ihre Augen, und ihr Lächeln wandte sich nach innen und oben, als sie den Schöpfer des Universums ansprach.

»Lieber Gott, wir treten jetzt vor dich, um für den Wind zu beten. Wir danken dir für die wunderbare Art und Weise, wie er ... äh ... weht, und wir denken auch an all diese mechanischen Dinger, die sich drehen, um – ist es Wasser oder Strom? Eins von beiden, glaube ich – zu produzieren. Ohne den Wind, den du uns sendest, lieber Gott, würden sich diese Dinger nicht drehen, und die Leute hätten kein Wasser – das heißt, ich glaube, es ist tatsächlich der Strom –, äh, sie hätten nicht den Strom, der produziert wird, wenn sie sich drehen, und so danken wir dir um ihretwillen für den Wind, den du sendest, mit all seinen vielen ... äh ... Facetten. Amen.«

Wir Stammgäste murmelten ein erleichtertes »Amen«, aber die beiden jungen Männer vor mir saßen gekrümmt da, die Gesichter in den Händen vergraben, und stießen kleine, explosive Laute hervor, als ob sie sich bemühten, ihr Lachen zu unterdrücken. Neben ihnen auf derselben Bank stieß eine Dame von aggressiv vornehmem Betragen und erlesenem Hutgeschmack, vermutlich eine Verwandte der beiden, sie an und warf ihnen drohende Blicke zu.

»Ist der Wind etwas, wofür du dich besonders interessierst, Annabelle?« fragte Amy mit freundlich anteilnehmender Stimme.

»Nein«, sagte Annabelle ungerührt, »eigentlich nicht.«

»Ich verstehe«, sagte Amy fröhlich, als hätte sie ja gesagt. »Nun, wer hat noch etwas, wofür wir beten können?«

»Ich.« Die gequetschte Kinderstimme kam von einem kleinen Jungen auf Amys anderer Seite, dessen Namen ich nicht kannte.

»Worüber möchtest du gern mit Jesus reden?«

»Über das Nieseln«, sagte der kleine Junge.

»Über das Nieseln?« fragte Amy.

»Ja.«

»Oh, über das Nieseln, ja – nun, das ist dasselbe wie Regen, stimmt's?«

»Nee.«

»Nicht?«

Der Kleine sperrte den Mund weit auf und gab mit heiserer, monotoner Stimme einen jener mechanisch abgehackten, computerhaften Ausbrüche neu erworbenen Wissens zum besten, auf die kleine Kinder spezialisiert sind.

»Regen-ist-wenn-man-ganz-naß-werden-würde-wenn-man-zum-Spielen-rausgeht-und-Nieseln-ist-wenn-manvielleicht-bald-zum-Spielen-rausgehen-kann-weil-es-wahrscheinlich-nicht-lange-dauert-also-hab'-ein-bißchen-Geduld.«

»Also, ich glaube, wir werden erst einmal über den Regen beten, mein Kleiner, denn ich glaube, eigentlich ist beides dasselbe, weißt du.«

Amy schloß die Augen. »Lieber Gott, wir danken dir für den Regen, den –«

Der Kleine brach in Tränen aus. »Ich will nicht mit Jesus über den R-r-r-regen sprechen! Ich will mit Jesus über das N-n-n-nieseln sprechen!«

»Also schön, mein Junge«, sagte Amy hastig, »dann beten wir eben über das Nieseln. Hör auf zu weinen.«

Das Weinen des Jungen kam mit einem Schütteln seines ganzen Körpers zum Stillstand. Er fuhr sich mit seinem kleinen Handrücken über das tränennasse Gesicht und sah erwartungsvoll hinauf in Amys Gesicht.

»Lieber Gott«, betete Amy, immer noch lächelnd, aber jetzt mit einem Anflug von Verzweiflung in der Stimme, »wir danken dir für das Nieseln, das vom Himmel auf uns herabfällt ...«

Der Ablauf war eingespielt. Jetzt gab es kein Zurück mehr. Jene Kinder waren wild entschlossen, jedes meteorologische Phänomen, das ihnen je begegnet war oder von dem sie je gehört hatten, vor den Thron des Höchsten zu bringen. Wir dankten Gott für den Schnee, für den Hagel, für den Donner und für den Sonnenschein. Wir dankten ihm auch, daß keiner von uns bei Erdbeben oder Sturmfluten umgekommen war. Die ganze Episode war wie aus einem Comicheft, besonders, als immer deutlicher wurde, daß Amy nicht wußte, wie sie dem ein Ende setzen sollte. Als die Kinder mutiger wurden, leuchtete in ihren Augen das Wissen auf, daß ein Erwachsener nach ihrer Pfeife tanzte. Sie wurden immer ehrgeiziger und überfluteten Amy mit wetterbezogenen Gebetsanliegen. Glücklicherweise war Roy, als wir gerade dafür gebetet hatten, daß die kleinen Wolken sich nicht weh tun, wenn sie zusammenstoßen, so geistesgegenwärtig, endlich einzugreifen, und die Kinder kehrten in einem Zustand äußerster Begeisterungsfähigkeit auf die Schöße ihrer Eltern zurück. Amy ging wieder zu ihrem Platz neben Derek, immer noch strahlend und offensichtlich überzeugt, daß alles ganz vorzüglich geklappt hatte. Ich bemerkte, wie Derek mit einem anerkennenden Lächeln nickte und seine Hand auf die seiner Frau legte, als sie sich setzte. Ein kleiner Stich der Eifersucht durchfuhr mich. Amy hatte jemanden, der ihr immer sagen würde, daß sie ihre Sache gut gemacht hatte. Was machte es schon, wenn sie ein bißchen einfältig und naiv war? Ich fühlte mich plötzlich deprimiert.

»Ich wünschte, die würden um einen Job für mich beten.«

Es war einer der jungen Männer vor mir, der diese Worte an seinen Freund gerichtet hatte. Er sprach ganz leise und hatte offenbar nicht gewollt, daß jemand es mit anhörte, aber ich war erschrocken über die Leidenschaft in seiner Stimme. Meine Niedergeschlagenheit nahm zu, als ich mich fragte, wie dieser Mann wohl über den Gottesdienst dachte, in den man ihn heute geschleppt hatte; einen Gottesdienst, in dem bisher nichts geschehen war, das irgendeine erkennbare Bedeutung für das Leben, das er führte, die Leute, die er kannte, oder die

Dinge, die ihm wichtig waren, gehabt hätte. Ich wünschte mir, wie ich es schon so oft getan hatte, Jesus könnte leibhaftig hiersein, in unserer Mitte sitzen, Fragen beantworten, die Kranken unter uns heilen, uns zurechtweisen, wenn wir uns albern oder falsch oder anmaßend benahmen, um einen Job für diesen jungen Mann beten ...

Ich wünschte, die würden um einen Job für mich beten.

Die Worte gingen mir nicht mehr aus dem Kopf, als der Gottesdienst weiterging, nun unter Leitung des Pfarrers. Während des ganzen Ablaufs der Taufe, während die Eltern und Paten unglücklich nachmurmelten, ja, sie würden Christus nachfolgen, sie würden ihre Sünden bereuen, sie würden sich vom Bösen lossagen und sie würden nicht nur an eine, sondern an alle drei Personen der Dreieinigkeit glauben, kam mir dieser eine Satz immer und immer wieder in den Sinn. Als schließlich der Schlußsegen gesprochen wurde, war ich schon in dem allzu vertrauten Morast des Selbstmitleids und der Verurteilung versunken. Warum sollte ich weiterhin in diese unnütze Gemeinde kommen, in der niemand zu verstehen schien, wie man sich mit einer wirklichen Welt voller wirklicher Bedürfnisse auseinandersetzen mußte? Warum ließen wir es Stanley Vetchley durchgehen, dazusitzen und ein miesepetriges Gesicht zu machen, nur weil ihm zufällig nicht paßte, was gerade geschah? Warum erlaubte der Pfarrer Leuten wie Roy Taphouse und Amy Bennison, so liebenswert sie auch sein mochten, sich als Aushängeschild dessen zu präsentieren, was wir zu glauben behaupteten? Was sollte das alles? Warum konnte Jesus nicht hier bei uns sein, um bei uns auszumisten?

Während dieser letzte Segen gesprochen wurde, geschah es, daß ein paar Worte aus dem Neuen Testament durch einen winzigen Spalt in meiner Selbstversunkenheit schlüpften. Ich hätte sie bestimmt nicht hereinkommen und meine Schmollerei zunichte machen lassen, wenn ich es hätte verhindern können. Es waren ein paar Worte vom Ende des Matthäusevangeliums und ein Vers aus diesem wunderbaren

Abschnitt am Ende des Johannesevangeliums, wo Jesus vor seiner Verhaftung so leidenschaftlich zu seinen Jüngern spricht.

Und siehe, ich bin bei euch alle Tage ...

Aber ich sage euch die Wahrheit: Es ist gut für euch, daß ich weggehe. Denn wenn ich nicht weggehe, kommt der Tröster nicht zu euch. Wenn ich aber gehe, will ich ihn zu euch senden.

Als ich meine Augen aufschlug, lud der Pfarrer gerade alle ein, zum Kaffee im angrenzenden Gemeindesaal zu bleiben, und die beiden Burschen, die vor mir gesessen hatten, standen mit einem zielstrebigen »Nichts-wie-weg-hier«-Gesichtsausdruck auf.

Ich war ganze nahe daran, mich zu drücken. Ich wollte nur weg und einen Kaffee trinken und mich gemütlich mit jemandem unterhalten, der keine Ansprüche an mich stellen würde, aber ich hatte gesagt, daß ich mir wünschte, Jesus wäre hier, um für ein echtes, praktisches Bedürfnis zu beten, und er war hier – in mir.

Komm schon, Reynolds, jetzt oder nie!

Ich fand sie gleich vor der Kirche. Die anderen Taufgäste waren noch drinnen und tranken vermutlich Kaffee, aßen Kekse und zeigten die kleine Samantha herum, aber diese beiden standen fröhlich draußen mit frisch angesteckten Zigaretten und sogen den Rauch tief ein wie Ertrinkende, die gerade noch rechtzeitig an die Oberfläche gekommen waren. Ich kann Ihnen nicht sagen, wie schwer es mir fiel, mein Gespräch mit ihnen zu beginnen.

»Äh, entschuldigen Sie, Sie kennen mich nicht«, begann ich atemlos, »aber ich habe gerade eben in der Kirche hinter Ihnen gesessen, und da ist etwas, das ich Ihnen gern sagen wollte ... äh, wenn ich darf?«

»Was denn, haben wir etwas liegenlassen?« sagte der eine der beiden, der etwas wohlhabender aussah und die Werkstatt erwähnt hatte, in der er arbeitete.

»Oh, nein, nein, nichts dergleichen, es war nur so, daß ... also, ich habe versehentlich etwas mit angehört.« Ich sah dem langen, dünnen, grobgesichtigen jungen Mann mit dem stacheligen Haarschnitt, der für meine gegenwärtige Verlegenheit verantwortlich war, in die Augen. »Es war etwas, das Sie gesagt haben.«

»Hab' ich was Falsches gesagt?« fragte er mit einem beunruhigten Blick über die Schulter zum Kirchenportal, aus dem jeden Augenblick diejenigen treten konnten, die sein Leben überwachten.

»Lieber Himmel, nein! Natürlich nicht. Nein, es war, nachdem die Kinder all diese albernen Gebete über das Wetter gesprochen hatten, wissen Sie noch?«

»Oh ja.« Er blickte grinsend zu Boden, um dem Blick seines Freundes auszuweichen, und scharrte mit der Stiefelspitze im Kies herum.

»Schon gut, ich fand es auch ziemlich witzig – jedenfalls eine Weile lang.«

Er blickte auf in mein Gesicht und wurde plötzlich wachsam, als er sich über meine seltsame Art, ein Gespräch mit ihm anzufangen, zu wundern begann. »Was habe ich denn gesagt?«

Ich holte tief Luft. »Sie sagten so etwas wie ›Ich wünschte, die würden um einen Job für mich beten‹. Ich glaube sogar, daß das genau Ihre Worte waren – ›Ich wünschte, die würden um einen Job für mich beten‹. Das haben Sie doch gesagt, oder?«

Sein Gesicht nahm die Farbe dunkelroter Ziegelsteine an. »Kann schon sein, daß ich so etwas Ähnliches gesagt habe. Und?«

»Nun ja, ich wollte Ihnen anbieten, jetzt mit Ihnen zu beten – das heißt, wenn Sie möchten. Wir könnten Gott bitten, einen Job für Sie zu finden.«

Er wedelte mit dem Arm zur Kirche hin. »Ich bin nur wegen Sammys Dingsda hier. Ich gehöre nicht –«

»Sie müssen nicht zur Kirche gehören. Wir können einfach hier mit Gott reden und ihn bitten.«

Er sah hilflos zu seinem Freund hinüber, verzweifelt um Wegweisung flehend auf diesem höchst speziellen Gebiet der akzeptablen Arten, wie man auf merkwürdige Frauen reagiert, die einen vor der Kirche zum gemeinsamen Gebet einladen. Doch sein Freund verdrehte nur die Augen, schüttelte den Kopf und zuckte ebenso hilflos die Achseln.

»Du kannst es ja versuchen«, sagte er zweifelnd. »Vielleicht klappt es ja.« Dann, zu mir gewandt: »Sollen wir die Zigaretten ausmachen?«

Eine kleine Luftblase der Hysterie stieg in mir auf und zerplatzte mit einem Schmunzeln.

»Nein, die Zigaretten machen nichts aus. Gott wird sich daran nicht stören. Wir werden jetzt einfach mit ihm reden. Wie heißen Sie?« fragte ich den Ziegelsteinroten.

»Äh – Michael Edward Simmonds – Mick.«

»Mick, in Ordnung. Also, beten wir.«

Unbeholfen neigten die beiden Männer ihre Köpfe und verschränkten ihre Hände vor sich wie Fußballspieler, die beim Freistoß vor dem Tor eine Mauer bilden. Zwei graue Rauchsäulen kräuselten sich von den Zigaretten empor, die sie zwischen den Fingern hielten, und verliehen unserer Dreiecksprozedur eine seltsam zeremonielle Atmosphäre.

»Vater«, fing ich an und bemühte mich dabei, an Wunder zu glauben, war mir aber schmerzlich bewußt, daß mein Glaube mir durch die Füße im Boden zu versickern schien, »wir möchten dich jetzt um einen Job für Mick bitten. Wir wissen, daß es zur Zeit nicht viele Jobs gibt, aber wenn es irgendwo etwas gibt, das wirklich zu ihm passen würde –«

»Ist egal, was für ein Job«, korrigierte mich Mick rauh und ziemlich überraschend. Offenbar legte er großen Wert darauf, daß Gott genau wußte, daß er alles andere als wählerisch war und alles nehmen würde, was er kriegen konnte.

»Wenn es etwas gäbe, was er machen könnte, Vater – irgend etwas –, dann wäre er wirklich dankbar und ich auch und auch sein Freund hier.«

»Steve«, murmelte der Freund hilfsbereit in seine Krawatte.

»Auch Steve. Danke für das, was du tun wirst. Amen.«

Danach schüttelten wir uns feierlich die Hände, und ich

ging zurück in die Kirche und verließ Mick und Steve, die sich höchst erleichtert neue Zigaretten ansteckten, um die zu ersetzen, deren Rauch unsere Gebete zum Himmel emporgetragen hatten. Kaum war ich wieder drinnen, merkte ich, daß meine Beine sich in Wackelpudding verwandelt hatten, und ich mußte mich für eine Weile setzen, um mich zu erholen. Aber ich hatte es getan! Ja, ich war schwach, kleingläubig und furchtsam und verurteilte andere, aber ich war so froh, daß ich es getan hatte!

—

»Mann, wie peinlich!« rief Mark, der sich meinen Bericht über den Gottesdienst am letzten Sonntag mit gespannter Aufmerksamkeit angehört hatte. »Bin ich froh, daß ich nicht die war.«

»Daß du nicht wer warst?«

»Die beiden Typen – Mick und der andere. Draußen auf der Straße zu beten, wo es jeder sehen kann – Mann, ist das peinlich! Meinst du, er kriegt einen?«

»Einen Job, meinst du?«

»Ja.«

»Ich glaube, Gott kann alles tun, was er will. Ich hoffe einfach, daß er Mick einen Job geben will. Ich mag gar nicht daran denken, daß ich dem armen Kerl immerzu auf der High Street begegne, falls sich nichts tut. Das wäre erst peinlich für uns beide, meinst du nicht? Wie auch immer, das war es, was ich letzten Sonntag vom Gottesdienst gehalten habe. Es war ziemlich grauenhaft, aber ich habe selber zu dem Grauen beigetragen, so daß ich eigentlich kein Recht habe, Kritik zu üben.«

»Du hast doch vorhin gesagt, du hast die Seifenblasen, weil du dich manchmal unter Druck fühlst, nicht?«

»Mmm.«

Ich spürte, daß wir bei dem Grund für Marks Besuch angekommen waren.

»Ich fühle mich auch oft unter Druck«, sagte er und schlug

die Augen nieder. Er fing an, mit dem Finger auf dem Tischtuch zu malen.

»Weswegen?«

»Ach, wegen allem. Wenn Mum sauer wird und sagt, ich höre ihr nicht zu, und wenn sie nicht zuhört, wenn ich etwas zu sagen versuche. Und wenn sie sagt, ich soll freundlich sein, aber ich schaffe es im entscheidenden Moment einfach nicht – die Worte wollen nicht herauskommen. Dann muß ich warten, bis ich es wieder anders machen kann.«

Ich lehnte mich auf meinem Stuhl zurück – Leute wie Mark muß man ziehen, nicht schieben. »Meinst du, daß du all die Dinge fühlst, von denen sie meint, daß du sie sagen sollst, aber sie nur auf eine Art zeigen kannst, die mehr Tun als Reden ist? Ich habe das nicht sehr gut ausgedrückt, aber ist das so ungefähr das, was du meinst?«

Mark nickte, und eine gewaltige Träne klatschte auf den Teller, der es geschafft hatte, wenigstens ein paar der Krümel von seinem Brutzler aufzufangen. Er rammte sich beide Handballen in die Augen und rieb heftig, bis sie ganz rot und tränenlos waren.

»Ich will, daß Mum mir erlaubt, nicht mehr in die Kirche zu gehen, Dip. Es ist langweilig und peinlich, und es dauert ewig. Jack darf zu Hause bleiben. Keiner von meinen Freunden muß hin, und die halten mich alle für blöd, daß ich das mache. Allein der Gedanke daran, daß ich am Sonntag hinmuß und das ganze Wochenende versaut ist, ruiniert mir die ganze Woche, und wenn es dann soweit ist, ist es noch schrecklicher. Ich weiß, Mum möchte, daß ich so tue, als ob es mir gefällt, aber ich kann nicht. Ich hasse die Kirche. Ich hasse den Sonntag! Wirklich, ich hasse es!« Er hielt inne. Es war nicht schwer zu erraten, was als nächstes kommen würde. »Könntest du nicht mal mit Mum reden und sie fragen, ob ich wegbleiben darf? Auf dich wird sie nicht sauer werden.«

»Hmm ...« Ich ertappte mich dabei, daß ich meine Wangen aufpustete und mit den Fingern auf dem Tisch trommelte – ein deutliches Zeichen, daß ich den Boden unter den Füßen verlor. »Mark, ich kann sie nicht einfach bitten, dich zu Hause bleiben zu lassen – so einfach ist das nicht. Ich bin sicher, das wäre nicht richtig. Außerdem ist es nicht nur deine Mum. Dein Dad muß auch einverstanden sein, oder?« Ich pustete und trommelte noch ein wenig und schickte lautlose, panikerfüllte Gebete in den Äther, während ich zu entscheiden versuchte, wie ich mich am besten verhalten sollte. »Was ich tun kann – wenn du willst –, ist, daß ich mit deiner Mum und deinem Dad über das rede, was du gesagt hast, und ihnen sage, daß es dich wirklich und ehrlich fertigmacht, in die Kirche zu gehen, und daß du dich nicht nur anstellst. Aber dann, fürchte ich, muß ich es ihnen überlassen, wie sie entscheiden.«

Mark streckte seine Arme senkrecht empor, verschränkte seine Finger und gähnte, als ob er sich in den letzten Stadien der totalen Erschöpfung befände. Dann ließ er seine Arme in eine verschränkte Position auf dem Tisch fallen, schüttelte sich abrupt von Kopf bis Fuß und schniefte laut.

»Könntest du bitte bald mit ihnen reden, Dip?«

»Ich komme heute abend rüber und unterhalte mich mit ihnen, wenn du willst. Bist du okay, Mark? Kann ich dir noch etwas anbieten?«

Wieder dieses Lächeln. »Ich hätte nichts gegen noch ein Stück Schokoladenkuchen.«

Zehntes Kapitel

Später am Abend verbrachte ich zwei Stunden bei den Robinsons. Wir unterhielten uns in der Küche, während Jack im Wohnzimmer fernsah. Mark war mit seinen Kumpels unterwegs, und Felicity verbrachte die Nacht mit ihrer Freundin Claire Elphick.

Ich erzählte Kathy und Mike von Marks Besuch, berichtete von dem Erfolg unseres kulinarischen Abenteuers und fuhr fort, ihnen die Leidenschaft zu vermitteln – oder es zumindest zu versuchen –, mit der er seine negative Einstellung gegenüber Gottesdiensten im allgemeinen und dem von letzter Woche im besonderen zum Ausdruck gebracht hatte. Ich vergaß nicht, Marks einzelne Träne zu erwähnen, in der Hoffnung, selbst diese winzige Menge Flüssigkeit würde ausreichen, die Glut der zu erwartenden automatischen Zornreaktion von Kathy ein wenig zu kühlen. Zum Schluß machte ich deutlich, daß ich nicht die Rolle einer Advokatin spielen, sondern sozusagen lediglich eine Botschaft weitergeben wolle. Als ich fertig war, blieben beide für eine Weile still und schweigsam. Schließlich lehnte sich Mike mit einem tiefen Seufzen zurück und fuhr sich mit beiden Händen durch sein schütteres Haar.

»Danke, Dip«, sagte er leise, »du bist eine gute Freundin.« Er sah besorgt zu Kathy hinüber, die wie in Trance mit weit aufgerissenen Augen auf einen kleinen, roten Holzkreisel von Felicity starrte, den sie unaufhörlich zwischen Daumen und Zeigefinger drehte. »Ich glaube, es kann kein Zweifel bestehen, daß wir darauf reagieren müssen, Kath, meinst du nicht auch?«

»Reagieren müssen«, echote Kathy monoton, den Blick immer noch starr auf den Gegenstand in ihrer Hand gerichtet. »Großartige Idee – ja, wir werden gewiß darauf reagieren müssen, nicht wahr? Wir werden uns eine passende Reaktion zurechtlegen, und dann werden wir – nun ja, wir werden reagieren, und alles wird wieder in Ordnung sein. Eigentlich alles ganz einfach.«

»Ich habe nicht gesagt, daß es einfach sein würde.« Mikes Stimme war noch leiser geworden, aber deswegen nicht friedlicher. Sein Tonfall war von Spannung und wachsender Verärgerung gedämpft. »Ich meinte nur, daß wir nicht so tun können, als hätten wir kein Problem. Wir müssen etwas unternehmen, und was immer wir tun, muß gründlich durchdacht werden. Ich hoffe wirklich, daß wir wenigstens dieses eine Mal eine Abkürzung nehmen und den ganzen emotionalen Kram beiseite lassen können, so daß wir eine Lösung finden, die für Mark richtig ist und Gottes Willen entspricht. Ich wüßte nicht, was gegen diesen Gedankengang einzuwenden wäre.«

Kathy reckte ihre linke Hand empor und versetzte den Kreisel auf dem Tisch mit der rechten in surrende Drehung. Er schoß über die Kiefernholzfläche, stieß gegen den Rand eines noch nicht abgeräumten Abendbrottellers und wirbelte torkelnd zurück auf sie zu. Sie fing ihn auf und drehte ihn erneut.

»Bitte, Herr Lehrer«, sagte sie mit Kleinmädchenstimme und wedelte mit der erhobenen Hand, als wollte sie seine Aufmerksamkeit erringen. »Bitte, Herr Lehrer, darf ich Ihnen sagen, was gegen diesen Gedankengang einzuwenden ist?«

Mikes Kiefermuskeln spannten sich. Er legte sich den Unterarm übers Zwerchfell, stützte seinen rechten Ellbogen aufs linke Handgelenk und rieb sich mit der freien Hand müde das Gesicht. Inzwischen flog der rote Kreisel, der den Teller diesmal umgangen hatte, über den Tisch und fiel zu Mikes Füßen auf den Boden. Kathy schob ihren Stuhl mit dem Hintern zurück und duckte sich unter die Tischplatte, um ihn aufzuheben. Mike biß die Zähne zusammen und explodierte innerlich, ohne es ganz nach außen dringen zu lassen.

»Könntest du bitte aufhören, mit diesem blöden Ding da herumzuspielen, wenn wir etwas so Ernsthaftes erörtern wollen wie – wie den Kirchenbesuch unserer Kinder! Bitte!«

Entzückt, daß es ihr gelungen war, Mike den Schulmeister

gegenüber ihr selbst als dem ungezogenen Kind spielen zu lassen, kletterte Kathy in gespielter Panik wieder auf ihren Stuhl und legte den wiederbeschafften Kreisel mit spitzen Fingern und übertriebener Sorgfalt neben sich, bevor sie sich gerade und mit verschränkten Armen hinsetzte wie ein Kind, das sich besonders gut benehmen möchte.

»Tut mir leid, Herr Lehrer – ich werde es nicht wiedertun, Herr Lehrer. Hauen Sie mich nicht, Herr Lehrer! Ich habe es nicht so gemeint, Herr Lehrer. Darf ich Ihnen jetzt sagen, warum ich keine Abkürzung nehmen und den emotionalen Kram weglassen kann, Herr Lehrer?«

Einen Moment lang sagte niemand etwas. Wie nicht anders zu erwarten, lief ich wieder einmal rot an und meinte, mich woandershin zurückziehen zu müssen, aber ich brachte es nicht fertig, etwas zu sagen. Es war in diesem Sketch kein Text für eine dritte Figur geschrieben worden. Doch Kathy, deren Wahrnehmung wie bei den meisten leidenden Menschen manchmal sehr getrübt, gelegentlich aber ausgesprochen scharf sein konnte, mußte irgendein Zucken oder eine Farbveränderung oder einen unfreiwilligen Laut an mir bemerkt haben. Sie fiel für einen Moment aus ihrer Rolle, sah mich aber nicht an.

»Bitte geh nicht weg, Dip. Ein Teil von mir – kein sehr netter Teil, fürchte ich – würde dich am liebsten dafür umbringen, daß du jemand bist, dem Mark Dinge sagt, die er mir nicht zu sagen können glaubt – weil er meint, ich koche über und höre ihm gar nicht richtig zu. Aber ein anderer Teil von mir ist froh, daß er es getan hat.« Sie hielt inne und schluckte. »Ehrlich, ich bin froh. Ich wünschte nur – ich wünschte nur, ich hätte alles besser gemacht . . .«

Kathys Blick war so traurig und verloren, daß Mike und ich ihr gleichzeitig unwillkürlich eine Hand entgegenstreckten. Sie nahm die von Mike.

Sie nahm die von Mike – ein Fleisch.

»Wir müssen nicht so weitermachen, Kath«, sagte Mike sanft. »Es tut mir leid – sag, was immer du sagen willst.« Er lächelte reumütig. »Wir machen es auf meine Art, wenn wir das nächste Mal heiraten.«

»Ich sage dir ja immer, daß du diese Miss Rendell aus deinem Schulsekretariat hättest heiraten sollen«, sagte Kathy und blinzelte ein paar unvergossene Tränen weg, »die hätte wenigstens alle Einzelheiten ihrer Hochzeitsnacht in dreifacher Ausfertigung protokolliert und allen engen Verwandten eine Kopie zugeschickt – völlig effizient und emotionslos. Punkt fünf – um genau elf Uhr neunundvierzig ehelicher Verkehr zufriedenstellend vollzogen.«

»Kath!«

»Es tut mir auch leid, Mike. Wir vergeuden schrecklich viel Zeit damit, unsere elenden kleinen Spielchen zu spielen, nicht wahr? Aber ich kann einfach nicht solche Dinge kühl erörtern, als ob sie mich gar nicht beträfen. Du weißt, daß ich das nicht kann.« Sie schüttelte langsam den Kopf, als könne sie nicht glauben, was sie in ihrem Innern vorfand. »Der Schmerz ist so schrecklich – so schlimm. Er schneidet in mich hinein, und ich fühle mich, als ob ich gleich umfalle oder so, nicht körperlich, aber auf eine andere Weise, die ich nicht beschreiben kann, als ob alles zusammenbricht, als ob alle Alpträume auf einmal wahr werden. Und ich kann nichts dagegen tun, es gibt keine Salbe dafür und nichts, das stark genug wäre, mich davon abzulenken. Selbst in der Drogerie haben sie nichts, das mir helfen könnte, außer vielleicht in der Musikabteilung, aber das ist heutzutage eine teure Medizin.« Sie sah zur Decke empor, kämpfte gegen neue Tränen an und sprach ganz langsam und deutlich weiter. »Es tut wirklich sehr weh, Mike. Ich weiß, daß du es äußerst lästig findest, wenn ich solchen Gefühlen nachgebe –«

Mike machte ein Geräusch, das sich aus Entschuldigung, Ungeduld, leiser Verlegenheit und Mitgefühl zusammenzusetzen schien. »Kath, es ist nicht so, daß ich nicht –«

»Und ich kann dir keinen Vorwurf machen«, fuhr Kathy fort und fügte dann um der absoluten Wahrhaftigkeit willen hinzu, »na ja, ich weiß, ich mache dir Vorwürfe, aber das sollte ich nicht – das sollte ich wirklich nicht. Denn es ist nicht dein Problem, Mike. Es ist nicht das Problem irgendeines anderen.« Sie schwenkte eine Hand in meine Richtung. »Es ist nicht Dips Problem, es ist nicht Jacks Problem, es ist nicht Felicitys Problem, und es ist ganz bestimmt nicht Marks Problem. Es ist mein Problem. Es gehört ganz allein mir, und ich sollte es in einer Socke unter der Matratze aufbewahren.« Sie lächelte dünn. »Meinst du, man kann Socken mit seelischen Schmerzen unter Betten aufbewahren, Dip?«

»Unter meinem Bett ist kein Platz mehr«, erwiderte ich, »hast du Lust, sie dir mal anzusehen?«

Bedeute ich dir genug, daß du sie dir mal ansehen würdest?

Kathy lächelte wieder. »Na schön, das ist nur gerecht. Wir tauschen die Probleme. Wir könnten sogar noch einen Schritt weitergehen. Warum sollten wir nicht die ersten sein, die die Idee der Nachbarschaftsneurosenparty verwirklichen – das wäre doch mal was anderes als immer nur Tupperware, oder? Wir könnten uns alle zusammensetzen und gegenseitig unsere Zwanghaftigkeiten und Manien bestaunen, die neuesten Anleitungen für Wahnvorstellungen zum Selberstricken herumreichen und dabei Kaffee trinken und unsere dünn geschnittenen Valiumtörtchen knabbern. Danach sind der Phantasie keine Grenzen gesetzt. Wie wäre es mit einem Versandkatalog mit dem Titel ›ANGST‹, aus dem man zu günstigen Konditionen die neuesten Zwangsjacken in hübschen Pastelltönen wie himmelblau, blattgrün und lachsrosa bestellen kann? Wir könnten ein Vermögen damit verdienen. Wir könnten –«

Sie brach ab, als Jack gemächlich vor sich hin summend mit einem leeren Glas in der Hand in die Küche kam. Gelassen musterte er unsere drei Gesichter, während er eine Flasche Milch aus dem Kühlschrank nahm und sein Glas füllte. Dann nahm er einen kräftigen Zug, schluckte ihn hinunter und nickte wissend.

»Dicke Luft, was?«

»Laß dir deine Milch schmecken, Salomo.« Kathys Ton war ohne Aggression.

Jack mußte etwas im Gesicht seiner Mutter gelesen haben, oder vielleicht sah er auch nur die Tränen in ihren Augen. Er beugte sich herab und gab ihr einen milchigen Kuß mitten auf die Stirn.

»Ruhig Blut, Mumsy«, knödelte er mit breitem amerikanischem Akzent. »Ich bin gleich nebenan, du brauchst nur zu rufen, und ich bin mit beiden Kanonen im Anschlag zur Stelle, falls diese Halunken hier irgendwelche Schwierigkeiten machen.«

Er zwinkerte Mike und mir zu, als er hinausging und die Tür leise hinter sich schloß.

»Ich würde sagen, ihr Halunken habt den Schutz nötiger als ich«, sagte Kathy, während sie ihre Augen und ihre Stirn mit dem Geschirrtuch abtupfte, das Mike ihr gereicht hatte. »Woher kommt eigentlich ›Halunke‹? Das habe ich mich schon oft gefragt.«

»Ich finde es wunderbar, daß Jack unbefangen genug ist, dir vor anderen Leuten so einen Kuß zu geben, Kathy. Viele Eltern würden sich ein Bein ausreißen, um eine solche Beziehung zu einem Sohn in diesem Alter zu haben. Ein paar Sachen mußt du wohl doch richtig gemacht haben.«

Mike murmelte zustimmend, aber ich spürte, daß sie diese Dinge schon oft besprochen hatten.

»Ach, es ist zum Heulen mit mir, Dip.« Kathy warf das Geschirrtuch in die Richtung des Gestells, ohne es zu treffen. Mike stand auf und hängte es ordentlich wieder dorthin, wo es hingehörte. »Plötzlich geht es mir wieder gut, nur weil eines meiner Kinder etwas Liebes und Nettes getan hat. Ist doch lächerlich, so von einer Stimmung zur anderen zu schwingen – absolut lächerlich. Wo du gerade stehst, Mike, könnten wir nicht ein Glas Sherry trinken, jetzt, wo ich keines mehr brauche?«

Mike machte sich mit Gläsern und Kartoffelchips, Nüssen und Schüsseln zu schaffen. Ich wollte mehr darüber wissen, wodurch meine Freundin eigentlich so empfindlich geworden war.

»Kathy, worin genau besteht der Schmerz, von dem du gerade gesprochen hast? Warum tut dir die Sache mit Mark und der Kirche und daß er dir gewisse Dinge nicht sagen kann, so weh wie gerade eben?«

Sie zögerte lange, bevor sie antwortete. Mike stellte die Sherrys und das Knabberzeug vor uns auf den Tisch und setzte sich wieder auf seinen Stuhl, ohne etwas zu sagen. Kathy nippte an ihrem Glas und starrte über den Rand hinweg in die Ferne.

»Ich bin verletzt worden, Dip. Vor langer Zeit, als ich noch klein war, bin ich verletzt worden. Ob du es glaubst oder nicht, ich kann mich kaum erinnern, wie es geschehen ist. Ich weiß nur, daß das ganze Leben ein einziger Nebel aus Unsicherheit und Angst war und daß immer alles schiefging, wenn man gerade anfing, sich zu freuen, daß etwas gut lief. Ich hatte immer wieder denselben Traum – eigentlich war es ein Alptraum –, als ich ein kleines Kind war. Ich war auf einer Party oder einer Filmvorführung oder einem Picknick oder so, etwas richtig Schönem, aber ich wußte immer, daß genau dann, wenn ich gerade anfing, es richtig zu genießen, die Stimme in mein Ohr flüstern würde.«

»Die Stimme?«

»Eine traurige, angewiderte Stimme – nicht angewidert von mir, meine ich, sondern vom Leben, von allem. Ich haßte sie.«

»Was hat sie gesagt?«

»Sie sagte immer dasselbe – jedes einzelne Mal dieselben Worte in so einem grauenhaften, heiseren Flüstern. ›Zeit für den schwarzen Vorhang‹, das war es, was sie sagte, und im Traum sank mir das Herz hinab wie ein Stein, und ich bekam schreckliche Angst und versuchte, auf die anderen Leute zuzugehen, aber meine Beine wollten sich nicht bewegen. Und dann fiel ein dicker, schwarzer Samtvorhang mit einem schweren Flattern zwischen mich und all das Licht und die Geräusche und das Leben, und ich versuchte hindurchzukommen, aber es gelang mir nie, und dann schrie ich im Dunkeln und wachte schwitzend und nach Luft ringend auf, als ob ich am

Ersticken wäre.« Sie sah ihre Hand an, die um den Stiel des Sherryglases lag. »Wißt ihr – ich habe dir noch gar nicht davon erzählt, Mike –, aber neulich habe ich gemerkt, daß ich immer, wenn ich an diesen Teil meines Lebens denke, die Zähne zusammenbeiße und die Fäuste balle, und all die Gefühle und Erinnerungen kommen zurück, als wäre es erst gestern gewesen und nicht vor vielen Jahren.«

»Was für Erinnerungen denn?«

»Also, ich glaube, meistens sind es die Abende, an denen ich in meine Bettdecke gehüllt auf dem Treppenabsatz saß und lauschte, wie Mum und Dad sich unten stritten und anbrüllten. Ich verfolgte immer jedes Wort, das sie sagten, und versuchte mit aller Macht, durch schiere Willenskraft zu beeinflussen, was sie miteinander machten. Das ist das Problem, wenn man klein ist, wißt ihr. Man glaubt, was die Erwachsenen sagen; so daß man, wenn man seine Mutter schreien hört, daß sie abhauen und niemals zurückkommen wird, nicht begreift, daß das nur ein Zug in einer Art wildem emotionalem Schachspiel ist. Man glaubt es. Jedesmal aufs neue – man glaubt es. Einmal, nachdem sie das gesagt hatte, kam ich aus meinem Zimmer herunter, weil ich gehört hatte, wie die Haustür aufging und wieder zuschlug, und dann wurde alles still, und ich dachte, sie wäre wirklich gegangen. Ich konnte kaum atmen vor Furcht und Panik, als ich die Treppe hinunterging. Ich wollte meinem Vater sagen, daß er hinter ihr herrennen und sie zurückholen und ihr versprechen müsse, daß es keinen Streit mehr geben würde.«

Mike fragte leise: »Was ist passiert, als du nach unten kamst, Kath?« Ich war einen Augenblick lang überrascht, daß er diese Geschichte noch nie gehört hatte.

»Nun ja, eigentlich nichts, das war ja gerade das Schreckliche. Mum war in der Küche mit der Waschmaschine zugange, und Dad saß im Wohnzimmer und sah sich ›Was bin ich?‹ im Fernsehen an. Ich war so verblüfft darüber, daß meine Mutter da war und doch nicht gegangen war, daß ich nicht wußte, was ich sagen sollte. Der kleine Angstmotor in meinem Innern drehte auf einmal im Leerlauf durch. Es war ein äußerst eigenartiges Gefühl, und ein Teil davon war ein völlig verständnisloser, kindlicher Zorn auf meine Mutter, daß sie mich so in Panik versetzt und dann doch nicht das getan hatte, was sie zu tun behauptet hatte, obwohl ich ja gar nicht wollte, daß sie es tat. Total vernünftig, was?«

»Und wie ging die Sache aus?«

»Ach, das ist eine richtige Drei-Taschentücher-Geschichte, Dip. Am Ende wurde ich ausgeschimpft, weil ich frech gewesen sei, kannst du das glauben? Als Mum mich entdeckte, wie ich bleich in der Diele herumlungerte, sagte sie: ›Was machst du denn hier mitten in der Nacht?‹, und ich war einfach nicht fähig, all diese Gefühle in Worte zu fassen, so daß ich den Zorn, der in mir steckte, reden ließ. Und der sagte: ›Ich komme herunter, wann ich will, und du kannst mich nicht davon abhalten.‹ Danach fiel mir natürlich die Decke auf den Kopf. Mum erzählte Dad, was ich gesagt hatte, und plötzlich stellten sie fest – was für eine Überraschung –, daß sie am Ende doch etwas gemeinsam hatten. Sie waren beide ziemlich sauer auf mich, steckten mich wieder ins Bett und sagten mir, ich sei ein sehr ungezogenes kleines Mädchen. Ich lag noch endlos in der Dunkelheit wach und wütete vor mich hin – aber ich war froh, daß meine Mum nicht weggegangen war.

Heute verstehe ich das natürlich viel besser. Meine Eltern hatten ihre Probleme so wie wir unsere, auch wenn es zum größten Teil völlig andere sind. Aber was man als Kind lernt, sind Tatsachen, auch wenn es in Wirklichkeit keine Tatsachen sind. Und die ständige, quälende Ungewißheit dieser Zeit, das Gefühl, daß alles zwangsläufig mit irgendeiner Art von Enttäuschung oder Streit oder Katastrophe enden müsse – davon ist das Kind in mir immer noch vollkommen überzeugt. Das ist die Verletzung, von der ich gesprochen habe, und sie hatte bisher nie eine Chance, richtig zu heilen. Jedesmal, wenn ich bei den Kindern versage, bricht alles wieder auf, und es tut so weh, als wäre es gerade erst passiert.«

Kathy trank den letzten Tropfen ihres Sherrys und stellte

das leere Glas auffordernd neben die Flasche auf den Tisch. Mike schenkte uns allen noch einen Sherry ein, allerdings sehr zu meinem heimlichen Ärger nur einen ganz kleinen Schluck in jedes Glas. Eines Tages werde ich jemanden ermorden, der sich berufen fühlt, meinen Alkoholverbrauch zu kontrollieren.

»Als ich Christ wurde«, fuhr Kathy fort, »dachte ich irgendwie, daß alles am Ende ins richtige Lot kommen würde. Weil Gott auf meiner Seite war, würde meine Ehe erfolgreich sein, und die Kinder würden aufwachsen und genauso glauben wie wir – was immer das ist –, und die Vergangenheit würde keine Chance bekommen, nach mir zu greifen und mich an der Kehle zu packen und mir alles zu verderben. Ich war mir nicht ganz sicher, wie das alles vor sich gehen sollte – ich ging einfach davon aus, daß es so kommen würde. Im Grunde hatte ich einen ziemlich naiven Optimismus in bezug auf die Zukunft, aber heute glaube ich, daß ich mich geirrt habe. Gott hat mir meine Probleme nicht vom Hals geschafft – er hat nicht die Innenseite meines Lebens mit einem göttlichen Scheuertuch bearbeitet, bis sie glänzend und keimfrei war. Ganz tief in meinem Innern bin ich sogar froh darüber, glaube ich. Ich möchte ich sein, und ich möchte, daß er bei diesem heruntergekommenen, turbulenten Ich dabei ist. Ich wünschte nur –« Sie seufzte wehmütig. »Ich wünschte nur, er hätte mal ein Auge zugedrückt und dafür gesorgt, daß die Kinder gerne mit uns in die Gemeinde gehen. Als du gerade eben erzählt hast, was Mark gesagt hat, Dip, da war es wieder einmal Zeit für den schwarzen Vorhang, und ich kam damit einfach nicht klar. Eigentlich albern, nicht? So!« Sie schlug mit beiden Händen flach auf den Tisch. »Das hätten wir. Das ist der Grund, warum wir keine Abkürzung nehmen und den emotionalen Kram überspringen können, Mike. Es ist zuviel davon da, als daß man einen Weg drum herum finden könnte. Ich muß mich mitten hindurchgraben. Und wenn du mir jemals wieder ein Drittel Glas Sherry einschenkst, dann werde ich auf Drogen umsteigen und Dip auch, stimmt's, Dip?«

»Ja«, sagte ich ernst, »das werde ich vermutlich. Kathy, ich dachte gerade – danke, Mike –, ich dachte gerade, wenn man das alles bedenkt, was du gerade gesagt hast, dann muß es dir manchmal schwerfallen, zu erkennen, ob du als Mutter überwältigend erfolgreich oder eine elende Versagerin bist.«

Sie blinzelte. »Wie meinst du das?«

»Nun, du hast diesen Sack voller Gewicht, den du auf Schritt und Tritt mit dir herumschleppst, und der ist unsichtbar, so daß eigentlich niemand weiß, wieviel Mühe es dich kostet, überhaupt weiterzumachen. Aber du hast weitergemacht, und wenn man die Größe dieses Handikaps bedenkt –«

»Klingt nicht gerade wie ein Gaul, auf den ich beim Rennen wetten würde.« Wenn es darum geht, Komplimente anzunehmen, ist Kathy ein hoffnungsloser Fall.

Ich ließ mich nicht beirren. »Wenn man die Größe dieses Handikaps bedenkt, hast du wirklich Erstaunliches geleistet, und ich glaube, du solltest stolz darauf sein.«

Und das sollte ich auch, oder?

»Es ist ein interessanter Gedanke«, antwortete Kathy, die sich, wie üblich, in ihrer Verlegenheit in Witzchen flüchtete, »daß die Zeit kommen wird, da Gott an dem großen Computer im Himmel auf den Knopf drücken wird, mit dem ein verborgener Text sichtbar gemacht wird. Und ein jeder von uns wird als genau das offenbar, was er wirklich ist. Da werde ich herumtaumeln mit meiner Tonne Unrat auf dem Buckel, eingewickelt in einen großen schwarzen Vorhang, und daneben wird Mike traben mit einem hübschen kleinen Aktenkoffer mit hübschen kleinen Problemen, die ordentlich in die passenden Fächer einsortiert sind.«

»Wenn du meinst, mit dir verheiratet zu sein, wäre ein hübsches kleines Problem, das sich ordentlich in ein passendes Fach einsortieren läßt, dann irrst du dich aber gewaltig!«

Mikes empörter Ausbruch wirkte so komisch, daß wir beide in Gelächter ausbrachen. Einen Moment lang sah er ein bißchen beleidigt aus, dann legte er den Kopf schief und grinste verlegen wie ein kleiner Junge.

»Was du über Kath gesagt hast, trifft genau ins Schwarze,

Dip«, sagte er, »sie macht ihre Sache mit den Kindern wirklich großartig – das versuche ich ihr schon seit Jahren beizubringen. Ich weiß, ich werde manchmal ärgerlich und kriege zuviel, aber das liegt nur daran, daß es mir ehrlich gesagt sehr schwer fällt, dieses ganze Zeug mit den Lasten aus der Vergangenheit nachzuvollziehen. Ich weiß, daß das alles ganz real ist«, fügte er hastig mit erhobenen Händen hinzu, wie um einen Angriff abzuwehren, »aber, wißt ihr, ich hatte eine wirklich glückliche, wohlgeordnete Kindheit bei gläubigen Eltern – meine Mutter kann ein bißchen wild werden, wie ihr wißt, aber sie ist sehr freundlich und liebevoll –, und ich schätze, ich versuche immer, es hier genauso zu machen. Die Einstellung der Jungs zur Gemeinde regt mich genauso auf wie Kath, aber ich würde das Problem lieber direkt zu Jesus bringen und dann die nötigen praktischen Entscheidungen treffen. Ich schätze, wir sind einfach sehr unterschiedlich geprägt.

Vive la difference!

»Was sollen wir tun, Mike?«

»Sprich du ein Gebet, Kath.«

»Ich?«

»Ja, du. Lege all deine Sorge um die Jungs in ein Gebet.«

Kathy bleckte in gespieltem Entsetzen die Zähne und riß die Augen weit auf. »Jetzt? Laut? Ich glaube, du oder Dip könntet das viel besser. Ihr seid beide ruhiger – vernünftiger, ihr hattet eine glückliche Kindheit ...«

Wirklich?

»Ach, schon gut, Mike. Du kannst aufhören, mich so unter deinen Brauen hindurch anzusehen. Ich werde beten.«

In der Stille, die sich herabsenkte, bevor Kathy mit ihrem Gebet begann, erlebte ich einen jener seltsamen Momente fast völligen Friedens. Die anderen beiden hatten ihre Augen geschlossen und die Köpfe geneigt, aber ich hielt meine Augen offen, wie ich es inzwischen meistens tat, und begann allmählich zu spüren, daß sich etwas Ungewöhnliches tat. Auf den vertrauten Gegenständen und Flächen in der Küche lag etwas, das ich nur als ein Leuchten bezeichnen kann; eine größere, strahlende Wirklichkeit und die Wärme von – wie soll ich es nennen? –, von schierer Gegenwart vibrierte sanft durch die Luft und durch meinen Körper und rief jenen überirdischen Rausch hervor, der nicht das Denken, sondern den Geist in Flammen setzt. Unendlich selten, diese Erlebnisse, und unendlich kostbar.

»Vater, ich bin es, Katherine – Kathy, meine ich. Wir möchten mit dir über unsere Kinder sprechen, über Jack und Mark und Felicity. Du weißt, wie sehr –« Kathys Stimme brach ein wenig. »Du weißt, wie sehr wir sie lieben und wie gern wir mit ihnen alles richtig machen möchten, und du weißt, wie wir – wie ich immer wieder versage, weil ich mich so aufrege und diese schrecklichen aufgeschürften Gefühle mich davon abhalten, das zu tun und zu sagen, was ich tun und sagen sollte. Bitte – oh, bitte laß es nicht gegen sie sprechen, wenn sie sich meinetwegen von dir entfernen. Vergib mir, wenn ich immer wieder den Gefühlen in meinem Innern nachgebe, und hilf mir, stärker und – gehorsamer zu werden. Du weißt, wie es ist, einen Sohn zu haben und zu sehen, wie er durch schwierige, schreckliche Zeiten geht, und nicht viel dagegen tun zu können, nicht wahr? Oh, Vater, tut es nicht schrecklich weh, eine Mutter oder ein Vater zu sein ...« Mike angelte wieder nach dem Geschirrtuch und drückte es Kathy in die Hand. Sie wischte sich ab und schniefte und erholte sich. »Wir müssen jetzt entscheiden, was wir wegen der Gemeinde unternehmen, und wir wissen nicht recht, wie wir uns am besten verhalten sollen; darum möchten wir dich bitten, bei uns zu sein, uns zu helfen und uns zu leiten, weil wir im Moment ein bißchen ratlos sind – na ja, ich jedenfalls. Kümmere dich um sie, liebe sie, und werde eines Tages für sie alle zur Realität. Vielen Dank – bis dann.«

Aus irgendeinem Grund kamen mir die Tränen, als Kathy unwillkürlich und leicht verwirrt das traditionelle »Amen« durch »bis dann« ersetzte. Es klang irgendwie so flehend. Wohl eine volle Minute lang saßen wir danach schweigend da und sogen die Atmosphäre, die durch Kathys Gebet entstanden war, in uns ein. Dann endlich sprach Mike.

»Alles in Ordnung, Kath?«

Sie holte tief Luft und blies sie geräuschvoll wieder aus. »Mir geht es gut – danke für das Geschirrtuch, Mike. Dieses Stück Stoff wächst mir allmählich richtig ans Herz. Falls wir je ein Heim für ausgediente Geschirrtücher finden, wird dieser treue alte Freund seinen Lebensabend dort verbringen, anstatt in Streifen gerissen und für unaussprechliche Dinge verwendet zu werden. Was machen wir jetzt?«

»Nun, ich bin mir meiner Sache genausowenig sicher wie du, aber ich schlage vor, daß wir noch vor Sonntag mit Jack und Mark reden –«

»Nicht mit Felicity?«

»Nein, das halte ich nicht für nötig, du?«

»Nein.«

»Fändest du es sinnvoll, Dip?«

»Nein.«

»Und wir werden sie ganz ruhig und offen fragen, was sie von der ganzen Sache halten. Wir werden ganz deutlich machen, daß sie sagen können, was immer sie möchten.«

Kathy nickte ernst, dann beugte sie sich vor und sah sich in der Küche um, wie um sich zu vergewissern, daß niemand lauschte. »Also gut«, flüsterte sie, »aber wir werden es nicht so meinen, oder?«

Elftes Kapitel

Das geplante Treffen fand am nächsten Tag, einem Samstag, statt. Ich nahm die Robinsons wie verabredet in Empfang, als die ganze Familie von einem Spaziergang auf den »Busenbergen« zurückkehrte, wie Kathy die sanften Kreidehügel ein paar Meilen südlich von unserer Stadt nannte. Ich wußte, daß Mark immer scharf darauf war, auf die Hügel zu kommen; hauptsächlich, weil er gerne seinen Drachen steigen ließ, einen jener großen, steuerbaren mit zwei Schnüren an Plastikgriffen. In der Vergangenheit hatte er es mich hin und wieder auch einmal versuchen lassen, und ich muß zugeben, daß Seifenblasen dagegen kalter Kaffee waren – allerdings ist es nicht ganz einfach, im Schlafzimmer einen Drachen steigen zu lassen ...

Der Himmel hing schon den ganzen Tag über voll schwerer Wolken, und die ersten Regentropfen klatschten gerade gegen die Fenster, als das Geklapper sich schließender Autotüren, dumpfe Schläge, Klirren, flatternde Geräusche, eine schrille Stimme und gegenseitige Beschuldigungen in etwas tieferer Tonlage die Ankunft der Familie vor ihrer Haustür ankündigten.

Der »Plan«, sorgfältig zurechtgelegt von Mike, Kathy und mir, bestand darin, daß ich im Wohnzimmer eine besonders schöne Teevesper anrichten würde und daß es in dieser geselligen, frischluftgesättigten, familiären Umgebung für die Jungen viel leichter sein würde, frei und offen über die Sache mit der Gemeinde zu reden. Das Problem mit Felicity war dadurch gelöst worden, daß wir eine Videokassette von »Drei Männer und eine kleine Lady« ausgeliehen hatten, ihrem Lieblingsfilm aller Zeiten (wobei »alle Zeiten« natürlich sechs Jahre bedeuteten), den sie sich oben auf Jacks tragbarem Fernseher ansehen sollte, mit einer Teevesper ganz allein für sie auf einem Tablett.

Felicity nahm diese Nachricht mit jubelndem Händeklatschen auf, das jedoch sofort in tiefen Argwohn umschlug.

»Und was macht ihr im Wohnzimmer, während ich oben bin?« fragte sie, nachdem ich ihr geschildert hatte, was wir vorhatten.

»Wir werden über Dinge reden, die du nicht hören sollst«, erwiderte ich, »aber nicht über dich.«

Die Offenheit dieser Erklärung brachte sie zum Kichern, und kurz darauf hatte sie es sich vor dem Fernseher gemütlich gemacht, in der einen Hand ein Sandwich mit Corned beef, in der anderen ein Glas Orangensaft mit einem dieser verdrehten, verschlungenen Plastikhalme, den Blick andächtig auf den Bildschirm gerichtet, auf dem jene drei wunderbaren Männer erschienen.

Derweil erwies sich die herzliche, familiäre Atmosphäre im Wohnzimmer offensichtlich als nicht ganz so gesellig, wie Mike und Kathy gehofft hatten. Als ich die Treppe hinunterkam, fand ich Mark an der Haustür, wo er zweien seiner Freunde verdrießlich erklärte, er könne nicht hinauskommen, weil seine Eltern wollten, daß er zu Hause bleibe und mit ihnen Tee trinke, obwohl er gar keinen Tee wolle; er werde aber kommen, sobald er könne, ob sie nicht bis dahin vor der Tür warten wollten? An diesem Punkt erschien Kathy in der Wohnzimmertür und erklärte wütend, aber mit eisiger Höflichkeit:

»Es hat keinen Sinn, deine Freunde zu bitten zu warten, denn wir wissen ja nicht, wie lange wir brauchen werden, nicht wahr?«

»Dann wartet nicht.«

Die Freunde verschwanden im Regen, und Mark stampfte zurück ins Wohnzimmer. Ich schloß die Haustür und folgte ihm.

»Ach, ist das gemütlich«, sagte Mike ein paar Minuten später, obwohl es spürbar alles andere als gemütlich war. Alles trank Tee und aß, einschließlich Mark, der seinen Appetit auf wundersame Weise wiedergefunden hatte, aber die allgemeine Atmosphäre war gelinde gesagt angespannt.

Jack saß auf dem Boden, mit dem Rücken gegen eine Büchervitrine gelehnt, die ein oder zwei Bücher und mehrere hineingestopfte, undefinierbare Haufen Papiere und Zeitschriften enthielt. Er schluckte einen Bissen Wurstbrötchen herunter, klopfte ein paar Krümel Blätterteig von seinem Pullover auf den Teppich und wandte sich an seinen Vater.

»Also los, Dad, spuck's aus.«

»Was soll ich ausspucken?«

Jack vollführte eine allumfassende Geste mit einem Arm. »Na, das hier alles. Dip hat dieses tolle Essen vorbereitet, Flitty habt ihr oben verstaut, Mark durfte die Situation nicht erleichtern, indem er hinausging –«

»Keiner hier findet dich witzig, Jack.«

»– und du und Mum sitzt auf der vordersten Sesselkante und versucht, zwanglos und entspannt auszusehen, als hättet ihr nicht etwas Besonderes zu sagen, was ihr doch offensichtlich habt, und Dip versucht so auszusehen, als wüßte sie nicht, worum es geht – und jetzt muß sie lachen, weil sie weiß, daß ich recht habe, also könntet ihr jetzt genausogut damit herausrücken.«

Mike und ich lachten, während Jack träge den Arm ausstreckte, um sich ein weiteres Wurstbrötchen zu angeln, aber Kathy lachte nicht. Mark auch nicht. Die beiden wären für Napoleon während jener langen Abende auf Elba keine guten Gesellschafter gewesen. Mike stellte seinen Teller vorsichtig auf dem Beistelltisch neben seinem Sessel ab.

»Du hast völlig recht, Jack«, sagte er, »wir wollten tatsächlich mit euch über etwas reden, oder besser gesagt, wir hoffen, daß ihr uns vielleicht ein wenig erzählen werdet. Es geht um die Gemeinde und darum, was wir – was ihr über Gott und Jesus und all diese Dinge denkt. Diese Dinge sind uns immer sehr wichtig gewesen, wie ihr wißt, aber wir möchten gern wissen, wie ihr darüber denkt. Jack kommt zur Zeit nicht mit uns in die Gemeinde, und wir versuchen nicht, ihn dazu zu drängen – nun ja, das würden wir in deinem Alter auch gar nicht wollen, Jack. Aber wir haben eigentlich nie richtig darüber gesprochen, nicht wahr? Das ist einer der Fehler, den Mum und ich oft machen – wir lassen die Dinge einfach mehr schleifen, als gut ist, meine ich. Und Mark kommt bisher noch mit, aber es gefällt ihm offensichtlich eigentlich nicht, was nicht viel Sinn hat, stimmt's? Also –« Mike vollführte leicht nervös mit den flachen Händen einen Trommelwirbel auf seinen Knien. »Wir wollten einfach einmal eine Gelegenheit schaffen, die Dinge zu klären. Ihr könnt alles sagen, was ihr wollt – alles. Und wir werden uns nicht aufregen oder so, wißt ihr.« Er sah zu Kathy hinüber, um sich Bestätigung zu holen. »Das werden wir nicht, stimmt's, Kath?«

»Nein«, sagte Kathy und schüttelte übereifrig und sehr aufgeregt den Kopf, »nein, das werden wir nicht.«

Mark, der sich ganz bewußt auf einen harten, unbequemen Holzstuhl in der Nähe der Tür gehockt hatte, warf mir einen drängend fragenden Blick zu. Aber ich lächelte nur so nichtssagend wie möglich zurück und hoffte, er würde seine Chance, das zu bekommen, was er wollte, nicht schon jetzt im Anfangsstadium der Verhandlung durch eine seiner typisch unbedachten Bemerkungen ruinieren.

»Also«, fuhr Mike fort, »wer fängt an?«

Etwas sagte mir, daß es höchst unwahrscheinlich war, daß Jack sich in Gegenwart seines Bruders öffnen würde. Ja, in dem scheinbar endlosen Schweigen, das auf Mikes Eröffnungsrede folgte, hatte ich ernsthafte Zweifel, ob überhaupt einer der Jungen etwas sagen würde. Ich sah mich im Zimmer um, doch ich fand kein ermutigendes Zeichen. Mark hatte aufgehört zu essen und saß vorgebeugt, die Ellbogen auf die Knie gestützt und das Gesicht zwischen die Fäuste geklemmt, Jack war mitten bei seinem zweiten Wurstbrötchen, scheinbar völlig entspannt, jedoch mit kleinen, nachdenklichen Fältchen zwischen den Augenbrauen, und Kathy hatte sich zurück in die Ecke des Sofas sinken lassen, den einen Arm oben auf die Rücklehne gelegt, die andere Hand über den Augen. Nur Mike blickte vergleichsweise heiter drein, jetzt, wo sein erster kleiner Anfall von Nervosität vorbei war. Er saß am anderen Ende des Sofas, die Beine ordentlich übereinandergeschlagen, und blickte erwartungsvoll, aber gelassen, von Jack zu Mark und wieder zurück, wie ein Lehrer, der ohne viele Worte von seiner Autorität überzeugt ist. Überraschenderweise war es Mark, der schließlich das Schweigen brach.

»Ich habe nichts gegen Gott, aber die Kirche ist Quatsch.«

Diese unfreundliche, aber offensichtlich aufrichtige Bemerkung hatte eine nahezu katastrophale Wirkung auf mich, besonders, da ich ein Vanillekipferl im Mund hatte. Ich weiß nicht, warum ich die Bemerkung so komisch fand, nur daß vor meinem geistigen Auge, kaum daß Mark sie gemacht hatte, ein Bild des Allmächtigen aufstieg, wie er majestätisch auf seinem Thron sitzt und den geplagten Engel empfängt, dessen Aufgabe es ist, die Fortschritte der Robinsons zu überwachen. »Was gibt es Neues von dem Jungen Mark?« fragt der Schöpfer des Universums mit markerschütternder Stimme, und während sich die himmlischen Heerscharen voll ernster Erwartung vorbeugen, antwortet der Engel: »Er sagt, er hat nichts gegen Gott, meint aber, die Kirche sei Quatsch.« Vielleicht irre ich mich in meiner Vorstellung von Gottes Wesen, aber ich vermute, er hätte vielleicht, statt instinktiv in die Kiste mit den Blitzen zu greifen, bei diesen Worten ein wenig vor sich hin gelächelt und gesagt: »Nun, zunächst einmal ist es natürlich äußerst schmeichelhaft, daß Mark nichts gegen mich hat, und was den zweiten Punkt betrifft, nun, so hätte ich selbst es vielleicht nicht ganz so ausgedrückt, aber der Junge hat nicht ganz unrecht – er hat bestimmt nicht ganz unrecht.«

Glücklicherweise gelang es mir, die unfreiwillige Verteilung meines Vanillekipferls im ganzen Wohnzimmer zu verhindern und keine Miene zu verziehen, was nur gut war, denn weder Kathy noch Mike fanden Marks Bemerkung auch nur im entferntesten amüsant. Kathy riß die Hand von ihren Augen, kaum daß das Wort »Quatsch« aus dem Mund ihres jüngsten Sohnes gedrungen war. Doch da sie sich vermutlich nicht zu sprechen traute, wandte sie sich einfach mit einem

»Du hast ganz recht, Mark«, sagte sie mit schwacher Stimme, »ich benutze manchmal schreckliche Ausdrücke, wenn ich wütend auf dich bin, und es tut mir wirklich leid – ich habe immer gesagt, ich würde das mit meinen Kindern niemals machen. Bitte vergib mir, daß ich es doch getan habe und daß ich dich manchmal schüttele oder dir eine runterhaue, wenn mir die Worte ausgehen ...«

Mark rutschte unbehaglich auf seinem Stuhl hin und her und murmelte etwas, das, wenn es auch völlig unverständlich war, sowohl entschuldigende als auch verzeihende Untertöne enthielt.

»Ich hoffe, daß du weißt, Mark«, fuhr Kathy im selben kraftlosen Ton fort, »daß Gott mir sehr wichtig ist. Ich glaube, daß Jesus für mich gestorben ist, damit Gott mein Vater werden konnte, und ich habe versucht, das zu begreifen, seit ich – nun, seit ich dabei bin. Ich mache ständig alles mögliche falsch, aber ich denke, ganz tief in mir drin weiß ich, daß ich Gott liebe und daß er mich liebt – obwohl ich das manchmal ein wenig aus dem Blick verliere. Also, was ich damit sagen will, ist, wie es auch immer nach außen hin aussehen mag, selbst wenn die Kirche morgen in die Luft flöge und ich nicht mehr hingehen könnte, dann gäbe es immer noch Gott und Jesus und mich. Es geht nicht nur darum, wie es für andere aussieht – obwohl ich fürchte, daß ich das manchmal ziemlich wichtig nehme –, sondern es geht darum, daß ich hoffe, daß auch du eines Tages Gott kennenlernst. Das ist das einzige, worauf es letzten Endes ankommt.« Sie sah Mike an. »Ich glaube, wir sollten Mark fürs erste erlauben, nicht mehr in die Kirche zu gehen, außer zu Weihnachten und so – natürlich nur, wenn du einverstanden bist, Mike.«

Auf dem Stuhl neben der Tür hörte jemand auf zu atmen. Es klang lauter als das Atmen zuvor.

Mike nickte entschieden. Ich klebte ein unsichtbares Pflaster auf die Stelle, an der ich ihn vorhin hatte schlagen wollen. »Damit bin ich gern einverstanden«, sagte er, »vorausgesetzt, Mark ist sich darüber im klaren, daß dies eine Entscheidung ist, die wir getroffen haben, und daß wir erwarten, daß es keinen Widerspruch gibt, wenn wir bei bestimmten Gelegenheiten doch einmal möchten, daß er mit uns in die Kirche kommt.«

Obwohl er von seinem Vater angesprochen wurde, als wäre er ein Antragsteller auf irgendeinem Landtribunal, gab es keinen Zweifel, daß Mark genau verstand, was gemeint war. Es war ein herrlicher Anblick. Er saß kerzengerade auf seinem Stuhl und starrte seine Mutter mit offenem Mund an, als könne er kaum fassen, daß seine wöchentliche Tortur nun vorüber war.

»Dann muß ich also morgen nicht mit?«

»Du mußt morgen nicht mit«, bestätigte sie mit derselben schwachen Stimme wie zuvor.

Mark, den die schiere Erleichterung und Erregung zu einer übersprudelnd emotionalen Reaktion hinriß, durchquerte das Zimmer mit höchst un-Mark-mäßiger Geschwindigkeit und fiel seiner Mutter um den Hals. »Oh, danke, Mum!« Das waren, glaube ich, die Worte, die in ziemlich gedämpftem Zustand aus dieser unerwarteten Umarmung hervordrangen. Die wundersame Wirkung auf Kathy verblüffte mich immer noch, obwohl sie für jeden, der sie kannte, vorhersehbar war. Es war, als wäre sie augenblicklich und völlig geheilt worden wie einer jener Kranken im Neuen Testament, denen Jesus begegnete. Eine plötzliche, starke Dosis körperlicher und verbaler Zuneigung – als sie schon dachte, die Arzneiflasche sei leer –, und sie war wie umgewandelt. Als Mark sich von ihr löste, sah ich, daß ihre Augen leuchteten und ihr Körper nicht mehr durchhing. Als sie sprach, hatte ihre Stimme ihre Kraft und Lebhaftigkeit wiedergewonnen.

»Wahrscheinlich erwischst du deine Freunde noch, wenn du dich beeilst«, sagte sie und tat so, als wolle sie ihn von sich schieben. »Von Jack kann man nicht erwarten, daß er etwas sagt, solange noch etwas zu essen da ist, also kannst du ruhig gehen und die freudige Nachricht verbreiten.«

»Gut.« Mark packte die Gelegenheit beim Schopf, ging zur

Tür und blieb nur noch einmal kurz stehen, um zu sagen: »Danke, Mum – danke, Dad.« Kurz bevor er verschwand, strahlte er mich noch einmal mit seinem Filmstarlächeln an – es war ein richtiger Brutzler. Danach hörten wir das Rascheln seines Mantels, als er sich bereitmachte, hinaus in den Regen zu gehen, und dann folgte eine kurze Stille, während der Mark, glaube ich (ich würde sogar eine Menge Geld darauf wetten), in der Einsamkeit der Diele die Augen emporhob, den Arm anwinkelte und eine triumphierende Faust zur Decke emporschnellen ließ, denn dies ist die Geste, die traditionell den Siegesschrei der Vierzehnjährigen begleitet.

»Yippiiieeeh!« hörten wir ihn jubelnd schreien. »Yippiiieeeh!«

Dann öffnete sich die Haustür, ohne sich wieder zu schließen, und er war weg.

—

»Ich bin froh, daß du Mark hast gehen lassen.« Jack sprach zu seiner Mutter, als ich wieder hereinkam, nachdem ich dem Regen die Tür vor der Nase zugemacht hatte. »Ich hätte nicht sagen können, was ich wirklich denke, wenn er hiergeblieben wäre. Ich fürchte, ich kann ihn im Moment nicht ausstehen – wenn er da ist, komme ich mir vor wie dreizehn und fange an, kindische, blöde Sachen zu sagen, die ich sonst zu niemandem sagen würde.«

Kathy schüttelte den Kopf und seufzte wehmütig, vielleicht ohne zu merken, daß Jacks Analyse seiner Beziehung zu Mark fast genau mit ihrer eigenen übereinstimmte. »Wie schade. Ihr beide wart früher so gute Freunde. Er nannte dich immer Jakkypot, als er noch ganz klein war –«

»Danke, daß du uns alle daran erinnerst, Mum. Prost!«

»– und er sah in dir den wunderbarsten Menschen auf der ganzen Welt. Ihr habt Stunden zusammen im Garten verbracht, euch Geschichten ausgedacht und unten hinter dem Schuppen Höhlen gebaut.« Sie lächelte, als eine bestimmte Erinnerung an die Oberfläche kam. »Und ich werde nie vergessen, wie wir einmal im Sommer in Dorset im Urlaub waren, da unten in diesem ganz abgelegenen Ort mit ›K‹, wo wir so schwer hinkamen, weil wir damals noch kein Auto hatten, wißt ihr noch? Einmal gingen wir zu einem der Strände hinunter, die man von unserem Ferienhaus aus quer durch ein Kornfeld erreichen konnte. Ein wunderschöner, verschlungener Weg. Sand oder so gab es nicht, wenn man hinunter ans Ufer kam, aber jede Menge kleiner Felsenteiche, in denen sich das Wasser der Brandung sammelte. Du fandest es herrlich, Jack. Du hast diese Felsenteiche immer geliebt.«

»Das tue ich immer noch«, murmelte Jack.

»Du warst wie immer ständig am Wasser, suchtest dir deinen Weg zwischen den Felsen hindurch, und hin und wieder blicktest du auf und riefst, du hättest einen Krebs oder einen kleinen Fisch oder eine Krabbe oder so etwas gefunden, und wir waren jedesmal mächtig beeindruckt, stimmt's, Mike?«

Mike lächelte und nickte. Jack nahm sich das letzte Vanillekipferl und biß resigniert hinein.

»Und hinter dir«, fuhr Kathy fort, jetzt völlig in der Vergangenheit versunken, »watschelte der kleine Mark drein, so gut er konnte, und drehte viel kleinere Steine um, weil er nicht so stark war wie du, spähte ins Wasser, so scharf er es mit seinen kleinen Augen schaffte, und wollte unbedingt etwas finden, damit er auch so rufen könnte wie du, aber er hatte überhaupt kein Glück dabei.«

»Genau«, unterbrach Mike, lehnte sich zurück und wedelte mit dem Finger, als ihm die Geschichte plötzlich wieder einfiel. »Und nach einer Weile hatte er die Nase so voll davon, nichts Richtiges zu finden, daß er beschloß, seine Suche etwas kreativer zu gestalten, und so –«

»– drehte er noch einen Stein um«, sagte Kathy, die es nicht leiden kann, wenn man ihr die Pointe stiehlt, »und schaute zum Fuß der Klippe herüber, wo wir saßen, und rief: ›Mum! Dad! Ich hab' was gefunden!‹ Und du riefst zurück: ›Prima, Spatz – was hast du denn gefunden?‹ Und er rief zurück: ›Ein

Kamel! Ich hab' ein Kamel gefunden! Guck mal, Jackypot, ich hab' ein Kamel gefunden!‹«

Jack kaute und nickte, als er sich erinnerte. Er schluckte den Bissen herunter und sagte: »Na ja, ich schätze, aus Marks Sicht war es ebenso plausibel, ein Kamel zu finden, wie irgendeines der anderen Dinge, die ich euch zugerufen hatte. Schließlich wußte er bei den meisten davon sowieso nicht, was es war.«

»Und dann bist du über die Felsen auf ihn zugeklettert«, fuhr Kathy fort, »und ich sah, wie dieses wunderbare stolze Lächeln ganz plötzlich von Markys Gesicht verschwand, weil ihm klar wurde, daß kein Kamel dasein würde, wenn du zu seinem Teich kämst, und er sagte mit seiner piepsigen, bekümmerten Stimme: ›Also, ich dachte, ich hätte ein Kamel gesehen.‹ Ich bekam richtig Panik, weißt du noch, Mike? Ich wedelte mit den Armen und versuchte, dich auf mich aufmerksam zu machen, aber es gelang mir nicht, weil du zu sehr darauf achten mußtest, nicht auf den Felsen auszurutschen. Aber das Schöne war, daß trotzdem alles gutgegangen ist, denn als du bei ihm warst, hast du in seinen Teich geschaut und uns zugerufen: ›He, Marky hat recht! Es ist tatsächlich ein Kamel in seinem Teich, aber jetzt hat es sich unter einem Felsen versteckt, so daß man es nicht mehr sehen kann.‹ Oh, Dip, du hättest das Gesicht des Kleinen sehen sollen, als er merkte, daß sein großer Bruder ihn nicht hängenließ. Er war so glücklich! Und das war ganz typisch für Jack, Dip – er war so ein freundlicher kleiner Junge. Ich weiß noch, kurz bevor wir von London hierherzogen, hatten wir zwei Katzen, und Jack machte sich große Sorgen, daß –«

»Mum!« Jack stemmte vor Verlegenheit seine Schultern gegen den Bücherschrank. »Wir wollen doch jetzt nicht jede kleine Begebenheit aus meiner Kindheit durchkauen, oder? Ich mag diesen kleinen Jungen nicht, der ich einmal war. Wenn ich ehrlich bin, es schüttelt mich geradezu vor ihm. Ich versuche jetzt schon eine ganze Weile, ihn loszuwerden. Ich will nicht dauernd an die kleine Nervensäge erinnert werden und besonders nicht an seine blauäugigen, piepsstimmigen Heldentaten. Können wir ihm nicht ein für allemal den Hals umdrehen?«

Die Leute sind doch komisch, nicht? Mark brauchte nur mit einer Augenbraue zu zucken, damit Kathy auf die eine oder andere Weise heftig reagierte, aber diese Rede von Jack, so niederschmetternd sie klang, brachte sie nur zum Lachen. Mike dagegen, der alles schluckte, was Mark ihm an den Kopf warf, ohne sich übermäßig darüber aufzuregen, schien tief beunruhigt und verwirrt zu sein über das, was er gerade gehört hatte.

»Ich kann dir nicht folgen, Jack«, sagte er und beugte sich stirnrunzelnd vor, »warum in aller Welt sollte es dich stören, daß du so ein Junge gewesen bist? Das verstehe ich wirklich nicht.«

Jack sah aus wie jemand, der begonnen hat, eine gefährlich steile Felswand hinabzuklettern, sich jetzt wünscht, er hätte die Finger davongelassen, aber entdeckt, daß er nicht mehr zurückkann. Er blickte zur Decke empor und suchte nach Worten, um auszudrücken, was er empfand.

»Versteht mich nicht falsch. Es ist nicht so, daß ihr keine guten Eltern gewesen wärt«, sagte er.

O je . . .

»Aber ich glaube, ihr wolltet, daß ich eine Art – ich weiß nicht, eine Art Enid-Blyton-Figur bin, ein grundanständiger, mannhafter kleiner Kerl, der sich nicht fürchtet, der Welt ins Gesicht zu sehen und der abgesehen von ein paar im Grunde liebenswerten kleinen Ungezogenheiten immer das Richtige tut, was immer das ist. Ihr habt mir beigebracht, daß es für jeden Menschen das Beste sei, so zu sein.«

»Ist das nicht ein wenig überzeichnet, Jack?« wandte Mike ganz leise ein, »und überhaupt, ich fürchte, ich verstehe immer noch nicht, wie die Eigenschaften, die du gerade erwähnt hast, als eine Art Handikap empfunden werden können – ich finde, sie sind gerade das Gegenteil.«

»Aber genau das ist es! Das ist genau das richtige Wort. Ein Handikap, das ist genau das, was es war.« Jack begleitete diese ungewohnt heftige Äußerung mit einer Serie rhythmischer Schläge mit einer Faust auf die andere. »Weißt du, was du nicht verstehst, ist, daß Jungen aus Enid-Blyton-Büchern es ziemlich schwer haben, wenn sie auf einmal mitten ins wirkliche Leben geraten, besonders dann, wenn das wirkliche Leben sich als die Art von Schule erweist, auf die ich gegangen bin. Du wirst getreten und herumgeschubst und ausgelacht, und anfangs weißt du gar nicht, warum dir das passiert. Deine Eltern, die Leute, denen du am meisten vertraust, haben dir gesagt, wenn du immer gut und freundlich bist, dann wirst du glücklich sein. Jetzt stellt sich heraus, daß das nicht stimmt. Wenn du für das geradestehst, woran du glaubst, werden die Leute dich respektieren. Stimmt nicht. Wenn du dir Mühe mit der Schularbeit gibst, wirst du mit dir selbst zufrieden sein. Auch das stimmt nicht. Am Ende wird alles gut, denn Mami oder Daddy oder Gott können alles in Ordnung bringen, aber sie können es eben nicht. Es stimmt nicht. Es würde vielleicht stimmen, wenn du kein Enid-Blyton-Junge wärst. Wenn du ein kleiner König David oder so wärst, der es schon mit einem oder zwei Löwen aufgenommen hat, dann würdest du vielleicht auch mit dem einen oder anderen Riesen fertig, weil du von Anfang an wüßtest, daß das Leben nun einmal nicht immer einfach ist und ein bißchen besser darauf vorbereitet wärst. Tja, aber ich war nicht darauf vorbereitet, und ich bin nicht damit fertig geworden.«

Mikes Gesicht sah grau aus. »Ich wußte, daß du es in der Schule manchmal nicht leicht hattest, Jack, besonders in der vierten und fünften Klasse, aber die meisten Kinder –«

»Dad, du hast mir nicht zugehört. Ich sage ja gar nicht, daß ich eine schreckliche Kindheit hatte. Die hatte ich nicht. Wir hatten jede Menge Spaß und schöne Zeiten, und ich weiß, daß ihr mich liebhabt, du und Mum, und ich habe euch beide auch sehr lieb.«

»Wo liegt denn dann das –«

»Es ist nur, daß –« Jack breitete beide Arme weit aus und schloß die Augen. »Es ist nur, daß ich glaube, daß ihr mich auf eine komische Art als ein kleines Museum benutzt habt – einen Ort, in dem ihr eure Ideale und Wertvorstellungen und eure Religion aufbewahren konntet, auf Hochglanz poliert und sorgfältig aufgestellt und unbeeinträchtigt von dem Chaos und der Unordnung, von denen sie in eurem Leben umgeben sind – im wirklichen Leben, meine ich. Aber das Problem ist, das ganze Zeug gehört euch, nicht mir; und ich muß manches davon hinausschmeißen und manches kaputtmachen und das eine oder andere behalten und vielleicht ein paar Dinge hinzufügen, die euch nie eingefallen sind, und mir ein bißchen eigenes Chaos schaffen, und – na, eben alles für mich wirklich werden lassen.«

Gefühle brachten die Luft zum Vibrieren wie Baßreflexboxen.

»Ja, das Problem ist, Jack«, erwiderte Mike mit sorgfältig beherrschter, aber vom Schmerz zusammengeschnürter Stimme, »wenn du davon redest, daß du dem Kind, das du einmal warst – wie sagtest du? – den Hals umdrehen willst, dann redest du von einer der wunderbarsten, zauberhaftesten Zeiten meines Lebens.« So weich wie Watte, die auf ein aufgeschürftes Knie getupft wird, drangen Mikes Worte an unsere Ohren. »Es tut mir wirklich weh, daß du das einfach abtun willst – es einfach wegwerfen, als sei es nichts wert. Es kann doch nicht sein, daß es nichts wert war, oder?« Er rutschte auf dem Sofa herum. »Weißt du, ich habe immer gedacht, daß die Art, wie du bist, all die guten Eigenschaften an dir – und die sind da, Jack, auch wenn wir vieles davon übertüncht haben –, ich habe immer gedacht, das sei, na ja, es klingt so albern, wenn ich es laut ausspreche, ich dachte immer, das sei das Beste, was ich je zustande gebracht habe.« Er starrte einen Moment lang in die Ferne. »Ich wünschte, ich hätte das jetzt nicht gesagt; es klingt wirklich sehr dumm. Tut mir leid.«

»Nein, mir tut es leid«, sagte Jack, der ziemlich blaß geworden war. »Ich wollte das alles gar nicht sagen –« Er bremste sich. »– nicht, weil es nicht stimmen würde, sondern weil es nur ein Teil der Wahrheit ist. Und ich habe es ein bißchen überzogen, weil ich besonders clever klingen wollte. Ich kann euch versichern, daß ich keine anderen Eltern haben wollte, und ich bin sehr froh, daß ich ich bin. Dad –«

Er zog seine Beine an, hebelte sich mit einer Hand vom Boden hoch und ging auf seinen Vater zu, der immer noch wie betäubt in die Ferne starrte, als hätte er gerade entdeckt, daß irgendein Grundgesetz des Universums am Ende doch nicht unveränderlich war. Jack beugte sich herab und legte seine Arme um Mike, der leicht zusammenzuckte, dann aber sofort reagierte und seinem Sohn mit einer Hand auf den Rücken klopfte, als wollte er ihm ein Bäuerchen entlocken.

Ich glaube, diese wortlose Umarmung gab Mike ein Stück seines Friedens wieder. Als er zusah, wie sein Sohn zu seinem Platz auf dem Boden zurückkehrte, blinzelte er ein wenig und putzte seine Brille mit einem weichen, grünen Tuch, das er wie ein Zauberkünstler aus der Brusttasche seiner Jacke zum Vorschein gebracht hatte. Kathy rutschte auf dem Sofa entlang und hängte sich in den Arm ihres Mannes ein. Kathy hat nach außen hin zwei Hauptstimmungen, was immer sie in Wirklichkeit empfindet: Die eine ist Tragik, die andere Herumalbern.

»Na, bei uns geht es ja ganz schön leidenschaftlich zu, was?« sagte sie zu niemand Speziellem; dann sah sie mich an. »Wie findest du die Geschichte bisher, Dip? ›Streßfamilie Robinson‹. Besser als ›Das Haus am Eaton Place‹ oder die ›Lindenstraße‹ allemal, findest du nicht?«

Ich schüttelte den Kopf. »Ich bin viel zu beeindruckt von euch allen. Ich meine – Kathy, du machst dir immer Sorgen, daß du nicht die perfekte christliche Familie hast, aber der Familie, in der ich aufgewachsen bin, seid ihr meilenweit voraus. Ich weiß, ihr streitet euch und ärgert euch übereinander und habt alle möglichen Probleme, aber darüber hinaus habt ihr euch wirklich lieb, und hin und wieder sagt ihr euch das sogar! Mein Vater hat mir nie gesagt, daß er mich liebt; ich war schon froh über die seltenen Gelegenheiten, wenn er mir nicht ausdrücklich sagte, ich solle verschwinden.«

Laß sie nicht darauf eingehen – jetzt ist nicht der richtige Zeitpunkt.

Ich lachte unbekümmert. »Aber seid nicht zu traurig, das war eigentlich ziemlich typisch für den Teil der Welt, wo ich aufgewachsen bin – dabei gehörte mein Dad noch zu den zärtlicheren Vätern. Für manche meiner Freundinnen war es schon der größte Liebesbeweis, wenn sie nicht verprügelt wurden.«

Okay.

»Ich sollte euch doch eigentlich erzählen, wie ich über das Christentum und so denke«, sagte Jack. »Soll ich das immer noch?«

Kathy stöhnte müde und legte ihren Kopf auf Mikes Schulter. »Ach, Jack, ich weiß nicht, ob ich im Moment noch mehr Enthüllungen über das wirkliche Leben ertragen kann. Du wirst uns doch jetzt nicht erzählen, daß du ein heimlicher Satanist bist, oder? Das könnte ich nicht aushalten.«

»Nein, Mutter«, erwiderte Jack geduldig, »ich bin kein heimlicher Satanist. Ich vermute sogar, wenn überhaupt, dann bin ich eher ein heimlicher Christ als alles andere. Wollt ihr etwas darüber hören?«

Mike hatte ruckartig die Augenbrauen gehoben, als Jack den Ausdruck »heimlicher Christ« gebraucht hatte. Er nickte eifrig und interessiert. »Ja, natürlich wollen wir das. Sag uns, wie du das meinst, Jack. Wir würden wirklich gerne hören, wo du heute stehst.« (Hin und wieder sprang Mike zwar auch ins Wasser, aber am glücklichsten war er immer, wenn er von einer kleinen Klischee-Insel zur nächsten hüpfen konnte.)

»Also, ich will mich nicht lange darüber auslassen«, sagte Jack, »aber was ich eigentlich sagen wollte, bevor dieses ganze Kindheitszeug zur Sprache kam, war, daß ich wohl aus drei Gründen aufgehört habe, jede Woche in den Gottesdienst zu gehen. Einer war wirklich bedeutsam, oder zumindest hielt ich ihn für bedeutsam, während die anderen beiden sehr schlechte Gründe waren. Ich werde es mir ersparen, euch die schlechten zu nennen –«

»Oh nein, das wirst du nicht, Jack Robinson«, unterbrach

ihn Kathy einigermaßen borstig. »Du wirst uns nicht dazu bringen, daß wir uns völlig unzulänglich und gleichzeitig tief beeindruckt von deinen profunden philosophischen Argumenten fühlen, bevor wir die elenden, beschämenden kleinen Geständnisse gehört haben, die vermutlich die wirklichen Gründe darstellen, warum du nicht mehr hingehst. Komm schon – heraus damit!«

Jack kicherte verlegen, und ich mußte daran denken, wie ähnlich er Felicity sah. »Also schön, Mum. Wenn du es unbedingt wissen mußt, der erste Grund war, daß –«

»– es dir nicht paßte, am Sonntagmorgen aufzustehen?« warf Mike scharfsinnig ein.

»Der erste Grund war, wie du ganz richtig bemerkst, daß es mir nicht paßte, am Sonntagmorgen aufzustehen«, stimmte Jack zu, »und der zweite hatte mit der Qualität des Kaffees zu tun, den sie immer nach dem Gottesdienst durch die kleine Luke im Gemeindesaal serviert haben – und vermutlich immer noch servieren. Wird das immer noch gemacht?«

»Ja«, sagte Kathy. »Gehe ich recht in der Annahme, daß wir uns jetzt dem Grund nähern, der wirklich bedeutsam war? Irgend etwas Tiefgründiges und Bedeutungsschweres im Zusammenhang mit dem Kaffee?«

»Nein, Mutter, wir kommen jetzt zu dem zweiten der albernen Gründe, wie du sehr wohl weißt. Weil es mir so schwer fiel, sonntags morgens aus dem Bett zu kommen, war ich fast immer erst so spät auf den Beinen, daß ich nur dann gerade noch rechtzeitig in die Kirche kommen konnte, wenn ich rannte, so schnell ich konnte. Das bedeutete, daß ich die erste Tasse Kaffee am Morgen verpaßte, nämlich die, die mich in ein menschliches Wesen verwandelt. So saß ich dann also im Gottesdienst und versuchte, all diese verlockenden Tagträume von Bechern voll von dampfend heißem, starkem, süßem Kaffee aus meinen Gedanken zu verbannen, was mir gründlich mißlang, und wenn dann der Gottesdienst zu Ende war, gingen wir alle in den Gemeindesaal hinüber, um tatsächlich einen Kaffee zu trinken, nicht wahr?«

»Genauso war es.«

»Und jedes einzelne Mal versuchte ich mir einzureden, daß sie wenigstens dieses eine Mal ein anständiges Kaffeepulver verwenden würden, daß jede Tasse mehr als fünf oder sechs Körner dieses Pulvers enthalten würde und daß besagte Tasse ein kleines bißchen mehr als halbvoll mit Wasser sein würde, das vielleicht sogar irgendwann einmal in seiner Geschichte zum Siedepunkt gekommen wäre.«

»Wasser sprudelt – Kaffee verhudelt«, deklamierte Mike zum allgemeinen Überdruß, aber er fügte hinzu: »Aber du hast eigentlich recht, der Gemeindekaffee ist ziemlich grauenhaft.«

»Ja«, sagte Jack, »besonders für jemanden wie mich, der von seinen irregeleiteten Eltern in dem Glauben erzogen wurde, daß Kaffee zu trinken sich nur dann lohnt, wenn er aussieht wie etwas, das man aus der Schwarzen Lagune gezogen hat, wenn ein halbes Zuckerrohrfeld darin aufgelöst ist und wenn er in einem Behälter von der Größe eines Nachttopfes serviert wird.«

»Hört, hört!« pflichtete ich aus tiefster Seele bei.

»Danke, Dip. Wie ich schon sagte, ich war lange Zeit gläubig. Jeden Sonntag hatte ich den Glauben, daß sich etwas ändern würde.« Jack reckte sein Hände zum Himmel wie ein Prediger alter Schule und erhob seine Stimme auf evangelistische Tonlage. »Meine Freunde, ich wußte in meinem Herzen, daß der Kaffee gut sein würde, und ich weigerte mich, der Stimme des Erzlügners Glauben zu schenken, der mir sagte, daß nichts Gutes je aus dieser Luke kommen würde. Halleluja! Ich widerstand den Einflüsterungen des Bösen! Allerdings«, schaltete Jack abrupt wieder auf seine normale Stimme um, »stellte sich bald heraus, daß der Böse diesmal absolut recht hatte. Der Kaffee war und blieb ausnahmslos und unfehlbar scheußlich. Ich ging durch eine Phase des dunklen, suchenden Agnostizismus, während ich versuchte, aus meinem zerschmetterten Glauben schlau zu werden, doch am Ende hielt ich die Heuchelei in alledem einfach nicht mehr aus – jede Woche nach hinten zu dieser Luke zu gehen, mich unter all die anderen immer noch Gläubigen mit ihren glänzenden Augen zu mischen und doch im tiefsten Herzen zu wissen, daß sie einer Täuschung zum Opfer gefallen waren, daß guter Kaffee nur eine schöne Illusion war, die den Leuten einen Grund verschaffte, die Not und Schinderei des Gottesdienstes zu ertragen. Am Ende konnte ich ...« Jack tat so, als blieben ihm die Worte im Halse stecken, »... konnte ich einfach nicht mehr hingehen, und jetzt«, er blickte mit einem Gesichtsausdruck auf, der, glaube ich, ein tapferes Lächeln darstellen sollte, »habe ich so etwas wie Frieden gefunden.«

Einen Moment lang herrschte Stille.

»Weißt du, Jack«, sagte Kathy mit leidenschaftsloser Nachdenklichkeit, »wirklich, ich wünschte, ich hätte nicht darauf bestanden, daß du uns deine beiden schlechten Gründe nennst, warum du der Gemeinde den Rücken gekehrt hast. Wie lange wird es dauern, uns von dem guten Grund zu erzählen?«

»Nicht lange, Mum, Ehrenwort. Also schön, der gute Grund war, daß ich einfach genug davon hatte, ein Krimchrist zu sein.« Er hob eine Hand ein wenig in Kathys Richtung. »Ich erkläre es gleich, Mum, laß mich nur ausreden. Ich habe viel darüber nachgedacht. Ihr wißt doch, wie früher die Soldaten sich für eine Schlacht so ziemlich das unpraktischste Zeug anzogen, das sich denken läßt? Das meiste davon war eher dekorativ als praktisch, und besonders diesen armen alten Fußsoldaten muß es schrecklich heiß und unbequem geworden sein, wenn sie rennen und ausweichen und kämpfen sollten und was Soldaten sonst noch so zu tun haben. Im Grunde steckten sie in einem Riesenhaufen traditionellen Krams fest, der nichts mit dem, was um sie herum vor sich ging, oder mit ihrer tatsächlichen Aufgabe zu tun hatte. Aber wahrscheinlich fiel es den meisten von ihnen nicht ein, sich darüber zu beschweren, denn so war es nun einmal, und man hätte ein wirklich kreativer Denker sein müssen, um es sich überhaupt anders vorzustellen. Also, so ähnlich kam ich mir auch in unserer Gemeinde vor. Nicht, daß ich aufgehört hätte, an Gott oder Jesus zu glauben. Ich weiß, du frotzelst immer, ich hätte mich fünfmal bekehrt, als ich klein war, Mum, aber einmal muß es hängengeblieben sein. Denn ich habe nie aufgehört, zu glauben, daß ich – ich fürchte, es fällt mir nicht ganz leicht, darüber zu reden –, ich habe nie aufgehört, zu glauben, daß ich zu ihm gehöre, wenn ihr wißt, was ich meine.«

Mike nickte und strahlte plötzlich übers ganze Gesicht.

»Ich brauchte einfach etwas Zeit«, fuhr Jack fort, »um zu sehen, was passieren würde, wenn ich die alte traditionelle Uniform auszog und etwas Bequemeres trug – etwas Passenderes, wenn ihr so wollt. Schließlich hat die britische Armee das schon vor langer Zeit getan –, ihre Uniformen gewechselt, meine ich. Es wäre mir ein schrecklicher Gedanke, wenn die Kirche nicht mit der Armee Schritt halten könnte! Dad, ich weiß, das klingt bestimmt alles ziemlich ichbezogen, aber es geht nicht nur um mich. Wir müssen manchmal auch Tarnausrüstung tragen können, damit wir in die Welt passen. Wir müssen fähig sein, uns anzupassen und flexibel zu sein, selbst wenn der Grund, uns überhaupt zum Dienst zu melden, unverändert bleibt.«

Ich wünschte, die würden um einen Job für mich beten ...

»Und was hast du über das Leben ohne Uniform herausgefunden, Jack?« fragte Mike.

»Er ist da«, sagte Jack leise, »er ist da, was immer man trägt, wo immer man hingeht. Er ist immer da – ob in der Kirche oder nicht – er ist einfach da. Und ich glaube, er fängt an, mir beizubringen, daß ich auch hier bin.« Er lächelte seinen Vater an. »Er ist jetzt mein Gott, Dad, genauso, wie er deiner ist. Den Enid-Blyton-Jungen und die Krimuniform habe ich beide auf den Müll befördert, damit ich ich selbst sein kann, und das ist genau, was er will, Gott sei Dank. Oh, und seit wir heute abend angefangen haben, uns zu unterhalten, werde ich den Gedanken nicht los, daß da noch etwas ist, das er von mir möchte.«

Kathy und Mike sahen sich an und machten sich auf das Beste oder Schlimmste gefaßt. »Ja?« hauchte Kathy.

»Na ja, ich meine nicht, daß ich irgendwelche Stimmen in

meinem Kopf oder dergleichen gehört habe, aber ich habe einfach das Gefühl, daß ich jetzt soweit bin, daß ich wieder in die Gemeinde kommen könnte, zumindest hin und wieder, in welcher Uniform auch immer – aber ich muß immer noch nicht so tun, als ob mir der Kaffee schmecken würde.«

Kathy starrte ihn an. »Willst du damit sagen, daß du morgen mit uns kommst?« Ihre Stimme klang genau wie die von Mark, als er hörte, daß er nicht mitkommen mußte.

Jack nickte fröhlich. »Könnte möglich sein, Mumsy.«

Ich weiß nicht, ob Jack diese Entscheidung aus Überzeugung oder aus purer Freundlichkeit traf, aber das spielte auch keine Rolle. Kathy freute sich unbändig. Sie fuhr sich mit der Hand über die Stirn.

»Jauchzet laut, wir haben einen verloren und einen zurückgewonnen. Diese Mathematik ist zu hoch für mich. Mir ist ein bißchen schwindelig, Mike. Könntest du mir ein kleines, volles Gläschen Sherry einschenken?«

Übers ganze Gesicht strahlend, machte sich Mike auf den Weg in die Küche. Er blieb nicht stehen, während er das Zimmer durchquerte, aber seine Hand lag für den Bruchteil einer Sekunde auf dem Kopf seines Sohnes.

Zwölftes Kapitel

Für die Annalen sei dokumentiert, daß Jack Michael Robinson tatsächlich am Tag nach diesem Gespräch mit seinen Eltern in die Kirche ging, nicht ohne hinzuzufügen, daß er am Sonntag darauf nicht mitkam, weniger aus philosophischen Gründen als vielmehr aus Gründen der Bequemlichkeit. Doch Kathy machte das eigentlich gar nichts aus. Ihr ältester Sohn war zur Herde zurückgekehrt – hatte die Herde im Grunde nie verlassen –, und selbst wenn er nur gelegentlich im sichtbaren Teil dieser Herde erschien, war es doch jedesmal ein Anlaß zu großer Freude für sie.

Auch Mark begann die Sonntage zu genießen, wenn er sich auch sonntags morgens immer so unauffällig wie möglich verhielt. Er befürchtete, vermutlich ganz zu Recht, die großzügige Geste seiner Mutter könnte in einem Augenblick des Zorns widerrufen werden, wenn sie sah, wie ihr jüngster Sohn sich mit Toast und Orangensaft vor dem Fernseher niederließ, während der Rest der Familie sich auf den Weg in die Kirche machte.

An jenem zweiten Sonntag kam ich zum Essen zu den Robinsons, einem Tag, an dem gegen Mittag der bleigraue Himmel einen Spaltbreit aufbrach und für eine Stunde oder länger die Sonne hell hindurchscheinen ließ. Ich liebte die Beleuchtungseffekte, die dadurch entstanden. Gegenstände in leuchtenden Farben wie mein Mini Daffodil wirkten künstlich lebensecht vor dem schiefergrauen Hintergrund, und die hundert Jahre alten Klinkersteine an Mikes und Kathys Haus leuchteten in einem satten Rot und sahen geradezu zum Hineinbeißen aus. Alles sah so aus, als ob an diesem Tag etwas Aufregendes passieren mußte. Und so war es auch, wie ich erfreut vermelden kann. Es regnete.

Kurz nach zwei Uhr, als Mark und Felicity sich mit dem schmutzigen Geschirr befaßten – Felicitys Mithilfe beim Abwasch wurde allgemein als der kürzeste Strohhalm betrachtet, den man ziehen konnte – und wir anderen im Wohnzimmer hoffnungsvoll auf den widerwillig in Aussicht gestellten Kaffee warteten, öffnete sich der Himmel, und Regen warf sich zur Erde hinab, als ob er in fieberhafter Hast aus dem Himmel zu entkommen versuchte. So plötzlich begann der Wolkenbruch, und so laut war der Lärm, der dadurch entstand, daß Mike, Kathy und ich allesamt mehr oder weniger unwillkürlich aufstanden und zu dem Fenster hinübergingen, das nach hinten auf den Garten hinausblickte. Durch den prasselnden Regen waren von den Bäumen, Sträuchern und Nachbarhäusern nur vage Umrisse zu sehen.

»Gott zieht das Haus durch eine riesige Waschstraße«, murmelte Jack, »ist das nicht herrlich?«

In diesem Moment erschienen Mark und Felicity in der Tür, die Gesichter voller Aufregung und Vorfreude.

»Regenspaziergang!« rief Mark.

So ein Familienleben hat eine sehr eigenartige Dynamik, die aber manchmal auch sehr präzise funktionieren kann, nicht wahr? Anstatt sich anzusehen, sahen Mike und Kathy beide Jack an. Irgendwie wußte ich, daß die Entscheidung, ob sie Marks Vorschlag folgen würden oder nicht, unbewußt davon abhängig gemacht wurde, wie der ältere Junge auf die Idee reagierte. Regenspaziergänge, erriet ich, waren wohl eine Art unterbrochener Familientradition. Jack würde sich seinem vorübergehend entfremdeten kleinen Bruder »beugen« müssen, wenn die Tradition wiedererstehen sollte.

»Großartig!« sagte Jack. »Holen wir das Regenzeug!«

Als ich dem allgemeinen wilden Sturm in Richtung Küche folgte, erklärte mir Mike, daß die ganze Familie, als die Jungen noch kleiner waren, das Vergnügen entdeckt hatte, Regenwetter nicht nur hinzunehmen, sondern sich aktiv auf den Weg zu machen, um sich mitten hineinzubegeben und es zu genießen.

»Schau sie dir an, wenn sie gleich draußen sind«, sagte er fröhlich, »sie schnappen völlig über.«

Zuerst jedoch mußten die Gummistiefel, Regenmäntel und Schirme zum Vorschein gebracht werden. Wenn das Badezimmer der Robinsons chaotisch war, dann war der Schrank unter der Treppe, in dem diese Dinge theoretisch aufbewahrt wurden, chaotisch hoch drei. In ihrem Eifer, hinauszukommen bevor der Regen nachließ, stürzte sich die Familie in das Durcheinander von Schuhen und Kleidung, als ob ihr Leben davon abhinge, und ließ eine wahre Fontäne nicht benötigter Gegenstände emporsteigen und hinter sich zu Boden fallen, während sie sich eingrub. In der – korrekten – Annahme, daß ich mitkommen wollte, förderte Kathy, ganz rot von der Hitze der Jagd, ein Paar grüne Gummistiefel zutage, die mir gerade so paßten, wenn ich die Zehen etwas einrollte, sowie einen jener altmodischen dünnen Plastikregenmäntel, die bis zum Hals hinauf zugeknöpft werden und bis auf die Knöchel reichen. Gekrönt von einem Fischerhut, der mit einem Riemen unter dem Kinn befestigt war, hätte ich mit meiner Ausrüstung nicht gerade eine Modenschau bestreiten können, aber für das Wetter war sie genau richtig.

Ohne uns um die nicht benötigten Dinge, die immer noch vor dem Schrank lagen, wo sie gelandet waren, den halb erledigten Abwasch und die zwei oder drei noch brennenden Lichter zu kümmern, stürzten wir uns durch die Haustür hinaus in den strömenden Regen. Der Aufbruch war begleitet von lauten Schlachtrufen von Mark und Jack, die draußen in Sekundenschnelle ihre mühsam hervorgekramten Kopfbedekkungen abwarfen, die Köpfe in den Nacken legten und den Weg entlangrannten, so daß das Wasser ihre Gesichter und ihre Haare durchnäßte. Felicity sah ihren Brüdern lachend und staunend nach und warf ihrer Mutter einen fragenden Blick zu. Da sie nichts bemerkte, das wie eine negative Reaktion aussah, schob sie ihren roten, wasserdichten Hut zurück, so daß er ihr am Riemen um den Hals hing, und rannte, so schnell sie ihre Füße in den Gummistiefeln tragen wollten, hinter den beiden Jungen her, wobei sie aus vollem Halse schrie: »Ich mache mit! Jack! Mark! Ich mache mit! Guckt mal – ich werde auch naß!«

»Früher habe ich versucht, sie davon abzuhalten«, sagte Kathy und trat näher an mich heran, so daß ihr Schirm die Wirkung meines Regenhutes verstärkte, »aber sie achteten nie darauf, also habe ich es aufgegeben. Und es scheint ihnen sowieso nie geschadet zu haben. Das gemeinsame heiße Bad hinterher war für sie sogar immer mit das Schönste an der ganzen Sache. Heute gibt es natürlich erst einmal Streit darum, wer als erster in die Wanne darf.« Sie seufzte. »Es war so schön, als sie noch klein waren. Es hat mehr Spaß gemacht.«

»Für mich sieht es nicht viel anders aus«, sagte Mike, der auf meiner anderen Seite unter einem riesigen, bunten Golfschirm neben mir herging. »Sie spielen immer noch genauso verrückt, wie sie es immer getan haben. Und seht euch Felicity an – was für eine Wasserratte.«

Der Regen hatte ein wenig nachgelassen, als wir am Fuß des Hügels ankamen, aber er trommelte immer noch mit einem drängenden Rhythmus auf unsere Schirme ein, während wir hinter dem ausgelassen tobenden Jungvolk durch ein schmales Gittertor auf das Freizeitgelände folgten und Jack zusahen, wie er an der Spitze eines Schwarms menschlicher Flugzeuge unterschiedlicher Größe in großen Kreisen um die Rasenfläche segelte. Inzwischen war ringsum nichts nasser als sie selbst, und sie waren geradezu in Ekstase. Die drei Flugzeuge hörten auf zu kreisen und berieten sich kurz miteinander; dann kam Mark zu uns herübergerannt, das Gesicht gewaschen und glänzend vor Regen und Freude.

»Wir gehen rüber zum Kinderspielplatz«, verkündete er atemlos, »aber wir müssen alle auf die Gerüste. Kommt!«

Ohne auf eine Antwort zu warten, schoß er davon, um die anderen beiden einzuholen, die Hand in Hand auf den eingezäunten Kinderspielplatz am anderen Ende des Freizeitgeländes zuliefen, einen Ort, mit dem Felicity und ich sehr gut vertraut waren. Wir folgten Mark in gemessenerem Schritt.

»Jack und Mark sind genaugenommen schon zu alt, um die Spielplatzeinrichtungen zu benutzen«, sagte Mike stur. Seine Stimme klang in dem regenfreien Raum unter dem Schirm merkwürdig hohl.

Kathy quietschte vor Lachen. »Ach, Mike, du bringst mich noch ins Grab«, prustete sie. »Wir sind vermutlich die einzigen Leute im Universum, die im Moment draußen sind. Da wird sich die Polizei gerade diesen Tag ausgesucht haben, um eine massive Razzia gegen Spielplatzbenutzer zu starten, die die Altersgrenze überschritten haben – ist es das, worum du dir Sorgen machst? ›Aha‹, werden sie sich oben in der Station gesagt haben, ›ein Monsunregen. Darauf haben wir nur gewartet. Heute nachmittag erwischen wir bestimmt ein paar Schlawiner – kommt, Jungs!‹ Wahrscheinlich wimmelt es hier von Polizisten, die unter der Rutschbahn kauern, sich im Karussell verstecken oder sich als Klettergerüste getarnt haben – dazu werden sie schließlich alle ausgebildet, weißt du –, und noch etliche andere hocken im hohen Gras am Rand und warten auf das Zeichen mit der Trillerpfeife, um den Spielplatz zu stürmen und Mark und Jack aufzuklären, daß alles, was sie sagen, festgehalten, ausgewrungen und gegen sie verwendet werden kann. Du bist wirklich manchmal zum Schießen!«

»War ja nur eine Bemerkung«, sagte Mike milde. »Und überhaupt ...« Er blieb stehen und sah sie mit einem neuen Leuchten in den Augen an. »Bist du bereit, zu deiner großen Klappe zu stehen?«

Kathy und ich blieben ebenfalls stehen. »Klar, immer«, erwiderte Kathy nicht ganz wahrheitsgemäß.

»Na schön.« Langsam und bedächtig ließ Mike seinen Schirm sinken, reichte ihn mir und ließ den Regen auf seinen unbedeckten Kopf prasseln, bis er ihm über das ganze Gesicht strömte. »Wer als letzter auf dem Karussell ist, ist ein Waschlappen!«

Damit galoppierte er in einem durch die Gummistiefel etwas behinderten Sprint in Richtung Spielplatz davon, unter den Augen einer vorübergehend verblüfften Kathy, die mir jedoch eine halbe Sekunde später ebenfalls ihren Schirm in die Hand drückte und kichernd hinter ihm herrannte. Als ich endlich den Holzzaun erreichte, der den Spielplatz umgab, rannte die ganze Familie schreiend, spritzend, quietschend und durchnäßt durcheinander und genoß das Wetter, die Spielgeräte und einander. Mike, so ausgelassen und fröhlich, wie ich ihn nie zuvor erlebt hatte, hielt auf halber Höhe des Klettergerüsts inne und rief in meine Richtung:

»Komm schon, Dip – mach mit!«

Sie sahen so komplett aus.

»Wo versteckt man ein Blatt?« fragte Pater Brown einmal seinen Freund Flambeau. »In einem Wald«, lautete die Antwort. Wo versteckt man eine Träne? In einem Wolkenbruch ...

Ich hatte zu oft an Zäunen gestanden und Sachen für andere Leute gehalten. Viel zu oft und viel zu lange. Ich spießte beide Schirme in den Boden, warf meinen absurden Regenhut ab und stürzte mich ins Getümmel.

Leseprobe aus dem kommenden Werk von Adrian Plass.
Lieferbar ab Frühjahr '96:

Wenn der Postmann dreimal klingelt

Ich bin postsüchtig geworden. Ich kann nicht mehr ohne meinen täglichen Schuß leben. Sonntage sind ein Alptraum. Was soll aus mir werden?

Dabei gefällt mir vieles von meiner Post nicht einmal, wenn ich sie dann bekomme. Rechnungen sind lästig, Rundschreiben sind langweilig, Briefe, in denen ich gefragt werde, warum ich auf die letzten beiden Briefe nicht geantwortet habe, verursachen Schuldgefühle, und Einladungen, in ein Hotel am Ort zu kommen und mir auf einer Verkaufsveranstaltung meinen Preis abzuholen, bringen mich zu schäumender Raserei.

Warum also läuft mir jeden Morgen ab acht Uhr dreißig im Geiste das Wasser im Mund zusammen? Warum marschiere ich vor dem Fenster des Wohnzimmers im ersten Stock rastlos auf und ab und spähe sehnsüchtig die Straße entlang in die Richtung, aus der normalerweise der Postbote kommt? Warum vollführt, wenn dann der Hund ausrastet, der Briefschlitz klappert und die Post mit einem dumpfen Schlag auf der Fußmatte landet, mein Herz vor Freude und Erwartung einen Sprung?

Teilweise, nehme ich an, liegt die Antwort in der Zufälligkeit der Post – es könnte alles mögliche kommen, von allen möglichen Orten und allen möglichen Leuten. Sie ist eine regelmäßige Quelle des möglicherweise Unerwarteten in einem Leben, das ansonsten, mit vier schulpflichtigen Kindern, notwendigerweise so geordnet abläuft, wie es für Leute von unserem Schlag nur möglich ist.

Zudem liegt es daran, daß ich, wie mein ältester Sohn eilends hinzufügen würde, anfällig dafür bin, verrückte Besessenheiten zu entwickeln. Meine Manie erreichte ungeahnte Höhen, als an einem früheren Wohnort meine fiebernde Einbildung auf den Gedanken verfiel, daß die drei verschiedenen Postboten verschiedene Arten von Post brachten.

Der erste, der auch am regelmäßigsten kam, war ein großväterlicher, älterer Mann mit freundlichen Augen und einer zwanglosen Aura. Er schob auf seiner »Runde«, wie es, glaube ich, genannt wird, einen Rollwagen vor sich her und schien niemals in Eile zu sein. Stets war Verlaß darauf, daß dieser vorzügliche Postbote dicke Schecks, warmherzige Briefe von alten, lieben Freunden und Einladungen zum Abendessen bei angenehmen Menschen brachte.

Wie ein Weihnachtsmann des Postwesens hatte er nichts als Leckereien in seinem Sack.

Der Mann, der regelmäßig die zweite Post brachte, war von völlig anderer Art. Zum einen war er viel jünger, nicht älter als neunzehn oder zwanzig, und sein Benehmen war von einer Achtlosigkeit, die an Leichtfertigkeit grenzte. Oft sah ich von meinem Posten am oberen Fenster, wenn die Zeit der zweiten Postauslieferung nahte, seine leichtgewichtige junge Gestalt am Ende unserer Straße auf seinem Fahrrad um die Kurve schwingen und beobachtete, wie er sodann freihändig und mit einem verträumten Lächeln auf den Lippen die gerade Strecke entlangradelte. Die Post, die er brachte, war erbärmlich – voraussehbar. Er brachte Gutscheine, für die man zehn Pence Rabatt auf bekannte Waschmittelmarken bekam; große, eindrucksvoll aussehende Umschläge mit riesigen Aufdrucken, die einem entgegenschrien, daß man wahrscheinlich fünfzigtausend Pfund gewonnen hätte, nur daß man natürlich wußte, daß es nicht so war; unverschlossene braune Umschläge mit dem vierteljährlichen Mitteilungsblättchen der Ruheständler-Vereinigung, adressiert an den vorletzten Bewohner unseres Hauses. Er gab sich einfach keine Mühe. Er war nicht aus dem Holz geschnitzt, aus dem man Postboten macht.

Der dritte war der schlimmste von allen! Er half aus, wenn der ältere Mann krank oder im Urlaub war, und mir graute vor seinem Kommen. Klein, dünn, von entsetzlich korrekter und erbarmungslos strenger Haltung, war er, wie wir zufällig wußten, Mitglied einer kleinen, aber sehr strengen religiösen Gemeinschaft, die sich jeden Sonntag in einer kleinen, verrosteten Blechbaracke am anderen Ende der Stadt versammelte. Während der Wochen, in denen er uns die Post brachte, schien unsere Versorgung mit dicken Schecks und warmherzigen Briefen schlicht zu versiegen. Ich weiß auch, warum – sie wären nicht gut für uns gewesen. Statt dessen brachte er uns scharfkantige Umschläge mit wutschäumenden Rechnungen, Postkarten von der Stadtbibliothek, die uns zur Rückgabe ausgeliehener Bücher aufforderte. Briefe von der Bank, die uns fünfzehn Pfund für die Information berechnete, daß wir kein Geld hatten, und geifernde Mitteilungen von Mitgliedern obskurer Sekten, die mich, nachdem sie meine Bücher gelesen und mißbilligt hatten, darauf hinweisen wollten, daß ich eine Ewigkeit voller Qualen bei Satan verbringen würde, falls ich nicht ein Leben lang voller Qualen bei ihnen verbrachte. Es war ein schrecklicher Postbote!

Und warum erzähle ich das alles? Nun, es ist eigentlich ganz einfach. Ich habe mich in den drei Postboten geirrt. Es war alles nur Einbildung. Sie brachten alle dieselbe Auswahl an Post, weil sie alle bei derselben Firma angestellt waren.

Manchmal bin ich versucht, Botschaften zu ignorieren, wenn sie mir durch eine Person oder eine Gemeinde vermittelt werden, die nicht nach meinem Geschmack sind, in meinem Fall besonders, wenn es jemand ist, der mich gut kennt und oft mit mir zu tun hat. Hüten wir uns davor! Gott ist der Absender der Botschaften und der Chef des gesamten Auslieferungsdienstes. Wir anderen sind nur die Postboten.

Adrian Plass

Ein Außerirdischer im Kirchenschiff

Paperback. 180 Seiten. ISBN 3-87067-511-X

Eine himmlische Begegnung der dritten Art hat die Gemeinde von St. Wilfred's, als sie in ihrer Kirche einen Außerirdischen vorfindet.

Die theatralischen Tonbänder des Leonard Thynn

Paperback. 144 Seiten. ISBN 3-87067-508-X

Adrians Gemeinde will beim Theaterfestival mitmachen: Daniel in der Löwengrube. Na ja, wir erleben Daniel doch etwas anders als gewohnt . . .

Warum es kein Verbrechen war, Onkel Reginald zu töten

Paperback. 192 Seiten. ISBN 3-87067-555-1

Adrian erzählt gleichnishafte Geschichten mit tiefgründigem Humor. Während der Leser an der Haustür unterhalten wird, schlüpft die Wahrheit durch ein Seitenfenster ins Zimmer . . .

Gesprengte Mauern

Gebunden. 192 Seiten. ISBN 3-87067-584-5

Ein Andachtsbuch – ein ganz neuer, anderer Plass. Texte, die die Mauern der Angst in uns sprengen.

Brendow Buch Kunst Verlag

Adrian Plass

Tagebuch eines frommen Chaoten

Paperback. 160 Seiten. ISBN 3-87067-391-5

Mit diesem Buch wurde Adrian Plass zum christlichen Bestsellerautor. Inhaltsbeschreibungen zwecklos – das muß man gelesen haben ...

Andromedas Briefe

Paperback. 176 Seiten. ISBN 3-87067-445-8

Die achtjährige Jungfeministin Andromeda hat sich ein Bein gebrochen. Nun hält diese Göre vom Krankenlager aus die Kirchengemeinde des frommen Chaoten auf Trab.

Die steile Himmelsleiter

Paperback. 220 Seiten. ISBN 3-87067-462-8

Adrians Autobiographie mit unwiderstehlichem Humor und entwaffnender Ehrlichkeit.

Ansichten aus Wolkenkuckucksheim

Paperback. 192 Seiten. ISBN 3-87067-475-X

Adrian beschreibt mit gewohntem Witz das Auf und Ab des Christen, das zum größten Teil aus dem Sichwiederaufrappeln besteht ...

Brendow Buch Kunst Verlag